ー文庫

アガサ・クリスティーの秘密ノート

〔上〕

アガサ・クリスティー＆ジョン・カラン
山本やよい・羽田詩津子訳

早川書房

6667

AGATHA CHRISTIE'S SECRET NOTEBOOKS

by

John Curran

Translated by

Yayoi Yamamoto and Shizuko Hata

Originally published in the English language by

HARPERCOLLINS PUBLISHERS LTD.

First published 2010 in Japan by

HAYAKAWA PUBLISHING, INC.

This book is published in Japan by

arrangement with

HARPERCOLLINS PUBLISHERS LTD.

through TUTTLE-MORI AGENCY, INC., TOKYO.

ジョセフ、コナー、フランシス、オシーン、ローカンに

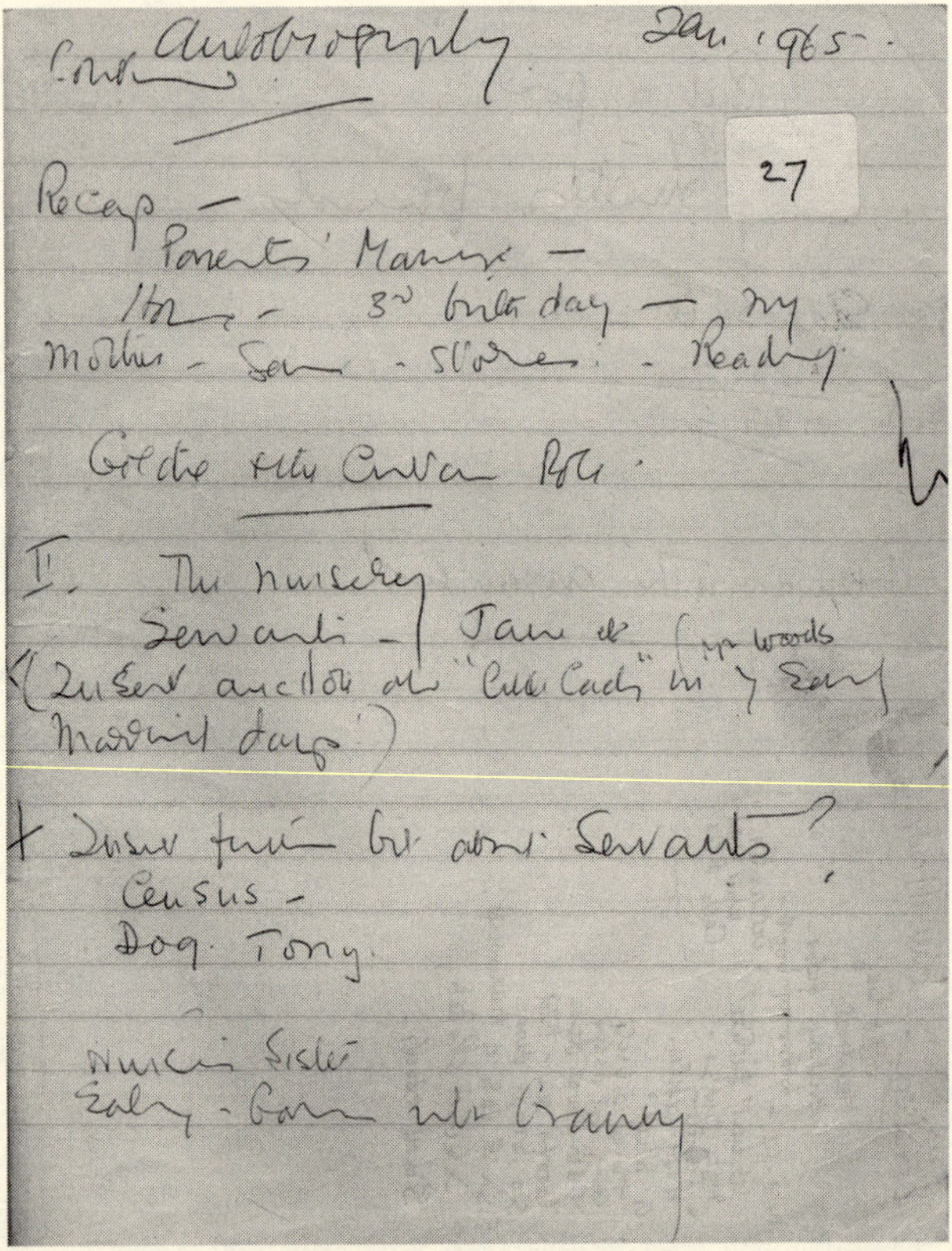
Autobiography Jan. 1965.
27
Recap —
Parents' Marriage —
3rd birthday — my
mother — stories. — Reading
II. The nursery
Servants —
Census —
Dog. Tony.

ノート27に入っている、1965という年代のついたメモ。『アガサ・クリスティー自伝』の最初の何章かの要約が書かれている。自伝は1977年にようやく出版された。

目次

下巻目次

凡　例

★クリスティー作品のタイトル、引用文の訳文およびページ数は、すべてクリスティー文庫による。
★『　』は長篇小説、「　」は短篇小説、〈　〉は戯曲やラジオドラマのタイトルをあらわす。また、日本未紹介の作品については原題名を併記した。
★クリスティーのノートからの引用部分は、ゴシック体、二字下げで表記した。また著者ジョン・カランによる注釈は〔　〕であらわし、明朝体で表記した。引用文で、下線が引かれている部分は傍点をつけて表記した。
★本文中で、作品の犯人、トリックなどを明らかにしている場合は、各章、コラムの冒頭に「ネタばれ注意！」として作品名を明記してある。

アガサ・クリスティーの秘密ノート〔上〕

謝　辞

本書の執筆に当たっては、巻頭ページにすべてのお名前を出すことはできなかったが、多くの方から温かな激励と協力をいただいた。

真っ先に、マシュー・プリチャードと夫人のルーシーに感謝を捧げたい。そもそも、本書が誕生したのは、マシューの寛大さのおかげである。アガサ・クリスティーのノートをテーマにして本を書きたいというこちらの希望を、マシューに初めて伝えたとき、すぐさま賛成してくれた。そして、彼の祖母が遺した書類すべてを隅々まで自由に閲覧する許可をくれたばかりでなく、わたしが調査に押しかけるたびに、夫人のルーシーと共に大歓迎してくれた。

このプロジェクトを力強く支えてくれたハーパーコリンズ社のデイヴィッド・ブロウンに、そして、鋭い目で編集を担当してくれたスティーヴ・ゴーヴに、感謝を捧げたい。

わたしの弟ブレンダンが最初のころの原稿を読んでくれて、肯定的な意見で大いにわたしを元気づけてくれた。弟はまた、夫人のヴァージニアと二人で、わが家みたいにくつろげる場を用意してくれた（ただし、ハイテク設備の面では、弟の家のほうが上！）。

わたしの友人であり、熱烈なクリスティー・ファン仲間であるトニー・メダウォーは、自分でリサーチした内容をわたしに教えてくれると同時に、数多くの役に立つ提言をしてくれた。

ハーパーコリンズ社の資料担当のフェリシティ・ウィンドミル、エクセター大学図書館のクリスティーン・フォーンチ博士とそのスタッフ、アガサ・クリスティー・リミテッドのタムゼン・ハーワードとジェマ・ジョーンズに感謝を捧げたい。

ゴールズボロ・ブックスのデイヴィッド・ヘドリーには、はかり知れない協力とアドバイスに対して感謝したい。

ダブリン市議会の多くの同僚と友人の支援に感謝を捧げたい。とくに、広報担当のマイクル・サンズと、市立図書館の司書で利用者サービスを担当しているジェーン・アルジャーに。

そして、ユーリオン・ブラウン、ピート・コールマン、ジュリアス・グリーン、ジョン・ペリー、ジョン・ライアン、ジョン・タイモン、アンディ・トロット、ナイジェル・ウォレンにも、さまざまな面でお世話になったことに感謝したい。

覚書

アガサ・クリスティーのメモを〝整理する〟に当たって、わたしはそこになるべく手を入れないように心がけた。あらゆるノートのあらゆるページが、ダッシュや、カッコや、疑問符だらけだった。完全な文章はめったに見られず、むしろ、そのほうが例外だった。大文字、カッコ、ダッシュの一部を、わたしのほうで削らせてもらったが、それはひとえに読みやすさを考えてのことである。ダッシュで区切られただけの単語が集まってひとつのパラグラフになっている場合は、別々の文章に分けた。疑問符、下線（本書では傍点）、取り消し線、感嘆符、ダッシュ、そして、いくつかの文法ミスは、ノートに記されたとおりにしてある。引用部分に関して一部省略のある場合は、点線を使ってそれを示すことにした。

スペルミスは訂正せずに、〝原文のまま〟と記しておいた。

〝［　］〟は編集上の説明もしくはコメントを入れるためのもの。

作品の刊行期日は、英国版に従っている。コリンズ社の資料として残されている当時のカタログからとったものが大部分である。クライム・クラブ叢書の本は、毎月第一月曜日が発売日と決まっていたので、正確な刊行期日がわからない二、三の作品に関しては、このガイドラインに従うことにした。

『そして誰もいなくなった』については、政治的に正しい *And Then There Were None* ではなく、*Ten Little Niggers* という題名に戻すことにした。このほうがノートの内容を正確に伝えているし、一九三九年十一月の刊行時点では、この題名が使われていたのだから(邦題は同じ)。

各章の冒頭に、〝**ネタばれ注意!**〟の作品リストをつけておいた。結末を多少なりとも示さないことには、作品を理性的に論じるのも、ノートと比較するのも、不可能であることがわかったし、重要な登場人物やトリックがノートのメモに記されているケースが数多く見受けられるからである。犯人を決めるさいにクリスティーが見せる大胆な創作の才こそが、彼女の非凡さの核をなしているのだから、曖昧な詭弁(きべん)を弄してそこを避けて通ろうとするのは、クリスティーに対してかえって失礼というものだ。

どの作品をとりあげ、どれを省くかを決めるに当たっては、アルファベット順や刊行順は意識的に避けることにした。本書の趣旨からして、アルファベット順は意味がないし、刊行順にすると、有名作品すべてがクリスティーのキャリアの中期にずらりと並ぶことになってしまう。結局、テーマ別に分けて、内容にバラエティを持たせ、それと同時に、クリスティーがモチーフをいかに活用しているかを説明することにした。複数の章にあてはまる作品もあるかもしれない。例えば、『カリブ海の秘密』は〈休暇の殺人〉と〈海外での殺人〉のどちらでもいいだろう。『五匹の子豚』は〈童謡殺人〉にも〈回想の中の殺人〉にもぴったりあてはまる。わたしはバラエティとバランスを考えつつ、それらの作品を選び、分類してみた。

短篇に関しては、くわしいメモのあるものは相対的に数が少ない。充分なメモが残っていて、本書に含める価値のあるものを、いくつか選んでみた。

この本の長さからして、作品すべてについて論じることは不可能なので、あなたのお気に入りの作品が抜けている場合は、どうかお許し願いたい。次はさらに分量を増やして、この状況を改善できればと願っている。

読者の方々にぜひともご了解いただきたいが、クリスティーの秘密ノートは閲覧不可となっている。数年後には一部だけでも一般公開できる方向へ持っていきたいが、現在のところ、それは不可能である。

序文

マシュー・プリチャード

何年も前のことになるが、わたしは最初の妻アンジェラと一緒に、アガサ・クリスティーのごく初期の戯曲〈チムニーズ（Chimneys）〉（日本では未紹介）のワールド・プレミアを見るために、カナダ西部のカルガリーへ出かけた。歓迎レセプションの席で、ジョン・カランという、眼鏡をかけた物静かなアイルランドの男性に紹介された。アガサ・クリスティーの芝居を見にダブリンからカルガリーまではるばる旅をするとは、あなたもよほどの変人に違いない、という冗談半分のわたしの挨拶（あいさつ）を、ジョンは、いかにも彼らしく気さくに受け止め、それ以来、わたしたちは親しい友達になった。

わたしの両親がデヴォン州のグリーンウェイ・ハウスで亡くなったあと（ちなみに、グリーンウェイは二〇〇〇年にナショナル・トラストに寄贈され、つい最近、一般公開されるようになった）、ジョンが頻繁に訪ねてくるようになった。グリーンウェイを訪れる人々のほとんどは、庭園と川沿いの散歩道に心を奪われる。ジョンは違っていた。〝ファクスルーム〟にこもりきりだった。二階にある十×四フィートぐらいの部屋で、ここにアガサ・クリスティー関係の資料が保管されている。食事のたびに、ジョンをここからひきずりださなくてはならなかった。ジョンときたら、ときには日に十二時間も、アガサ・クリスティーの執筆の歴史に埋もれて過ごしていたのだから。

ジョンとアガサ・クリスティーのノートとの恋が芽生えたのは、この部屋でのことであり、クリスティーのノートをテーマにしたジョンの著書をハーパーコリンズ社が出版してくれることに決まったときは、ジョンも、わたしも、自分たちの（そして、読者となる方の）幸運が信じられなかった。本書を読まれた方には、クリスティーのノートに魅せられたジョンの心酔ぶりと熱意が鮮明に伝わることだろう。そして、特別付録として、きわめて貴重なアガサ・クリスティーの短篇二篇が添えられることになった。

死後三十年以上たってもなお、アガサ・クリスティーの生涯と作品のあらゆる面に関する関心が熱狂の渦のなかにあることに、わたしは驚きを禁じえない。ジョンのためにひと言いっておくと、彼はつねにクリスティーの作品だけに注意を向け、作品の陰に身を潜めた著者へのいささか病的な執着は、ほかの者に譲ることにしていた。そのおかげで、クリスティーの偉大な仕事の中心となる核を、すなわち、原材料を論じた本が、ここに誕生したのである。これはきわめて個人的な仕事で、もちろん、文学の歴史の一部を成すものだ。

ジョンはみんなのためにすばらしい本を書いてくれた――どうか楽しんでお読みいただきたい。

前書き　陽光のなかの影　グリーンウェイでの幕間劇、一九五四年の夏

ネタばれ注意！
『死者のあやまち』

彼女が眼下の川を眺めていると、観光汽船がエンジンの音を響かせながらダートマスのほうへ遠ざかっていき、船が通ったあとの水面に太陽がきらめく。休暇で遊びにきている船上の人々の笑い声が、砲台の置かれた景色のいい庭園にいる彼女のところまで届き、足もとの犬が首を上げて、怪訝そうに川のほうへ目を向ける。彼女の平和を乱すものは、ほかには眠たげな蜂の羽音だけだ。この安息の地のどこかで、庭師のフランクがフラワーショーの準備をせっせと進め、孫のマシューは彼女が用意した宝探しに夢中になっているが、庭園の端にあって川を見渡すことのできる、胸壁に囲まれたこの半円形の砲台庭園にいれ

ば、彼女は平和でいられる。そして、庭で採れた新鮮な野菜や果物を食べたり、海で泳いだり、近くの荒野へピクニックに出かけたり、芝生の上でくつろいで、家族や友人とのひとときを楽しんだりといった、すばらしい休暇のあとで、しばしのあいだ孤独に浸り、つぎの作品の構想にとりかかるのだ。

心を自由に遊ばせれば、インスピレーションが湧くことはわかっている。三十五年以上にわたって、彼女の想像力が涸れたことは一度もなかったし、この穏やかな場所にいれば、想像力の衰えを心配する理由はどこにもない。彼女はなんとなくあたりを見まわす。ちょうど左手に見えるのは、ボートハウスの屋根。そして、その裏手から右へ向かって庭園が広がり、ゆるやかな上り坂となって、ジョージ王朝様式の堂々たる屋敷まで続いている。彼女が用意しておいた手がかりをマシューが追っているらしく、ときおり、下草のガサッという音がきこえてくる。

あの子が手がかりを正しく追っていれば、いまごろはテニスコートのほうへ向かっているはず……テニスボールがちゃんと見つけられるかしら……そこにつぎの手がかりがあるんだけど。考えてみれば、探偵小説によく似てるわね……でも、こっちのほうが楽しいし、綿密な計画なんて必要ない……それから、編集や校正の必要もない……それから、あとで誰かから手紙がきて、間違いを指摘されることもない……でも、参加者が何人かいたら、さらに楽しめそう――そのほうが面白いし、競争にもなる。このつぎはマックスの甥たちを何人か呼んで、マシューと一緒に遊ばせよう。もっとワクワクできるはず。それとも、今度、地元の学校のためにここでガーデンパーティを開くときは……砲台庭園か、ボートハウスを宝探しのコースに入れることにしようか……でも、ボートハウスはちょっと薄気味悪い感じ……とくに、一人きりになったときは……

彼女はいま、見るともなしに川を眺め、想像の翼をはばたかせて、周囲を不吉な色に染めていく……

ここの芝生を陽気な楽しみの場にするとしたら……家族のイベント……いえ、もっと大人数が必要だわ……ガーデンパーティ……資金集めパーティ？　ボーイスカウトか、ガールガイドのための――いつだって資金を必要としてるもの……ええ、使えそうね……芝生に屋台、それから、お茶のテント、たぶんマグノリアの木のそばに……人々が屋敷を出入りする……占い師、飲みものの屋台……そして、人が集まっている場所は大混乱……敷地のどこかほかの場所で、凶悪な犯罪がおこなわれる……誰にも気づかれず……疑われもせず……砲台が置かれたこの庭園はどう？　だめ――あまりに開放的だし……あまりに……あまりに……のどかすぎる。それに、こんなところに死体を隠すのは無理。でも、ボートハウスなら……そうね、使えそう——あのガタガタの石段をおりた先にあって、芝生からずいぶん離れてるから、誰にも邪魔されない。しかも、誰でも簡単に近づくことができる。それから、戸に鍵をかけることができる……それから、川のほうからも近づくことができる……

ミセス・オリヴァを登場させてみては？……宝探しを計画するのにうってつけの人物……そして、何かの理由で不都合が生じて、誰かが死ぬ。そうだわ……宝探しの代わりに、殺人事件の犯人探しというのはどうかしら……ボードゲームの〈クルード〉みたいな感じで。ただし、ボードの代わりに、本物の屋敷と敷地を使う。さて、ポアロかマープルか……マープルかポアロか……ミス・Mがグリーンウェイを歩きまわる姿なんて、想像できないわね。ポアロにも向かないけど、ミス・Mのそんな姿にはまったく信憑性がない……そもそも、ミセス・オリヴァとは面識がないんだし。ミセス・オリヴァはどうしても使いたい……ええと……何か理由をこしらえて、ミセス・オリヴァがポアロを事件にひきずりこむという形にしようかしら……なんらかの口実でポアロを屋敷に呼び寄せる……手がかりをいくつか考えるのに、彼の助けが必要だとか？……もしくは、ポアロが警察署長と知り合いという設定にする？……でも、それはもう何回か使ってる……犯人探しの優勝者に賞を渡す役目というのはどうかしら……

彼女はバッグに手を突っこんで、大判の赤いノートをとりだす……

〝持ち歩くのに便利とはいえないけど、ボーイスカウトのモットーを借りるなら――〝つねに備えよ〟ですもの。ええと、どこかにペンがあったはず……。新鮮なうちにメモしておくのがいちばん――あとで変更してもいいけど、基本的なアイディアはこのままで充分に使えそう。

ノートを開き、真っ白なページを見つけて、メモを始める。

使用可能な基本的アイディア

ミセス・オリヴァ、ポアロを呼び寄せる

グリーンウェイに滞在中――仕事で――ここで開催される予定の自然保護協会主催のお祭の余興として、宝探しか犯人探しのお膳立てをする――

彼女はメモをとる作業に没頭し、さまざまなアイディアを紙に記していくうちに、特徴のある大きい無秩序な字でページが埋まっていく。それらのアイディアはあとで捨てることになるかもしれないが……。想像上の子供たちでグリーンウェイを満たすにつれて、現実のグリーンウェイは消えていく。外国からきた学生、ガールガイドの団員、ボーイスカウトの団員、犯人探しゲームの参加者、警官――そして、エルキュール・ポアロ。

いくつかのアイディア

ハイカー（若い女？）となりのホステルに宿泊――じつは、レディ・バナーマン

そう、となりのユース・ホステルをうまく利用できそうね……外国からきた学生たち……その一人に二役を演じさせるという可能性……誰の役？ 学生たちはひっきりなしに出入りしているから、いったいどこの何者なのか、誰にもわからない。どんな人間にでもなれる。変装するなら、男より女のほうが簡単……屋敷の女主人との二役をさせようか。うーん、そのためには、女主人をよく知っている者が一人もいないという設定にしなくては……病人ってことにしようかしら……病弱……いつも自室にひきこもっている……あるいは、愚鈍なため、彼女には誰も注意を払わない……あるいは、結婚したばかりで、誰ともつきあいがない。ところが、過去から誰かがやってくる……本当の夫とか……もしくは愛人……もしくは親戚……そして、その人間を始末する必要に迫られる……

若妻、彼女がすでに結婚していたことを知っている誰かに気づかれる――脅迫？

マシューのために考えた宝探しのひとつを作品に使って、ボートハウスをなんらかの形で利用しよう……そして、ミセス・オリヴァの犯人探しというのを創作する……凶器と容疑者については、〈クルード〉のアイディアを借りてもいい……ただし、死体役の代わりに、本物の死体……

ミセス・オリヴァの案
凶器
リボルバー――ナイフ――物干しロープ

誰を殺すことにしよう？　外国の学生……いや、学生は犯罪計画の一部として必要……では、思いがけない人物……屋敷の主人はどう？……だめ、陳腐すぎる……衝撃が必要……赤の他人にする？……でも、誰？……それに、問題がたくさん出てくる……このアイディアは来年までとっておこうかしら……子供はどう？……慎重な扱いが必要だけど、可愛げのない子にすればいい……死体役の子、ボーイスカウトの一人、本当に死んでしまう……いや、それより、ガールガイドのほうがいい……詮索好きで、見てはいけないものを見てしまう……子供を被害者にしたことは、まだ一度もなかったはず……

決めるべき点――最初の被害者を誰にする？
〝死体役〟はボーイスカウト、ボートハウスのなか――倉庫の鍵を見つけるには、犯人探しクイズの〝手がかり〟を追わなくてはならない

彼女はぼんやりと遠くをみつめる。川の全景も、対岸の緑豊かな丘の斜面も、目に入っていない。ポアロになって、客間で午後のお茶を飲み、フレンチドアからそっと外に出て、庭を散策する。ハティになって、どんな犠牲を払おうとも自分の立場と財産を守り抜かなくてはと決心する。ミセス・オリヴァになって、うわの空で計画を練り、捨て去り、修正し、変更し……

つぎの場面――P、屋敷のなか――散策中、阿房宮を通りかかる――発見物？

ハティが本来の姿であらわれる――服を着替え、ホステルに宿泊中の学生として登場（ボートハウスから？　阿房宮から？　占い師のテントから？）

さて、家族を何人か加えなきゃ……年老いた母親はどうかしら……門のそばの番小屋で

暮らしているという設定。謎めいた人物にすれば、読者は〝こいつが怪しい〟と思うだろう。小柄な老婦人というのは、どんなときでも容疑者にうってつけ。何年も前の出来事を知っていることにしたら？……どこかでハティと知り合いだったとか……あるいは、そう思っているとか……あるいは、ポアロにそう思わせるとか。そうね、これも効果的かも……ええと……

ミセス・フォリアット？　怪しげな人物――自分が目撃した何かを隠蔽しようとしている。もしくは、昔の犯罪を――駆落ちした妻

彼女はメモをとる手を止めて、砲台庭園に近づいてくる声に耳を傾ける。その声が「ニーマ、ニーマ」と呼んでいる。

「ここよ、マシュー」と答えると、髪と服をくしゃくしゃにした十二歳の少年が石段を駆けおりてくる。

「宝物みーつけた、宝物みーつけた」少年は半クラウン銀貨を握りしめたまま、興奮した声で歌うようにいう。

「あら、お手柄。そんなにむずかしくなかったでしょ？」

「うん、まあね。テニスコートの手がかりにちょっと時間がかかったけど、ネットの下の

とこでボールを見つけたんだ」

「あれには手こずると思ってたわ」彼女は微笑する。

ノートを閉じて、バッグにしまう。エルキュール・ポアロがミセス・フォリアットにおこなう尋問と、二人目の被害者となるべき人間の身元については、またあとで考えることにしよう。

「いらっしゃい」彼女はいう。「おうちに何かおいしいものがないか、見にいきましょう」

ミステリの女王としてのアガサ・クリスティーは、今日はもう退場。祖母としてのアガサ・クリスティーが、孫息子にアイスクリームを食べさせるために、砲台庭園から石段をのぼっていく。

そして、〝クリスマスにクリスティーを〟の一九五六年版として、『死者のあやまち』が誕生した。

序章

ジュリアはのけぞり、息をのんだ。
目をまるくして、ひたすらそのものを見つめた……
（『鳩のなかの猫』三二ページ／橋本福夫訳）

ネタばれ注意！
『五匹の子豚』

アガサ・クリスティーが遺したノートの数々をわたしが初めて目にしたのは、二〇〇五年十一月十一日金曜日のことだった。
グリーンウェイにかつての栄光をとり戻すのに必要な大々的修復がナショナル・トラス

トの手で始められる前に、いまの姿を記憶にとどめておいてほしいといって、その週末に、マシュー・プリチャードがわたしを招待してくれたのだった。ラジオドラマ〈パーソナル・コール（Personal Call）〉（日本では未紹介）の舞台となったニュートン・アボットの鉄道駅までマシューが迎えにきてくれて、わたしたちは深まる夕闇のなかを車でガルンプトン村まで行き、デイム・アガサ（デイムはナイトに相当する勲位に叙せられた女性のための敬称）が理事をしていた学校や、『ゼロ時間へ』で献辞を送られた彼女の友人ロバート・グレイヴズが住んでいたコテージを通りすぎた。村はずれの真っ黒な道路に入ったが、何年も前にあの悲劇的な犯人探しの催しに招かれてナス屋敷へ向かったときに、エルキュール・ポアロが途中で楽しんだはずの、ダート川と海のパノラマのような景色は、わたしの前から姿を消していた。外はいまや土砂降り、〝暗い嵐の夜〟というフレーズが、単なる雰囲気をあらわす表現ではなく、現実となっていた。『死者のあやまち』に登場する外国の学生たちの宿泊施設であるユース・ホステルの前を過ぎ、ようやく、グリーンウェイ・ハウスの堂々たる門を通り抜けてから、湾曲した車寄せを走って屋敷に到着した。屋敷には明りが灯り、図書室の暖炉には歓迎の火が燃えていて、そこでお茶を飲んだ。わたしはアガサ・クリスティーのお気に入りだったアームチェアにすわると、礼儀作法も忘れて、周囲の本棚を食い入るようにみつめた――ずらりと並んだグリーンウェイ・コレクテッド・エディション（コリンズ社が一九七〇年代までに刊行した特別版）の長篇（この屋敷にふさわしい）、外国語に翻訳されたもの、ページが何度もめくられ、カバーがなくなってしまった初版本、クリスティーと同時代の作家たちの推理小説、そして、アッシュフィールドでの幸福な子供時代に熟読した本の数々。

お茶がすむと、マシューが屋敷のなかを案内してくれた——堂々たる玄関ホールには、ディナーを知らせる銅鑼（どら）（「死人の鏡」）、真鍮の飾りがついたトランク（「スペイン櫃（ひつ）の謎」）、印象的な家族写真（『ポアロのクリスマス』）がそろっていた。階段の下のコーナーにゴタゴタ置かれたスポーツ用品のなかには——わたしの想像だが——左利き用のゴルフクラブ（「厩舎街（ミューズ）の殺人」）、テニスラケット（『ゼロ時間へ』、もしくは、さほど陰惨でない作品を挙げるなら、『鳩のなかの猫』）、そして、犯罪とはまったく無縁のクリケットのバットなどが交じっていたことだろう。客間には、グランドピアノがでんと置かれ（『魔術の殺人』）、ドアはストッパーで止めておかないと、すぐに閉まってしまう（『予告殺人』）。陶器の棚には、『謎のクィン氏』を思わせるハーレクインの人形がひとそろい置かれている。ピアノの向こうのフレンチドアは、エルキュール・ポアロが『死者のあやまち』で午後のお茶をすませてからそっと出ていったドアだ。

木の螺旋（らせん）階段をのぼって最上階まで行くと、バスルームがいくつかあって、第二次大戦中ここに疎開していた子供たち（『無実はさいなむ』）の名前が戸棚に貼られたままになっているし、一方、本棚には作家仲間から送られたサイン入りの本が収められている（〝アガサへ、顔を赤らめつつ——ナイオ・マーシュ〟）。翌朝は、川とデヴォン州の丘陵地帯のパノラマのような景観が屋敷の外に広がっていて、ボートハウス（『死者のあやまち』）と砲台庭園（『五匹の子豚』）もちらっと姿を見せている。

二階の踊り場には、さまざまなペーパーバック版を並べた回転式本棚（『カーテン』）があり、廊下のすぐ先にはデイム・アガサの寝室がある。『死者のあやまち』を執筆するあいだ、彼女が寝起きしていた部屋である。角を曲がると、『アガサ・クリスティー自伝』の写真のなかでデイム・アガサの母親が着ている茶会用ドレスが壁にかかっていて、その廊下をさらに進むと、ミス・マープルが『スリーピング・マーダー』のクライマックス・シーンで使ったのとよく似た裏階段がある。

階段の上には、鍵のかかった部屋が二つあって、想像を絶する文学界の至宝と、そして、アガサ・クリスティーの熱狂的ファンすべての垂涎（すいぜん）の的となっている品々（ただし、じっさいに近づける者はごく少数）を、無言で守っている。広いほうの部屋には、イギリスとアメリカで出版されたカバーつき初版本の完全セットが置かれている。すべて著者のサイン入りで、その多くに、個人への献辞がついている。また、ミステリの女王とその作品をテーマにして出版された書籍もそろっている。もうひとつの部屋は細長くて、そこにあるのは、さらに多くの本が置かれた本棚と戸棚だけ――ハードカバーとペーパーバック、初版とブッククラブ版、その多くはサイン入り、タイプ原稿と手書き原稿、手紙と契約書、ポスターと芝居のチラシ、写真と本のカバー、スクラップブックと日記。いちばん下の棚に、ごく普通の段ボール箱が置いてあり、ペン習字用の古いノートが何冊も入っていた。

わたしは段ボール箱を抱えて床におろし、いちばん上のノートを手にとった。赤い表紙のノートで、そこに貼られた白い小さなラベルに、31という数字が書いてあった。ノートを開くと、まず目に飛びこんできたのは、〝書斎の死体――人々――メイヴィス・カー――ローレット・キング〟という言葉だった。行き当たりばったりにページをめくってみた……。〝ナイルに死す――入れるべき点……十月八日――ヘレンの場面、少女の視点から……ホロー荘の殺人――警部がサー・ヘンリーに会いにくる――リボルバーのことを質問する……バグダッドの秘密、五月二十四日……一九五一年、戯曲第一幕――闇のなかで見知らぬ人間が部屋にころがりこむ――明りを見つける――スイッチを入れる――男の死体……殺人がお膳立てされていた――レティシィア・ベイリー、朝食の席で〟

たった一冊のノートに、興味をそそるメモがこんなにぎっしり詰まっていた。しかも、なんの変哲もない段ボール箱には、七十冊を超えるノートが行儀よく積み重なっているのだ。わたしは自分が散らかった埃っぽい部屋の床に窮屈に膝を突いていることも、階下でマシューが夕食を始めようとしてわたしを待っていることも、外に広がる十一月の闇のなかで鎧戸（よろいど）に閉ざされた窓を雨が叩きはじめていることも、忘れてしまった。今宵の残りの時間と、週末のほとんどの時間を、自分がどうやって過ごすことになるかが、いまはっきりとわかった。そして、結果からいうと、以後四年にわたってそれが続くことになったのだった。

その日、渋々ながらようやくベッドに入ったのは、夜もかなり更けてからだった。わたしはこのときすでに、すべてのノートのすべてのページに几帳面に目を通し終えていて、静まり返った屋敷の螺旋階段をのぼりながら、短時間の通読で得た魅惑的な情報をできるかぎり記憶に刻みこもうとしていた。『ナイルに死す』はじつをいうと、マープルものになるはずだった……『そして誰もいなくなった』は、初期の段階では登場人物が十人以上いた……『死が最後にやってくる』の結末をクリスティーがどうするつもりだったのか、いまやっとわかった……『ねじれた家』については、何通りもの解決法が考えられていた……。

翌朝、マシューに誘われて、グリーンウェイの庭へ散歩に出かけた。まず、かつての厩舎（この当時はナショナル・トラストのオフィスとギフトショップになっていた）からスタートして、テニスコート（『死者のあやまち』）と、広い温室が見渡せる塀で囲まれた庭園のそばを通り、クローケーの芝生を通りすぎ、屋敷の裏にまわって、小道を進むと、その先に、ダート川のすばらしい景色を見渡すことのできるメインガーデンがあった。つぎに、曲がりくねった道をたどって、ボートハウス（『死者のあやまち』で不運なマーリン・タッカーが死んだ場所）まで行き、最後に、川を見下ろす低い塀に囲まれた砲台庭園に出た。ここは何年も前に、生気あふれるエルサ・グリヤー（『五匹の子豚』）が、すでに死んでいるアミアス・クレイルのために絵のポーズをとっていた場所である（本書一九七ページ参照）。わたしたちは、同作品で悲運のカロリン・クレイルがたどった小道を抜けて、屋敷に戻った。屋敷の正面に近づいたとき、わたしはここがアガサ・クリスティーの休暇用の別荘で、彼女がのんびり過ごすために大家族と一緒にきていた場所だったことを思いだした。五十年前の夏の日々を想像することができた。まさにこの芝生にお茶が用意されていて、テニスコートからは、球がラケットに当たるパコーンという音が響いてくる。そして、クローケーの木槌でボールを打つコツンという音。午後の太陽を浴びて犬たちが怠惰に寝そべり、カラスの群れが空を舞い、木々の枝で鳴きかわす。太陽がダート川にきらめき、コール・ポーターのレコードの曲が芝生のほうへ流れてきて、屋敷のなかでは執事が晩餐のテーブルの支度をしている。そして、二階の窓からタイプライターのカタカタいう音がかすかにきこえてくる……。

わたしはその週末、最上階にある魅惑の部屋でほぼ二十四時間を過ごし、部屋から出たのは、食事のときと（それもマシューにしつこく呼ばれて！）、寝るときだけだった。ダートマスでのランチの誘いも、一家の友人たちと図書室でお茶をという誘いも、すべてことわった。夕食後の礼儀正しい会話に加わることも、朝食に時間をかけることも避けた。マシューは愉快そうな顔でわたしの好きにさせてくれて、礼儀知らずなこうした振舞いを黙認してくれた。わたしはロジャー・アクロイドの書斎に入ったエルキュール・ポアロのごとく、細心の注意を払って、『カーテン』と『スリーピング・マーダー』のタイプ原稿、〈ねずみとり〉の最初の台本に書かれているオリジナルのシーンと削除されたシーン、『終りなき夜に生れつく』の大量注釈つきの原稿、初めて雑誌に掲載された「ミスタ・ダヴンビーの失踪」（原文のまま）、〈ナイルに死す〉と〈死との約束〉の初演時のサイン入りプログラム、五十冊目の作品となる『予告殺人』の出版を記念して作られた公式スクラップブック、映画〈オリエント急行殺人事件〉のロイヤルプレミアの記録などに、丹念に目を通した。そして、書類分類法に凝っているミス・レモンと同じく、わたしの注意はつねに魅惑のノートへと戻っていくのだった。

　クリスティーの原稿のなかには、小説を書きはじめたころの作品が多数残っている——ミステリではないもの、軽いもの、ミステリの境界線上にあるもの、そして、デビュー作『スタイルズ荘の怪事件』より前に書かれた『砂漠の雪』という長篇。さまざまな短篇（版によって文章が違うものもあり）のオリジナルタイプ原稿のなかに、「犬のボール」も交じっていた。クリスティー研究者のあいだでは——わたしの友人にしてクリスティーの熱狂的ファン仲間であり、短篇集『マン島の黄金』を編纂したトニー・メダウォーも含めて——この短篇の存在が知られていたが、すでに活字になった長篇と類似していることが災いして、クリスティーの死後に編纂された短篇集のどれにも収録されることがなかった。わたしは、活字になった長篇とのあいだに大きな相違点があるにしても、この類似性こそが、「犬のボール」をきわめて興味深い作品にしたのだと確信している。その判断は読者であるあなたに委ねよう。

わたしが現在〝世紀の大発見〟と思っていることが起きたのは、ひきつづいて翌年にグリーンウェイを訪れたときのことだった。二〇〇六年八月の一カ月間をグリーンウェイで過ごし、修復作業が始まるに先立ってデイム・アガサの原稿や書類をよそへ移すために、わたしはそれらの整理に明け暮れた。平日は屋敷のあちこちに、測量技師や建築家、職人やボランティアがいて、騒々しい活動の場になることがしばしばだったが、週末はわりと静かになり、土曜日ごとに庭園が一般公開されているにもかかわらず、屋敷そのものの内部はひっそりしていた。それどころか、あまりにひっそりしているので、敷地内に人っ子ひとりいないのではないかと思いたくなるほどだった。八月十九日土曜日の午後、わたしは倉庫に預ける前のリスト作りの下準備として、いくつもの手書き原稿とタイプ原稿をチェックしていた。長篇とは別に、短篇集のタイプ原稿がひとつの束になっているのを見てみたところ、『ヘラクレスの冒険』だったので、活字になったものと違っている点はあるのだろうかと、ぼんやり考えた。というのは、最初は雑誌に連載されたこれらの作品が一冊の短篇集として出版されたとき、軽い手直しが頻繁におこなわれたことを、わたし自身も知っていたからである。前置きの部分と、最初のほうの数々の短篇は、活字になったものとすべて一致していたが、十二番目の短篇「ケルベロスの捕獲」までいったとき、〝エルキュール・ポアロは食前酒(アペリティフ)をひと口飲んで、レマン湖のほうへ目を向けた……〟という書き出しを見て、読んだことのないものだと気がついた。読み進むにつれて、自分がいま目にしているのはとんでもない希少価値を持つ原稿であることがわかってきた――世に知られていなかったポアロの短篇、六十年以上ものあいだひっそりと眠りつづけ、何度も何度も持ち上げられたり、運ばれたり、場所を移されたり、棚に戻されたりし、複数の人々の手で扱われながらも、書かれてから七十年近くを経た夏の日の午後まで、人目につくことのなかった作品であった。わたしは予定していたリスト作りと原稿整理の仕事を放りだして、腰をおろし、一九七五年十月以来初めて、そして、『カーテン』でポアロが最後に口にする辛辣な言葉(「さよう、すばらしい人生だった……」〔中村能三訳〕)以来初めて、忘れ去られていた未知のエルキュール・ポアロの冒険を読んだのだった。

二〇〇六年の初めに、「お祖母さんのノートをテーマにして、本を出すことはできないだろうか」とマシューに相談すると、彼はいつもの鷹揚な態度で、すぐさま賛成してくれた。そして、しばらくのちに、ハーパーコリンズ社も同じく乗り気になってくれた。未刊の短篇二篇をどう扱うかという問題が残った。クリスティーのノートのすべてにゆっくりと丹念に目を通したところ、どちらの短篇についても、メモが残されていることがわかった。マシューが二篇を活字にすることに同意してくれ、わたしはミステリの女王が遺した二篇の新たな短篇を初めて世に出す役目を任されたことを、とても名誉に思っている。

『スタイルズ荘の怪事件』の最後のところで、ポアロがヘイスティングズにいう。「がっかりしないで。元気をお出しなさい。またいっしょに獲物を追うこともあるでしょう。先のことはわかりませんよ。ええ、この次はきっと――」(矢沢聖子訳) たしかに、先のことはわからない。このセリフが書かれてから一世紀近くを経たのちに、エルキュール・ポアロと一緒にもう一度……そして、信じられないことに、さらにもう一度、獲物を追うことになったのだから……。

1　予告殺人　作家としてのスタート

すべてはこのときにはじまった。このときから、私の進むべき道がはっきりした。そして私はただ一つの殺人を行なうだけでなく、大規模な殺人事件を行なおうと決意した。

(『そして誰もいなくなった』三五〇ページ／清水俊二訳)

ネタばれ注意！

『スタイルズ荘の怪事件』『牧師館の殺人』『白昼の悪魔』『ナイルに死す』『エッジウエア卿の死』『ホロー荘の殺人』『無実はさいなむ』〈検察側の証人〉

英国の探偵小説の黄金時代は、一般に、第一次世界大戦の終わりから第二次世界大戦の終わりまで、すなわち、一九二〇年から一九四五年あたりまでとされている。これは、殺人犯の存在、アデノイドを患っている下働きの女中の証言、足跡のない雪に覆われた芝生、捜査に行き詰まって天才的アマチュア探偵に助けを求める警官などによって、カントリーハウスの週末が活気づいていた時代であった。トリックも新たなレベルに到達し、空っぽの皮下注射器を使った致命的な空気塞栓症、毒を塗った郵便切手、犯行後に溶けて消えてしまうつららの短剣などが登場した。

この時代に、現在のわれわれが古典的フーダニットの大家とみなしている有名作家のすべてが、作家活動のスタートを切っている。まず、悪魔的ともいえる輝かしき才能に恵まれたジョン・ディクスン・カーが登場。密室に出入りする方法を彼ほど数多く考案した作家は、あとにも先にも一人もいない。鉄壁のアリバイの大家といわれる創意工夫に富んだフリーマン・ウィルズ（Ｆ・Ｗ）・クロフツと、複数の謎解きという手法のパイオニアであるアントニイ・バークリイも登場。ドロシイ・Ｌ・セイヤーズの創りだした探偵、ピーター・ウィムジイ卿が誕生。セイヤーズのフィクションと批評は、このジャンルの文学性と認知度を高めるのに大きな貢献をした。マージェリー・アリンガムが登場。アルバート・キャンピオンという探偵を創りだして、すぐれた探偵小説はすぐれた普通小説にもなりうることを証明した。また、ナイオ・マーシュも登場。シリーズ探偵のロデリック・アレン警部は、警官であることと紳士であることをうまく融合させた人物である。大西洋の向こうのアメリカでは、エラリイ・クイーン登場。最後から二番目の章に〝読者への挑戦〟が挿入されて、安楽椅子探偵である読者に謎解きを挑むようになった。S・S・ヴァン・ダインと彼の生んだ尊大な探偵ファイロ・ヴァンスが、出版部数の記録を塗り替えた。そして、レックス・スタウトによって、蘭の世話の合間に事件を解決する超肥満探偵、ネロ・ウルフが誕生した。

閣僚や大主教たちがすぐれた探偵小説の美点を褒め称えた。詩人（ニコラス・ブレイク、本名セシル・デイ・ルイス）、大学教授（マイクル・イネス、本名J・I・M・スチュアート）、聖職者（ロナルド・ノックス師）、作曲家（エドマンド・クリスピン、本名ブルース・モンゴメリー）、判事（シリル・ヘアー、本名ゴードン・クラーク）が、探偵小説の分野に貢献し、発展をもたらした。R・オースティン・フリーマンと、彼が生んだ科学捜査を駆使する探偵ジョン・ソーンダイク博士が、現代の法医学ミステリの種をまいた。グラディス・ミッチェルはブラッドリー夫人という型破りな主人公を創りだして、心理学者を本業とする探偵を紹介した。また、ヘンリー・ウェイドはプール警部を主人公にして、警察小説の基礎を築いた。手紙のやりとりで構成されたセイヤーズの『箱の中の書類』、詳細な証言記録が綴られたフィリップ・マクドナルドの『迷路』、そしてついには、警察の捜査資料をつけ、そこに電報や汽車の切符といった実物証拠を添えるという形で、デニス・ホイートリーの『マイアミ沖殺人事件』が出現するに至った。間取り図、手がかりとなる品々、時刻表、脚注がどんどん添えられるようになった。砒素の特性や、時刻表の見方や、一九二六年の準正法の複雑な内容に、読者が精通するようになった。コリンズ社のクライム・クラブ叢書が創刊され、ディテクション・クラブが設立された。ロナルド・ノックスが探偵小説を書くうえでの十戒を、S・S・ヴァン・ダインが二十則を提唱した。そして、アガサ・クリスティーが『スタイルズ荘の怪事件』を出版した。

ポアロ登場……

クリスティーは『自伝』のなかで、『スタイルズ荘の怪事件』誕生の経緯をくわしく述べている。主な事実はすでによく知られている。「あなたにはおもしろい探偵小説なんて書けっこないわ」と、姉のマッジに決めつけられた。第一次大戦中、トーキイにはベルギーからの亡命者がたくさんいたので、これに影響されて、ポアロの出身国を決めた。地元の病院の薬局に勤務した関係から、クリスティーには毒薬の知識があった。少しずつこの作品を書きためてゆき、最後は、母親に勧められて、ムアランド・ホテルに二週間閉じこもっていっきに書き上げた。母親も、姉のマッジも、書くことが好きで、マッジの場合はなんと、アガサよりも先に、〈債権者〉という戯曲がウェストエンドで上演されている。アガサはそのころすでに、長たらしい陰鬱な小説（これは彼女自身のコメント）を一篇と、短篇をいくつか書いていた。地元の新聞に詩が掲載されたこともあった。「あなたには書けっこないわ」と姉にいわれたという逸話には信憑性があるが、アガサがそれだけで発奮してプロットを練り、おおまかなあらすじを作り、すばらしい本を書き上げたわけではないのは明白だ。生まれついての創作の才と、書き言葉に対する鋭い感覚が備わっていたことは間違いない。

アガサ・クリスティーが『スタイルズ荘の怪事件』を書きはじめたのは一九一六年だったが（作品自体の設定は一九一七年）、ようやく出版されたのはそれから四年後だった。そして、出版に至るまでには、著者であるクリスティーの固い決意が必要だった。なにしろ、いくつもの出版社に原稿を突き返されたのだから。やがて、一九一九年に、ボドリー・ヘッド社のジョン・レーンから、出版を考えているので一度お目にかかりたい、という申し入れがあった。だが、それでも、苦労はまだまだ終わらなかった。

ジョン・レーンがクリスティーに渡した一九二〇年一月一日の日付入り契約書は、彼女が出版の世界に疎いことにつけこんだものだった（あきれたことに、契約書に書かれた題名も違っている。正しくは *The Mysterious Affair at Styles* なのに、契約書のほうは *The Mysterious Affair of Styles*）。英国で初版二千部を売り切ったあとで、十パーセントの印税を支払う、ひきつづき五冊の長篇の契約を結ぶ、という内容だった。おそらく、自分の原稿が活字になるというので有頂天だったか、もしくは、その時点では作家をつづける気がなかったからだろうが、契約書の細目をクリスティーが丹念に読まなかったことは、充分に考えられる。

自分がどのような契約にサインしてしまったかを知ったとき、クリスティーはこう主張した――わたしが作品を出版社に渡せば、ジョン・レーンがそれを受けとらなくても、わたしのほうは契約を守ったことになるはずです。ジョン・レーンが『ポアロ登場』は長篇ではなく、短篇集だから、果たして六作の契約に含めていいものだろうか」と疑念を表明すると、すでに自信をつけていたクリスティーは、「わたしは三作目として、ミステリではなく普通小説の*Vision*を出版社にお渡ししました。それを却下なさったのは、わたしにいわせれば、そちらの勝手です」と指摘した。ジョン・レーンがこの有望な新人作家を食いものにしようとしなければ、クリスティーもおそらく、この出版社にもっと長くとどまっていたことだろう。しかし、現存する辛辣な往復書簡を見てみると、作家としてスタートを切ってから何年かのあいだ、出版業界のやり方に関してクリスティーが鋭い学習曲線を描きつづけたことと、彼女が優秀な生徒であったことがわかる。けっこう短期間のうちに、クリスティーは、ジョン・レーンのオフィスでおずおずと椅子の端に腰かけていた、萎縮した世間知らずの新人から、自信たっぷりのビジネスライクなプロの作家へと成長し、自分の著書のあらゆる面に確固たる関心を示すようになった――カバーデザイン、マーケティング、印税、連載、翻訳、映画化権、さらには、単語の綴りにまで。

一年前に原稿をリーディングした人々の反応が上々だったにもかかわらず、一九二〇年十月に、クリスティーはボドリー・ヘッド社のウィレット氏に手紙を書いて、〝本当に出版されるのですか〟という問い合わせをおこない、二作目が脱稿間近であることを告げている。その結果、考案中のカバーデザインが社のほうから送られてきて、クリスティーは「これでけっこうです」と答えている。『スタイルズ荘の怪事件』は《ウィークリー・タイムズ》誌にようやく連載されたあと、この年の後半にアメリカで出版の運びとなった。そして、執筆にとりかかってから五年近くを経て、一九二一年一月二十一日、アガサ・クリスティーのデビュー作が英国で発売されたのだった。発売後も、宣伝文句や、印税のずさんな計算、カバーデザインなどをめぐって、大量の書簡がやりとりされた。ジョン・レーンのためにひと言いっておくと、クリスティーとコリンズ社とのあいだでやりとりされた書簡を見ても、カバーデザインと宣伝文句が、作家としてのクリスティーの生涯を通じて繰り返し論じられた点であった。

評決……

『スタイルズ荘の怪事件』の原稿をリーディングした人々の報告書から判断すると、多少危惧される点はあるものの、この作品には見込みがありそうだった。ある報告書は販売面にズバッと触れている。「明らかな欠陥がいくつかあるが、かなり売れそうな作品だ……

ある種の新鮮さが感じられる」もうひとつの報告書はもっと熱がこもっている。「語り口がなかなかいいし、文章もうまい」さらにべつの報告書は、「探偵小説を書きつづけるなら、将来が期待される。明らかにすばらしい才能を持っている」と述べている。誰もがポアロというキャラクターに惹きつけられ、「小説に登場する〝探偵〟のなかで、ムッシュー・ポアロは大歓迎したくなる変わり種で、豊かな個性にあふれている」「盛りをすぎた有名なベルギーの警察官という人物のなかに、愉快な小男が潜んでいる」などと述べている。〝盛りをすぎた〟という表現が使われたことに、ポアロは異議を唱えるかもしれないが、彼の存在が作品の人気を生んだことは明らかだ。きわめて鋭い洞察力を持つ一人のリーディング担当者が、一九一九年十月七日の日付が入った報告書のなかで、「しかし、ジョン・カヴェンディッシュの公判場面を読むと、これを書いたのは女性ではないかという気がします」と述べている（原稿に添えられた名前がA・M・クリスティーだったので、別のリーディング担当者は〝ミスター・クリスティー〟という呼び方をしている）。どの報告書にも、申し合わせたように、〝ポアロがカヴェンディッシュの公判に果たした役割には説得力がないので、修正が必要〟と書かれていた。

リーディング担当者たちが指摘したのは、オリジナル原稿の大詰めとなる場面において、ジョン・カヴェンディッシュの公判で証言台に立ったポアロが証拠の品を示して犯罪の謎解きをする、という部分であった。クリスティー自身も認めたように、ここはどう考えても無理があるので、レーンは書き直しを求めた。クリスティーはそれに従い、犯罪そのものの謎解きは同じままにしておいて、ポアロが証言台で証拠の品を示して説明する代わりに、スタイルズ荘の客間で延々と話をするという形に変えた。のちに出版された多くの作品でもくりかえされることになるシーンである。

サザランド・スコットが探偵小説の歴史を論じた『現代推理小説の歩み』（一九五三）のなかで、『スタイルズ荘の怪事件』のことを、鋭くも、〝デビュー作としては、これまでに書かれたなかで最高傑作のひとつ〟と評している。『スタイルズ荘の怪事件』には、のちのち多くのクリスティー作品の特徴となる点がいくつか含まれている。

ポアロとビッグ4

■エルキュール・ポアロ

アガサ・クリスティーは典型的な英国人作家とみなされているのに、彼女の生んだもっとも有名な人物が〝外国人〟、すなわち、ベルギー人であるという事実には、皮肉がある。クリスティーが慣れ親しんでいたであろう探偵たちの存在が、ポアロを生みだす要因になったのかもしれない。ポーのオーギュスト・デュパン、ロバート・バーのユージーヌ・ヴァルモン、モーリス・ルブランのアルセーヌ・ルパン、A・E・W・メイスンのパリ警視庁勤務のアノー警部――これらの探偵は一九二〇年にはすでに、ミステリの世界で確固たる地位を築いていた。また、クリスティーが『自伝』で具体的に挙げている作品がひとつある。それはガストン・ルルーの長篇『黄色い部屋の秘密』で、探偵役はムッシュー・ルウルタビイユ。いまではほとんど忘れられているが、ルルーは『オペラ座の怪人』の作者でもある。

当時はまた、探偵役に際立った特徴を持たせることが必要と考えられていた。さらに望ましいのは、特徴がいくつもあることだった。ホームズには、バイオリン、コカイン、パイプがあった。ブラウン神父には、こうもり傘と、人を欺く放心状態があった。ピーター・ウィムジイ卿には、片眼鏡、従僕、古書のコレクションがあった。知名度のやや劣る探偵たちにも、負けず劣らずユニークな特徴があった。バロネス・オルツィの隅の老人は、〈ABCティーショップ〉に腰を落ち着けて、紐で結び目を作っていた。アーネスト・ブラマーのマックス・カラドスは目が見えず、ジャック・フットレルのオーガスタス・S・F・X・ヴァン・ドゥーゼンは〝思考機械〟として知られていた。そこで、ポアロは口髭を生やし、小さな灰色の脳細胞を持ち、知性の点でも服装の点でも自惚れがひどく、病的なまでに几帳面なベルギー人という設定になった。クリスティーの唯一のミスは、一九二〇年の時点で、ポアロをベルギー警察を退職した警官という設定にしたことだった。ここから計算すると、一九七五年の『カーテン』のころのポアロは、そろそろ百三十代に入りかけていたことになる。もちろん、一九一六年当時、フィクションの世界に誕生した小男のベルギー人が自分より長生きすることになろうとは、アガサ・クリスティーも想像しなかったことだろう。

■読みやすさ

このデビュー作からすでに、クリスティーの偉大な才能のひとつである読みやすさが顕著に出ている。もっとも基本的な定義を述べるなら、読みやすさというのは、読者にページの最初から最後までをいっきに読ませ、つぎにそのページをめくらせ、そして、どの本の場合でも（クリスティーの場合は、〝あらゆる本〟というべきだが）、それをページの数だけ繰り返させることのできる力量を意味している。クリスティーがこの才能に見放されたのは、実質的に彼女の絶筆とされる『運命の裏木戸』のときだけで、これはまことに読みづらい作品となった。この才能は、クリスティーの場合、生まれついてのものである。努力で身につけることができるものかどうかは疑わしい。『スタイルズ荘の怪事件』の刊行から三十年後、コリンズ社のリーディング担当者が『バグダッドの秘密』の読後感を報告書にまとめ、全体に辛口批評となったその報告書のなかで、〝きわだって読みやすく、最初から最後まで読者の興味をつなぎとめておく難業を、みごとになしとげている〟と述べている。

クリスティーの文章はけっして格調高い名文ではないが、よどみなく流れていて、登場人物はいかにも現実にいそうな感じで、一人一人の特徴がくっきりと描きだされ、どの作品も会話が多くを占めている。長ったらしい質疑応答の場面も、微に入り細を穿った科学的説明も、登場人物や場所についての冗漫な描写もない。しかし、このそれぞれがほどよく使われているおかげで、作中の場面も、主人公たちも、読者の心に鮮やかな印象を刻みつける。ひとつひとつの章が、いや、それどころか、ひとつひとつの場面が、周到に用意された謎解きとクライマックスへ向かって物語を押し進めていく。しかも、ポアロには、ドロシイ・L・セイヤーズのピーター・ウィムジイ卿みたいな苛立たしいひょうきんさや、S・S・ヴァン・ダインのファイロ・ヴァンスみたいなペダンティックな傲慢さや、E・C・ベントリーのフィリップ・トレントみたいな感情のもつれがないため、読者の反発を買うこともない。

同時代のほぼどのような探偵小説と比べてみても、クリスティーと他の作家とのあいだにいかに大きな隔たりがあるかがわかる。他の作家の作品は大部分がすでに絶版になっている。一例を挙げると、『スタイルズ荘の怪事件』と同じころに出版された探偵小説が二つある。ダブリン生まれのF・W・クロフツが、一九二〇年に『樽』を出版、その前年に、H・C・ベイリーが『フォーチュン氏を呼べ』を出版している。クロフツが生んだ探偵、フレンチ警部はあらゆる手がかりを追うことに労を厭わず努力を傾け、鉄壁のアリバイを崩すのを得意としている。だが、この緻密さが災いして、ワクワクしながら本を読む楽しみが薄れてしまった。H・C・ベイリーは歴史小説作家としてスタートしたが、やがて、ミステリに目を向けるようになり、一九一九年、レジナルド・フォーチュンを主人公とする、やや長めの作品を集めた初の短篇集『フォーチュン氏を呼べ』を出版した。この二人の作家は、長篇を書いても、短篇を書いても、技巧を凝らしたプロットを練り上げる名人だったが、その作品には、読みやすさというきわめて重要な要素が欠けていた。現在、この二人の名前を知っていて高く評価しているのは、ミステリの熱狂的マニアだけになってしまった。

■プロット作り

クリスティーのプロット作りのうまさと、人間業とは思えないほどの読みやすさが組み合わさった結果、その後五十年にわたって、これぞ無敵のコンビであることが証明されることになった。わたしはここでひとつ、クリスティーのノートを検証し、もともとプロット作りの天性の才能に恵まれていたにもかかわらず、彼女が自分のアイディアに手を加えて、凝縮し、鋭くし、完璧にしていったことや、最高傑作とされている作品（『ねじれた家』『終りなき夜に生れつく』『ABC殺人事件』）ですら、労を惜しまぬ下準備から生まれたものであることを示したいと思う。クリスティーのプロット作りのうまさの秘密は、凝ってはいるが難解ではないという事実にある。クリスティーの謎解きは、日常的なものを土台にしている——いくつかの名前は男性とも女性ともとれる。鏡はものを映しだすが、それと同時に、左右を逆にする。人が大の字に倒れていても死体とはかぎらない。木を隠すのにもってこいの場所は森である。永遠不変の三角関係や、ふと耳にした口論や、不義密通について、読者が誤った解釈をすることを、クリスティーは計算に入れている。退役軍人は人畜無害の道化者、内気でおどおどした人妻は憐れみの的、警官はみんな正直で、子供はみんな無邪気という読者の先入観を、クリスティーは利用する。機械仕掛けや技術的なもので読者を惑わすようなことはしない。あるいは、陳腐なものや、わかりきったものので読者を侮辱することはない。不気味なものや陰惨なもので読者を震え上がらせることもない。

ほぼすべてのクリスティー作品が、容疑者の範囲が限定されるという設定になっている——ごく限られた人数の容疑者がいて、そのなかから殺人犯を見つけだすわけだ。カントリーハウス、船、列車、飛行機、島——こうした舞台装置のおかげで、殺人事件の容疑者は限定され、まったくの未知なるものが最終章でベールを脱ぐような事態にはならないことが保証される。クリスティーが「さあ、ここに集めたのが容疑者よ。このなかからわたしが犯人を選びだすの。黒い羊を見つけられるかどうか、あなたもやってごらんなさい」といっているのも同然だ。容疑者の数は四人（『ひらいたトランプ』）かもしれないし、五人（『五匹の子豚』）かもしれないし、旅行客でいっぱいの寝台車みたいに大人数（『オリエント急行の殺人』）かもしれない。『スタイルズ荘の怪事件』は、黄金時代の作家と読者が愛した、カントリーハウスを舞台とする殺人物語の典型である――さまざまな登場人物が人里離れた場所に集まり、滞在中に殺人事件が起きて、捜査が進められ、解決に至る。『スタイルズ荘の怪事件』の謎解きは科学的な事実に基づいているが、捜査の始まった時点で、どういう毒薬が使われたかが読者に告げられるので、アンフェアではない。毒物学の知識を持つ者のほうが有利であることは否めないが、毒物に関する情報は簡単に手に入れることができる。少しだけ議論の余地があるこの点を除けば、解決に到達するのに必要な情報はすべて綿密に提示されている――コーヒーカップ、布地の切れ端、七月の暑い夜に暖炉に入れられた火、薬の小壜。そして、いうまでもなく、ポアロが決定的な証拠をつかむのは、彼がやたらと整頓好きなおかげである。そして、十年後に、戯曲〈ブラック・コーヒー〉のなかで、この手法がふたたび使われることになる。しかし、ポアロがマントルピースの上を二回も整頓しなくてはならず、それによって、犯罪を構成する鎖の重大な環を発見（4章、5章）したことに気づく読者が、いったいどれだけいるだろう？

■フェアであること

クリスティーは作家生活全体を通して、犯罪を解決するのに必要な手がかりを読者に示すことを鉄則としてきた。同時代の偉大な作家、R・オースティン・フリーマンの言葉を借りるなら、〝読者が勝手に誤解する〟ことを確信したうえで、喜んで手がかりを提示していたのだった。結局のところ、『ポアロのクリスマス』のカレンダーや、『ナイルに死す』のビロードの肩掛けや、『邪悪の家』のラブレターの手がかりを正しく解釈できる読者が、いったい何人いるだろう。あるいは、『葬儀を終えて』の蠟製の造花や、『カリブ海の秘密』のパルグレイヴ少佐のガラスの義眼や、『エッジウェア卿の死』の電話や、『五匹の子豚』のビール瓶の意味を、誰が正確に解釈できるだろう？

『オリエント急行の殺人』や『アクロイド殺し』や『ねじれた家』のサプライズ・エンディングと同格とまではいかないが、『スタイルズ荘の怪事件』の謎解きにもけっこう驚かされる。クリスティーのもっとも得意な策略のひとつ、つまり、〝裏の裏をかく〟という策略が使われているからだ。探偵作家の手法のなかで、この強力な武器が使われたのは、彼女のこの作品が初めてである。誰が見ても明らかな謎解きが、最初のうちは「まさか」と思われていて、だが結局は正解だったことが判明する、というわけだ。『自伝』のなかで、クリスティーは「いい探偵小説の要点は、一見明白に犯人が誰かがわかるけれど、同時に、ある理由から、どうも明白ではないということがわかり、とてもその男が殺せるわけがないというようなものでなければなるまい。だが、もちろん、本当は彼が殺していたのだ（『アガサ・クリスティー自伝（上）』五三〇ページ／乾信一郎訳）」と説明している。

作家生活において、クリスティーはこの手法を何度も用いてきた。殺人の共犯関係が謎解きの中心となる作品(『牧師館の殺人』『白昼の悪魔』『ナイルに死す』など)において、とくにそれが顕著である。共犯関係はないものの、『エッジウェア卿の死』や『ホロー荘の殺人』もこの手法を用いている。また、『無実はさいなむ』や、衝撃的な〈検察側の証人〉のように、このはったりをさらに進化させた作品もある。

『スタイルズ荘の怪事件』では、アルフレッド・イングルソープが見るからに犯人っぽくて感じの悪い男なので、われわれ読者は、この男が犯人のはずはないと思いこんでしまう。アリバイの点から見ても、妻が死んだ夜、彼は屋敷を留守にしていた。そこで、読者は彼を容疑者から除外する。〝裏の裏をかく〟手法をさらに強化するために、容疑者にされて逮捕され、裁判にかけられ、無罪判決を受け、それによって永遠の自由をかちとることが彼の犯罪計画の一部を成している、という設定にしてある。この手法は、よほど慎重に取り扱わないと、クライマックスの場面で尻すぼみになってしまう危険がある。ここでは、率直なエヴリン・ハワードという、まことに意外な共犯者の存在を暴露することによって、その危険を巧みに回避している。なにしろ、エヴリン・ハワードは最初からずっと、雇い主の夫(じつはエヴリンの極秘の愛人)のことを「財産狙いの悪党よ」と罵倒しているのだから——事実そのとおりなのだが。

■多作

当時は誰一人——クリスティー本人はとくに——予想しなかったことだが、『スタイルズ荘の怪事件』を皮切りに、その後五十年以上にわたって、彼女のタイプライターから膨大な数の本が生みだされることとなった。クリスティーは長篇にも短篇にも同じように秀でていたし、あの時代の作家のなかでただ一人、戯曲の分野でも成功を収めている。二人の有名な探偵を創りだした。ほかのミステリ作家には真似のできない偉業である。最盛期には、執筆のペースが速すぎて出版が間に合わないほどだった。一九三四年には、ミステリが四作も出版され、メアリ・ウェストマコット名義のものも一作出ている（クリスティーがこのペンネームで書いたミステリでない長篇は六作あり、一九三〇年から一九五六年のあいだに刊行されている）。そして、この驚くべき多作ぶりが、いまなお彼女の人気が衰えない理由ともなっている。毎月一冊ずつクリスティーの本を読めば、七年近くそれをつづけることができる。そして、七年後に最初からまた読み直していけばいい。最初のころに読んだものはもう忘れているはずだから。また、アガサ・クリスティー作品が芝居になったものを毎月ひとつずつ見ていけば、二年間見つづけることができる。この記録に太刀打ちできる作家は、どの分野を見てもほとんどいない。

また、クリスティーの作品は、地理、文化、人種、宗教、年齢、性別といったあらゆる壁をつねに乗り越えている。バミューダ諸島でも、ロンドンのバラムでも、同じように熱心に読まれている。祖父母にも、孫にも読まれている。二十世紀に緑の表紙のペンギン・ブックスと《ストランド・マガジン》で読まれたのと同じく、この二十一世紀には、電子ブックや画像フォーマットで熱心に読まれている。なぜかって？　こんなに面白いものを、こんなに数多く、こんなに長いあいだ書きつづけた作家が、ほかに一人もいないからだ。読みやすさと、プロット作りのうまさと、フェアな精神と、多作の才能を併せ持った作家が、ほかに一人もいないからだ。

今後も、このような作家は出てこないだろう。

2　もの言えぬ証人　ノートに記された証拠

手品師のような手つきで、彼は二冊の安っぽいノートブックをさっとデスクの引き出しから取りだした。

（『複数の時計』四七九ページ／橋本福夫訳）

彼女の伝記作家であるジャネット・モーガンとローラ・トンプソンの両方が、アガサ・クリスティーのノートについて述べているが、彼女のノートはやはり、厳重に守られた宝物で、世の中にほとんど知られていなかった。クリスティーの死後は、娘のロザリンド・ヒックスがグリーンウェイ・ハウスに大切にしまいこみ、トーキイ博物館でたまに展示されるのを別にすれば、一般公開されることはけっしてなかった。しかし、クリスティーは『自伝』のなかで、それらのノートのことにちらっと触れている。

もちろん、実際の細かいところはまだよく考えなくてはならないし、人物も徐々に意識の中に忍び込んでくるのだが、わたしはそのすばらしい思いつきを練習帳に書き留めておく。そこまでは結構なのだが――いつも、その練習帳をなくしてしまうのである。わたしはつねに手もとに半ダースほどの練習帳を持っていて、ふと頭に浮かんだ思いつきとか、何かの毒薬とか薬品のこととか、あるいは新聞で見たちょっと気のきいたペテンなどを書きつけておく。もちろんこれらのみんなを類別し、整理し、見出しなどつけておいたらずいぶん助けになるにちがいない。しかし、ときどき古いノートの山を何となくあちこち見てなぐり書きをみつけるのは楽しいものである――「構想になり得る……自分ですること……若い女で本当は妹でない……八月……」。それに筋のほんのあらましがついている。これはいったい何のことなのか今はもう思い出せないが、それが刺激になって、内容の同じものは書けなくても、すくなくとも何かほかのものが書ける。

（『アガサ・クリスティー自伝（下）』三二九ページ／乾信一郎訳）

ここに記されたコメントのいくつかを詳細に検証すれば、クリスティーのいわんとすることがはっきりするだろう。クリスティー自身の言葉を案内役にして、これらのノートが創作のプロセスで果たしていた役割りを見ていくことにしよう。

「……思いつきを練習帳に……」

かつて書かれたなかで（書かれなかったものも多いが）最高にすばらしい探偵小説のための創作メモ、下書き、アウトラインという観点からすれば、これらのノートは、唯一無二にして測り知れぬ価値を有する文学界の遺産といっていいだろう。品物として見れば、さほど印象的なものではない。いまも、この原稿を書いているわたしの前にノートが置いてあるが、ちらっと見たかぎりでは、世界中のあらゆる学校で授業が終わったときに教師が集めるノートを積み重ねたようにしか見えない。なぜなら、その多くがまさにそれ――ノート――にすぎないからだ。赤いノート、青いノート、緑のノート、灰色のノート、表紙がとれてしまった青い太罫のペン習字練習帳、ポケットサイズの黒いノート。製造元は、ミネルヴァ、マーヴェル、キングズウェイ、ヴィクトリア、ライオン・ブランド、チャレンジ、メイフェア。値段は、キングズウェイ（ノート72）の二ペンスから、マーヴェル（ノート28）の一シリングまでさまざまだ。ノート5は特別にお買い得で、四冊で七ペンス半。表紙の内側には、しばしば、〝便利な〟情報がついている――英国の地図、世界の国々の首都、十進法の換算レート（クリスティーがこのノートを買ったのは、一九七一年二月に通貨が十進法化方式へ変更された直前か直後だったのだろう）。表紙にニューヨークのスカイラインが描かれたものもあれば（ノート23）、メキシコの火山が描かれたものもある（ノート18）。

中身にふさわしい立派なノートも何冊かある――しっかりした作りで、ページ数が多くて、大理石模様の表紙がついたもの。浮出し模様の表紙に螺旋綴じのもの。表紙に〝原稿〟という文字が仰々しく入っているものまである。ノート7は裏表紙の内側に、〝汚れが拭けるポリ塩化ビニル使用、製造元WHS〟と印刷されている。ノート71は表紙に〝アガサ・ミラー、一九〇七年五月三十一日〟と書かれ、パリに留学していた娘時代にフランス語の宿題をするのに使われていた〝カイエ（フランス語で「ノート」の意味）〟である。ノート31はワインレッドの硬い表紙がついた印象的なもので、製造元はトテナム・コート・ロードのラングレー&サンズ・リミテッド、値段は一シリング三ペンスとなっている。

どこででも買える安価な品だったことが、ノートに災いをもたらしたケースも、わずかにある。長い年月を旅するあいだに、さまざまな損傷が生じたのだ――表紙が失われ（ひょっとするとページの一部も。誰にわかるだろう？）、ホッチキスの針が錆び、鉛筆の文字が薄くなり、そして、紙の質が悪いのに加えてインクの洩れやすいボールペンが使われたせいで、書かれたメモがページの裏まで染みているものもある。もちろん、ノートの多くが戦時中のものなので、紙の質は粗悪なものが多かった。

何冊かのノートは、クリスティーの娘ロザリンドの名前と住所が彼女自身のきれいな字で表紙の内側に書かれているので（ノート41）、もともとロザリンドのものだったか、もしくは、一時的に母親から借りて使っていたのではないかと思われる。また、ノート73は真っ白なままだが、最初の夫アーチー・クリスティーの名前が表紙の内側に流麗な文字で書かれている。ノート19の表紙の氏名・住所欄は埋まっている。〝マローワン、ローン・ロード・フラット17〟

クリスティーが使ったページ数はノートによって大きく違っている。ノート35には二百二十ページ分ものメモがあるのに、ノート72はわずか五ページ。ノート63のメモは百五十ページを超えているのに、ノート42は二十ページしか使っていない。平均すると、一冊あたり百〜百二十ページといったところだ。

本書では、ノートを全部ひっくるめて〝アガサ・クリスティーのノート〟と呼んでいるが、すべてがクリスティーの創作活動に使われたわけではない。ノート11、40、55に書かれているのは化学式ばかり、薬剤師になる勉強をしていたころのものと思われる。ノート71にはフランス語の宿題、そして、ノート73は真っ白なままだ。また、クリスティーは手当たり次第にメモをとるのに、しばしばこれらのノートを使っていて、ときには、表紙の内側にメモすることもあった。ノート59には、〝四八番地［シェフィールド・テラス］に入れる家具〟のリストがある。ノート67には、〝コリンズ社に電話、美容院の予約〟というメモがある。ノート68には、ストックポートからトーキイまでの列車の時刻表が書いてある。それから、ノート54の表紙には、夫のマックス・マローワンが小さいきれいな字で『蒼ざめた馬』と書いている。

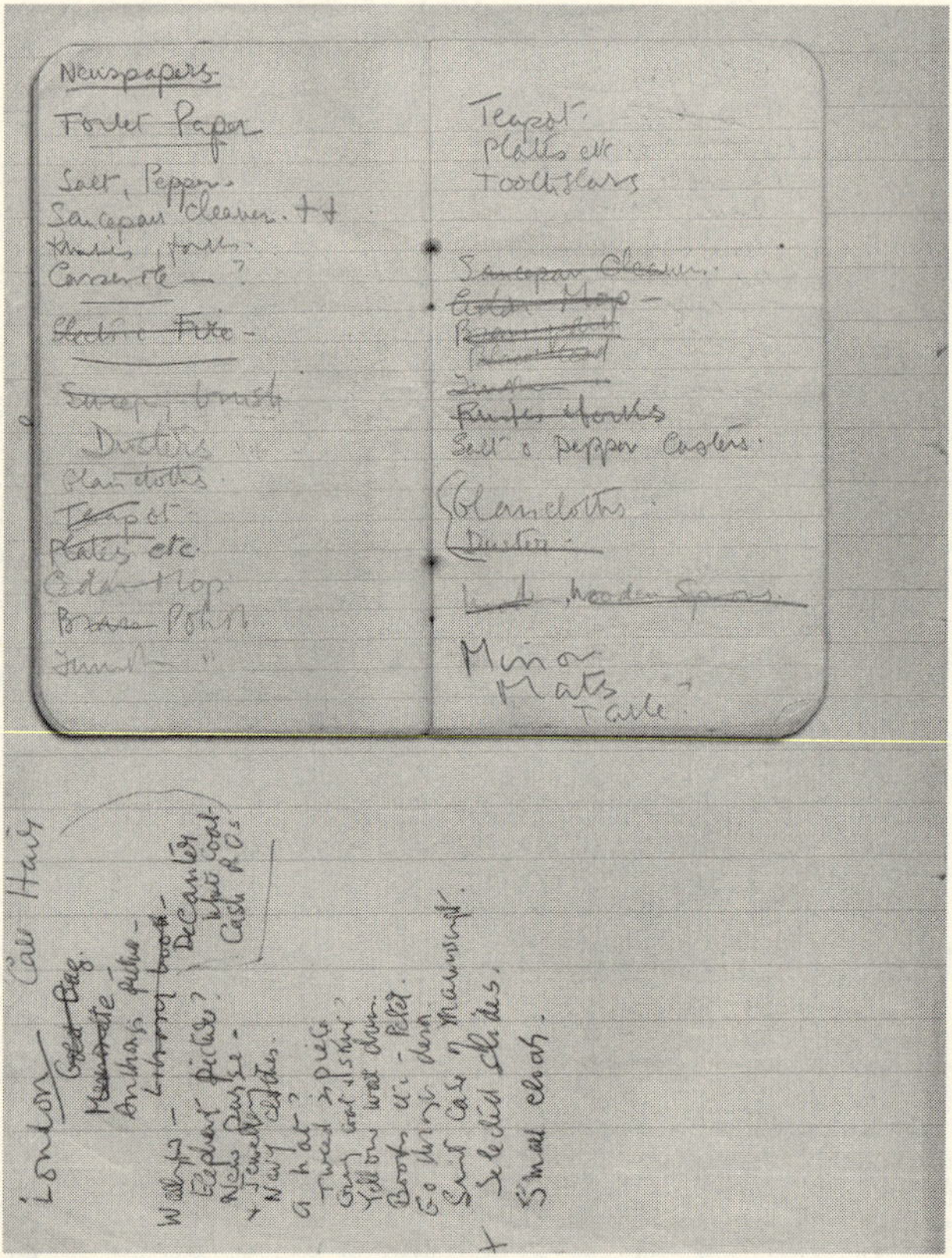

家庭の主婦としてのアガサ・クリスティーの一面を示す二つの例。下のリストの最初に〝ウォリングフォード〞と書いてあるところを見ると、両方とも、クリスティーのいくつかの住まいへ運ぶ品々、もしくは、運びだす品々をリストにしたものに違いない。

「いつも、その練習帳をなくしてしまうのである……」

作家生活が五十五年以上にわたっていて、しかもそこに二つの世界大戦が含まれているとなれば、多少の紛失は避けられないが、幸いなことに、そうした紛失はめったに起きなかったようだ。もちろん、ノートがもともと何冊あったのか、わたしたちには知りようがないが、現存している七十三冊だけでもすばらしい遺産である。

とはいえ、『ゴルフ場殺人事件』（一九二三）、『アクロイド殺し』（一九二六）、『ビッグ4』（一九二七）、『七つの時計』（一九二九）のメモやアウトラインの類は何ひとつ残っていない。一九二〇年代の作品のなかでメモが残っているのは、『スタイルズ荘の怪事件』（一九二〇）、『茶色の服の男』（一九二四）、『チムニーズ館の秘密』（一九二五）、『青列車の秘密』（一九二八）だけである。『アクロイド殺し』の刊行が、傷心のクリスティーの失踪事件と、そのあとにつづく離婚のすぐ前であったことを考えれば、この作品のメモが残っていないのも、たぶん驚くには当たらないだろう。『ビッグ4』についても同じことがいえる。もっとも、いくつかのエピソードからなるこの長篇は、もう少し早い時期に短篇として連載されていたのだが。また、トミーとタペンスの一作目『秘密機関』（一九二二）の誕生に関するメモはいっさいない。一九二九年の短篇集『おしどり探偵』のほうも、ごく簡単なメモしか残っていない。じつに残念なことだ。この短篇集は当時のミステリ作家たちへの愛情あふれるパスティーシュになっているので、メモがあれば、彼らに対するアガサ・クリスティーの思いを窺い知ることができたかもしれない。

だが、一九三〇年代以降については、メモの残っていない作品は『オリエント急行の殺人』（一九三四）、『ひらいたトランプ』（一九三六）、『殺人は容易だ』（一九三九）だけである（ただし、ノート66に『殺人は容易だ』のことがちらっと出てくる）。ここから推測するに、じっさいに紛失したノートはほとんどなかったのではないだろうか。『殺人は容易だ』を除く二作品は一九三〇年代半ばのものなので、同じノートにメモされていた可能性が充分にある。しかし、『殺人は容易だ』の場合は、その前後に出版された長篇のメモがすべて残っているので、なぜこの作品のメモだけが紛失しているのか、それ自体が一種のミステリといえる。

登場人物のリスト程度の簡単なメモしかないものもあれば（『ナイルに死す』ノート30）、大量のメモが残されているものもある――『バグダッドの秘密』（百ページ）、『五匹の子豚』（七十五ページ）、『愛国殺人』（七十五ページ）。完成本の内容そのままのメモが残されている作品もいくつかあるので、ひょっとするとそれ以前にもっと大雑把（おおざっぱ）なメモが書かれていて、それが紛失してしまったのではないか、と思いたい誘惑に駆られる。その一例が『そして誰もいなくなった』である。『自伝』にクリスティーはこう書いている。

「わたしが『そして誰もいなくなった』を書いたのは、書くことが非常にむずかしい思いつきに魅せられたからだった。十人の人がばかばかしい感じにならずに殺され、また殺人者がはっきりしないようにしなければならなかった。たいへんな量の草案を作ってからわたしはこの小説を書き……（『アガサ・クリスティー自伝（下）』三九八ページ／乾信一郎訳）」残念ながら、この草案は現在ひとつも残っていない。ノート65のメモを見ると（本書4章参照）、物語の筋がほぼそのとおりに書かれている。削除することも、どんな代案が可能かを検討することもほとんどないまま、クリスティーがいきなり執筆に入ったとは、どうしても思えない。また、残念なことに、この有名な作品が舞台化されたときのメモも残っていない。それ以後のクリスティーの作品については、幸い、すべての長篇に関してメモが残っている。後期の作品の大半に膨大な量の詳細なメモがついている。しかも、字が読みやすくなっている。

百五十篇近い短篇のうち、ノートのなかで検討されているのは五十篇にも満たない。ここから察するに、短篇の多くは事前にメモをとるのではなく、クリスティーが直接タイプしていたのかもしれない。もしくは、ノート以外の何かの紙にメモしておいて、あとで捨てたのかもしれない。もしくは、初期の短篇を書いていたころは、自分をプロフェッショナルな意味での作家だとは思っていなかったのかもしれない。書くことが自分の〝仕事〟であることをようやく自覚したのは、離婚して、その結果、生活費を稼ぐ必要に迫られるようになってからのことだった。なので、一九二三年に《スケッチ》誌に連載されたもっとも初期のポアロものの短篇に関しては、ノートに記されたメモはない。だが、ポアロの短篇集の最高傑作といわれる『ヘラクレスの冒険』(本書下巻11章参照)には、ありがたいことに、詳細なメモが残っている。それから、クリスティーが短篇を書くためにざっと記したアイディアは、メモのままで終わったものが多かった(本書下巻〈証拠物件F〉参照)。

戯曲に関しては、世に知られていないものも、上演されなかったものも、未完成に終わったものも含めて、ほとんどのものにメモが残っている。もっとも有名で人気の高い〈三匹の盲目のネズミ〉(クリスティーがメモをとった当時は、まだこのタイトルだった)と、〈検察側の証人〉については、それぞれわずか二ページ分のメモしか残っていない。しかも、情報価値に乏しくてがっかりさせられる。脚色のさいの細々したメモはなく、通常の考察抜きで各場面の草案が記されているにすぎない。

それから、『自伝』と、詩と、ウェストマコット名義の長篇のメモが何ページ分もある。詩の大部分は個人的に書かれたもので、例えば、家族の誕生日のプレゼントにすることがしばしばあった。これらの詩に関していうと、詩のテーマについて事前にわずかばかりの知識を持っていたところで、判読不能に近い手書き文字を解読するさいの助けにはならない。ウェストマコット名義の作品のメモは、全部合わせてわずか四十ページ。こまかい執筆計画はひとつも記されていない。比較的少ないそのページの多くは、使えそうな題名が含まれた引用文で埋まっている。その多くは使われずに終わってしまったが、なかなか魅力的な読みものになっている。『自伝』のためのメモは散漫で支離滅裂、要するに自分の記憶をたどるためのものだろう。

ネタばれ注意！

『アクロイド殺し』

クリスティーの作品のなかでもっとも有名な二つの長篇――『アクロイド殺し』と『オリエント急行の殺人』――の創作プロセスに関するメモが何ひとつ残されていないのは、まことに残念である。この二つはきわめて大胆不敵な構成の作品なので、舞台裏をのぞくことができれば、誰もが魅了されただろうに。『オリエント急行の殺人』については、ちらっと触れている箇所すらないので、わたしたちには何もわからない。『アクロイド殺し』のほうはノート67に登場人物のリストがあるが、それ以外は何もない。しかしながら、マウントバッテン卿との興味深い往復書簡に、『アクロイド殺し』誕生の背景が少し出ている。

一九二四年三月二十八日の日付で、マウントバッテン卿は〝クリスティー夫人殿

（『ナンバー・フォーの勝利』の著者）、《スケッチ》誌気付〟として、手紙を出した（卿がいっているのは、この雑誌に連載が終わったばかりの『ビッグ4』のことである）。三人称で書かれたその手紙のなかで、卿はポアロとクリスティーへの賛辞を述べ、探偵小説のアイディアを提供させてほしいと申しでている。自分もペンネームで短篇をいくつか発表しているが、海軍の軍務のために執筆の時間があまりとれない、と説明している。

手短に述べると、マウントバッテン卿のアイディアはつぎのようなものだった——南米への出発を目前に控えたヘイスティングズが、ジェニーという友人をポアロに紹介する。殺人が起きて、ポアロはヘイスティングズに手紙を書き、きみに事件の進展を知らせる手紙は今後ジェニーが書いてくれることになった、と告げる。筋書きとしては、被害者に薬を飲ませて仮死状態にする。死体が〝発見された〟時点で、犯人が被害者を刺し殺す。死体が発見されるまでポアロと一緒にいたことにより、ジェニーのアリバイは鉄壁とみなされる。最終章でようやく、ジェニーが犯人と判明。おわかりのように、クリスティーはこのアイディアの基礎をなす〝語り手が犯人〟というアイディアを使うことにした。ただし、これをとりまくディテールは、マウントバッテン卿の案を土台として、クリスティーが装飾を加えたものである。

一九六九年十一月二十六日、マウントバッテン卿はふたたびクリスティーに手紙を書き、〈ねずみとり〉の十七周年に祝辞を贈った。クリスティーは一週間もたたないうちに返事を出し、四十五年前の卿の提案にお礼状を出していなかったら、あらためてお詫びをしたいと述べ（卿はその後、「お礼状は間違いなくいただきました」と、クリスティーを安心させた）、卿の親切な祝辞に礼をいい、最新作『ハロウィーン・パーティ』を同封した（『アクロイド殺し』には劣りますが、それほど悪くもありませんと）。クリスティーはまた、義兄のジェームズから同じころに、語り手が犯人という似たようなプロットを提案された、と語っている。ただし、そのときは、実現はきわめて困難だと思ったそうだ。

「……わたしはつねに手もとに半ダースほどの練習帳を持っていて……」

アガサ・クリスティーの作品のひとつひとつが専用のノートを持っているというのが、筋の通った考え方であろう。だが、まったく違う。一冊のノートがひとつの作品だけに使われているケースは、わずか五例しかない。ノート26と42はすべて『第三の女』に捧げられている。ノート68は『邪悪の家』のみ。ノート2は『カリブ海の秘密』。ノート46には、『死が最後にやってくる』の広範囲にわたる歴史的背景とおおざっぱなアウトライン以外、何も書かれていない。これらを別にすれば、あとのノートはどれも、生産性豊かな頭脳と勤勉なプロの仕事が残した魅惑的な記録となっている。いくつか例を挙げれば、はっきりおわかりいただけるだろう。

ノート53の内容

『葬儀を終えて』と『ポケットにライ麦を』の詳細なメモが五十ページ分、数ページごとに入れ替わっている

『死への旅』のおおざっぱなメモ

長篇（執筆されず）の短いアウトライン

ラジオ劇〈パーソナル・コール〉のために作られた三種類の試案

メアリ・ウェストマコット名義の新作のためのメモ

〈検察側の証人〉と〈招かれざる客〉の予備的なメモ

出版も上演もされなかった戯曲〈Miss Perry〉のアウトライン

詩が何篇か

ノート13の内容

『死が最後にやってくる』――三十八ページ

『満潮に乗って』――二十ページ

『忘られぬ死』――二十ページ
メアリ・ウェストマコット――六ページ
外国旅行の日記――三十ページ
『ホロー荘の殺人』『カーテン』『NかMか』――四ページずつ

ノート35の内容
『五匹の子豚』――七十五ページ
『愛国殺人』――七十五ページ
『NかMか』――八ページ
『書斎の死体』――四ページ
さまざまなアイディアが二十五ページ

「……これらのみんなを類別し……」

クリスティーのノートに見られる、もっとも興味深くて、そのくせ苛立たしい特徴のひとつは、秩序に欠けることで、とくにひどいのが日付である。ノートは七十三冊もあるのに、日付が入っているのはわずか七十七例。しかも、せっかく日付が入っていても、その多くは不完全だ。ページの最初に入っている日付は、〝十月二十日〟だったり、〝九月二十八日〟だったり、〝一九四八〟だけだったりする。年月日がきちんとそろったものは六例しかなくて、そのすべてが最後の十年間のものである。不完全な日付については、その作品の刊行時期から年代を推測できることもあるが、未刊に終わったアイディアや、それ以上進まなかったアイディアとなると、推測はほぼ不可能だ。この混沌たる状態が、さまざまな理由によって、なおさらひどくなっている。

理由その一。ノートの使い方が行き当たりばったり。クリスティーはノート（正確には、クリスティー自身がいっているように、つねに持ち歩いている半ダースほどのノートのひとつ）を開き、空白のページを見つけて書きはじめる。空白のページが見つかりさえすればいいのだ。たとえ、その両側のページがすでに埋まっていようとも。そして、まだまだ複雑さが足りないというかのように、ノートをひっくり返し、賞賛すべき節約精神を発揮して、今度はうしろから書いたりしている。極端な例になると、「マン島の黄金」のプロット作りをしていたとき、ノートを横にして余白にまで書きこんでいる！（ページの多くに書きこみがなされたのは、第二次大戦中の配給制の時代だったことを思いだしていただきたい）わたしは本書を執筆するに当たって、ページが〝逆さまに使われているかどうか〟を見分けるための方法を考えなくてはならなかった。

理由その二。未完成に終わった短篇のためのメモで埋まったページがたくさんあるため、ガイドラインにすべき刊行時期がついていない。ときには、すぐ前とうしろのメモから推測できることもあるが、この方法もまったく欠点がないわけではない。先に挙げたノート13の内容をじっくり見てみると、でたらめな年代順になっていることがわかる。ここにリストアップされた作品のうち、『カーテン』を別にすれば、もっとも初期のものは一九四一年の『NかMか』、もっとも後期のものは一九四八年の『満潮に乗って』である。ところが、そのあいだの七年間に出た作品の多くは、このノートには含まれていない——『五匹の子豚』はノート35、『白昼の悪魔』はノート39、『ゼロ時間へ』はノート32。

理由その三。作品のためのメモが書かれたのが出版より何年も前というケースが数多く見受けられる。ノート31に記された〈招かれざる客〉のもっとも初期のメモには、〝一九五一〟という年号がついている。つまり、初演の七年前である。『終りなき夜に生れつく』のアイディアが最初に顔を出すのは、出版の六年前で、ノート4の一枚のページにメモされていて、一九六一と書かれている。

はっきりと年代が書かれたページのあとに、何ページかが続いていても、同じ時期に書かれたものと断定することはできない。たとえば、ノート3を見てみよう。

P1　〝一九五五年の全般的企画〟と書いてある
P9　〝一九六五年十一月五日〟と書いてある（この十年間に十冊の本が出ている）
P12　〝一九六三〟と書いてある

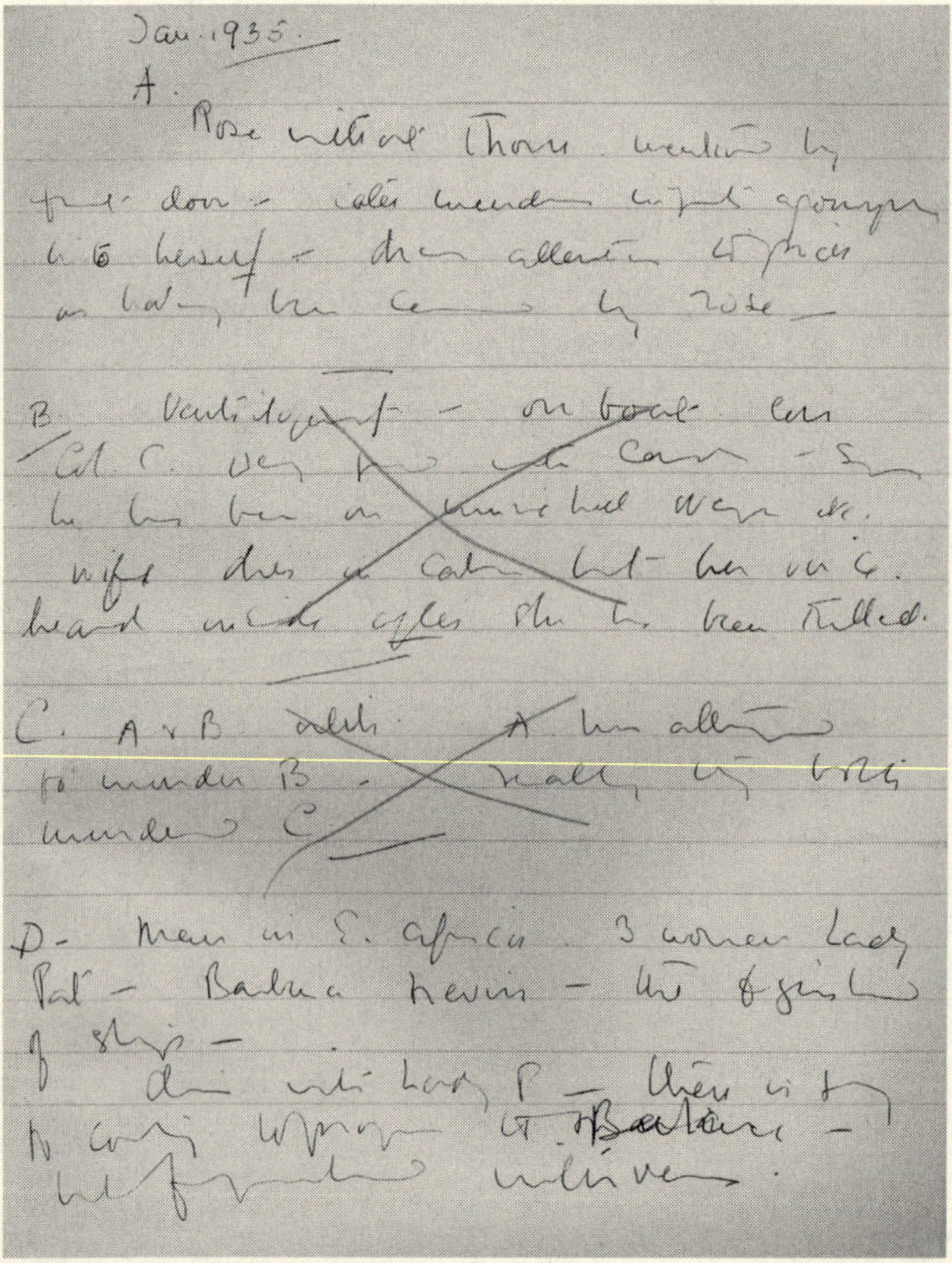

ノート66に入っているこのページは、クリスティーがもっとも多作で独創的だった時期のもので、『杉の柩』「船上の怪事件」『魔術の殺人』に使われたアイディアがリストになっている。日付が入っているごく稀なケースのひとつで、これらの作品は1936年から1952年のあいだに出版されている。

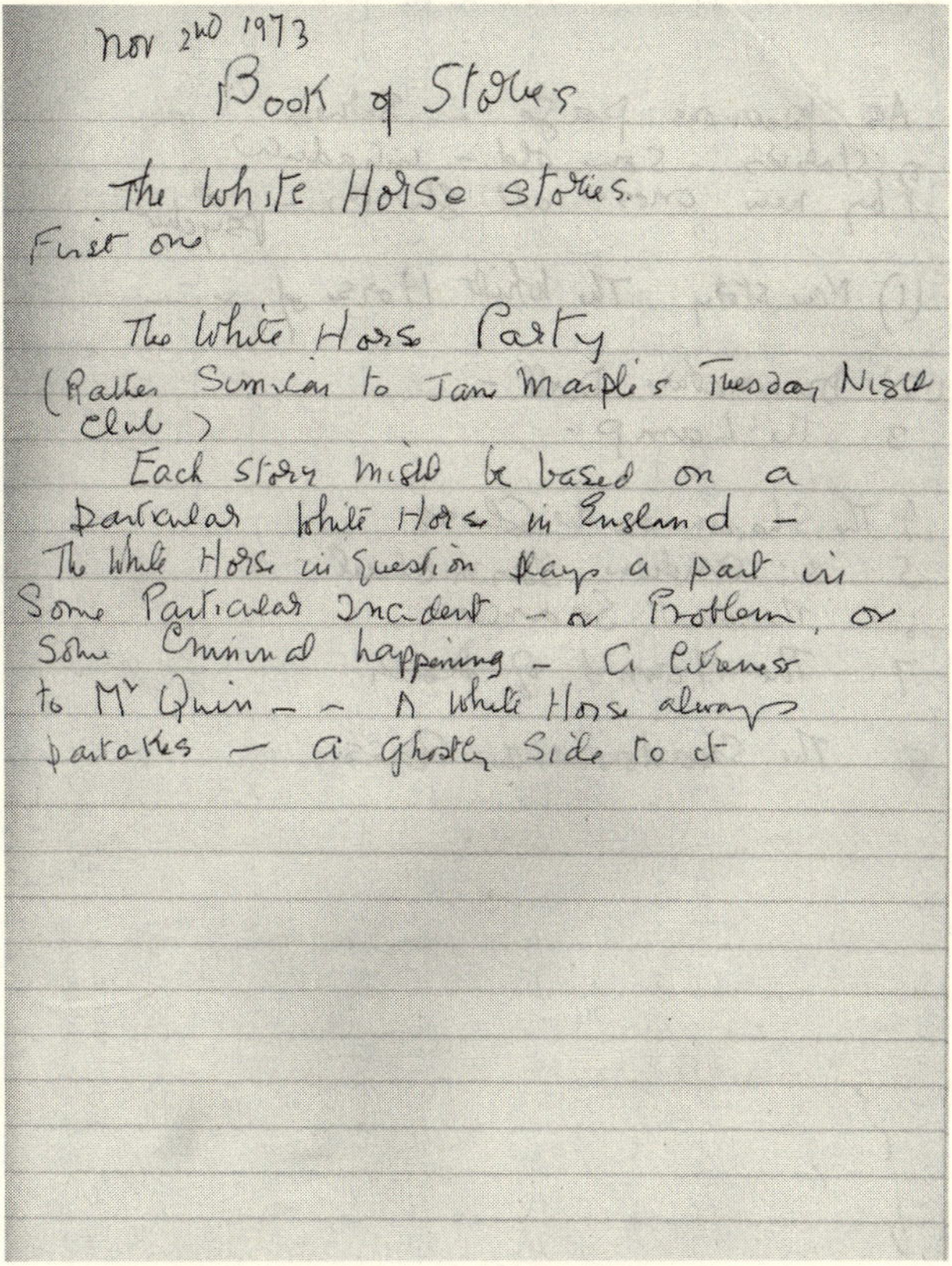

Nov 2nd 1973
Book of Stories

The White Horse stories.
First one

The White Horse Party
(Rather Similar to Jane Marple's Tuesday Night Club)
Each story might be based on a particular White Horse in England — The White Horse in question plays a part in Some Particular Incident — a Problem, or Some Criminal happening — A likeness to Mr Quin — — A White Horse always partakes — a ghostly Side to it

日付の入った珍しいケースをもうひとつ。筆跡が大幅に変化しているのがよくわかるこのページは、クリスティーが最後に書いたメモの一部で、ノート7に入っている。メモはずっととりつづけていたが、『運命の裏木戸』（1973年10月刊）以降、新しい作品が出ることはなかった。

P21　〝一九六五年十一月六日、続く〟と書いてある
P28　いちばん上に『〝フランクフォルトへの乗客（〝Frankfurt〟がメモでは〝Frankfort〟になっている）』のメモ、一九七〇〟と書いてある
P36　〝一九七二年十月〟と書いてある
P72　〝本、一九七二年十一月〟と書いてある

七十ページのなかに、十七年という歳月が詰めこまれていて、そのあいだに、同じ数の長篇が刊行されている。また、P9からP21までは、一九六三年と一九六五年のあいだを行ったりきたりしている。

ノート31は、別々のページに、一九四四、一九四八、一九五一という年代が入っているが、第二次大戦の最初のころに書かれた『書斎の死体』（一九四二）のメモも含まれている。ノート35は、一九四七という年代入りのページが何ページかあって、『マギンティ夫人は死んだ』の概略がメモしてあり、一九六二年のところには『終りなき夜に生れつく』の初期のアイディアが記されている。

「……整理し……」

ノートには1から73までの番号がついているが、この番号は適当につけたものにすぎな

い。クリスティーの娘のロザリンドが、亡くなる何年か前に、ノートの内容を分析するための第一歩として、一冊ずつに番号をつけ、それぞれのノートに出てくる作品をリストにしようと計画した。分析はそれ以上進まなかったが、その過程でノートに番号がつけられたのである。行き当たりばったりにつけただけなので、早い番号であっても、年代が古いわけではなく、ほかのノートより重要なわけでもない。たとえば、ノート2に『カリブ海の秘密』(一九六四)のメモ、ノート3に『フランクフルトへの乗客』(一九七二)のメモがある一方で、ノート37には『スタイルズ荘の怪事件』(一九二〇)のための長いメモ(使われずに終わってしまった)が含まれている。このことからもわかるように、番号は識別マーク程度のものにすぎない。

「……見出しなどつけておいたら……」

何冊かのノートには、この混沌状態に多少なりとも秩序を持たせようとするための、年配になってからのアガサ・クリスティーの努力の跡が窺われる。ノート31の表紙の内側には、紙が一枚はさんであって、そこにクリスティーの自筆でリストが作られている。また、どの作品をどこで論じているかを示すために、タイプで打ったしおりをはさんだノートもある。こうした雄々しき努力がなされたのも最初のうちだけで、整理に当たった人物(たぶん、クリスティー本人ではないだろう)は、この大掛かりな仕事にじきにうんざりしてしまったようだ。大部分のノートに数作分のメモが含まれているし、長篇三作がわずか二十ページのあいだでスペースを奪い合うこともしばしばだったので、しおりはほどなく、どうしようもなく煩わしいものとなり、結局、お払い箱になってしまった。

わたしは本書を執筆するにあたって、ノートに手当たり次第に放りこまれている情報の量をある程度つかんでおこうと思い、すべてのノートの内容を示す目録を作ってみた。印字してみたら、十七ページにもなった。

「……なぐり書き……」

ノートの手書き文字について論じる前に、これらが備忘録として書かれたメモや走り書きであったことを強調しておくのが、フェアというものだろう。クリスティー本人以外に読む者はいないわけだから、筆跡をある程度の水準に保とうという努力をすべき理由はどこにもなかった。よそでも証明されているように（本書3章参照）、これらは個人的な日記であり、クリスティーの思考を明快にすることだけを目的に書かれたのだから。

年齢を重ねるにつれて、人の筆跡は変化していく。きちんときれいな字を書こうという小学校時代の努力は、ほどなく、カレッジや大学時代の乱雑な走り書きに変わってしまう。事故、健康状態、年齢といったすべてのものが、われわれの書く文字に影響を与える。一般的にいって、年をとるに従って字が読みにくくなると考えて差し支えないだろう。ところが、アガサ・クリスティーの場合は逆だ。作家として脂の乗りきっていた時期（一九三〇〜一九五〇年ぐらい）の手書き文字は、ほぼ判読不能である。多くの場合、まるで速記のようで、当人にも読めたかどうか疑問に思われる箇所もある。クリスティーがなぐり書きをしたのは、膨大な数の作品が生まれていたこの時期、彼女の肥沃な頭脳に長篇や短篇のアイディアがひしめいていたせいであったことに、わたしはなんの疑いも持っていない。猛スピードでメモをとらなくてはならなかったのだ。くっきりと読みやすい字で書くことは二の次だった。

わたしは本書を執筆する準備として、ノートを簡単に読める形式にする作業に半年以上を費やした。ディム・アガサの全作品に関して細かい知識を持っていることは、作業の助けになるだけでなく、必要不可欠なことであった。たとえば、『杉の柩』に出てくるアポモルヒネについての言及が、ミスプリントでも、間違いでも、スペルの誤りでもなく、プロットに不可欠の要素であることを知っていたおかげで、作業が楽になった。しかし、刊行に至らなかった作品に関するメモや、刊行作品であってもクリスティーが執筆途中で捨ててしまったアイディアに関するメモについては、せっかくの知識も役に立たなかった。何週間かたつうちに、わたしは自分がクリスティーの手書き文字にずいぶん慣れてきたことに驚き、ノートも最後のほうになってくると、最初よりずいぶん早く処理できるようになったことに気がついた。また、判読できそうもないと思われるページは放置しておいて、

二、三日後にもう一度目を通すと、ちゃんと読みとれることがしばしばあった。しかし、解読を拒みつづける単語や文章がいくつか残っていたため、経験に基づいた推測をするしかない場合も多かった。

一九四〇年代の後半からは、クリスティーの字が着実に〝うまくなっていった〟ので、一九五〇年代に入るころには、たとえばノート53の『葬儀を終えて』のメモのように、初めてノートを目にする者でも即座に読めるようになっていた。クリスティー自身、自分の悪筆を自覚していた。一九五七年十一月、クリスティーは『無実はさいなむ』についての手紙に、〝この原稿をあなたのためにタイプしてくれるよう、ミセス・カーワン〔秘書のステラ・カーワン〕に頼んであります。自分の字がどんなにひどいか、わかっていますから〟と書いているし、一九七〇年八月の手紙でも、自分の字のことを〝やたらと大きくて、はっきりいって、かなり読みにくい〟と述べている。しかも、こう書いたのは、字がうまくなったあとのことだ！

何年かのあいだ、アガサ・クリスティーは失読症だという説が大衆紙で報じられていた。どこからこんな説が生まれたのか、わたしには見当もつかないが、ノートをざっと見ただけで、これがデマであることがわかる。失読症の証拠として提示できそうな例はひとつだけ、『カリブ海の秘密』のメモ全体に、*Carribean* か *Carribean* かでつねに迷っていた様子が出ている。わたしが思うに、これで迷うのはクリスティー一人ではないはずだ！

「……筋のほんのあらまし……」

どのノートを見ても、短い走り書きがあちこちに不規則に見受けられる。大急ぎでメモしたもので、それ以上なんの進展もなかったものが多い。これがクリスティーのいう〝筋のほんのあらまし〟である。こうした走り書きだけで、クリスティーの豊かな想像力を刺激するには充分だったのだ。つぎに挙げるアイディアは、ノートにメモされたままの形で作品に使われたもので、そのいくつかは複数のノートに書かれている（同じような走り書きの例は、本書のなかであらためて述べることにしよう）。程度の差こそあれ、すべてがクリスティーの作品に使われることになった。最初の二つはプロットを構築する大きな要素、あとの二つはプロットに添えられた小さな要素である。

ポアロ、田舎へ行くことに——家と、さまざまな風変わりな点を見つける〔本書下巻12章参照〕

彼女の命を何回か救う〔本書下巻12章参照〕

車から危険な薬が盗まれる〔本書下巻〈証拠物件F〉参照〕

inquireとenquire――両方が同じ手紙のなかに〔本書5章参照〕

「……それが刺激になって、内容の同じものは書けなくても、すくなくとも何かほかのものが書ける……」

作家としての生涯を通じてクリスティーが持ちつづけた最高の才能のひとつは、基本的なアイディアをもとにして、ほぼ無限といってもいいバリエーションを生みだす力だった。殺人の共犯者、いつの世にもある三角関係、被害者が犯人、変装……何年にもわたって、クリスティーはこれらの手法をくりかえし用いて、読者の予測を混乱させてきた。だから、刺激を受けて〝何かほかのもの〟が書けるというクリスティーの文章からは、彼女なら苦もなくやってのけたであろうことが想像できる。〝歯〟という言葉のように、重要性も面白味もないように見えるものでも、クリスティーには刺激となり、現に、少なくとも二つの長篇で歯のアイディアを使っている――『愛国殺人』、そして、『書斎の死体』(こちらはプロットのなかの小さな要素として使われている)

一卵性双生児(片方は脱線事故で死亡)生き残る――金持ちのほうだと主張(歯?)

哀れな金持ちの少女——丘の上の家——贅沢な品々など——もとの所有者

切手のアイディア——男が莫大な価値に気づく——古い手紙に貼る——フィジーからきた手紙にトリニダードの切手

列車の老婦人の変形——娘が一緒——のちに村で仕事の口を提供される——受ける

いずれおわかりいただけると思うが、〝切手のアイディア〟は十五年の間隔をおいて短篇と戯曲に使われている。〝列車の老婦人〟の手法は二十年の間隔をおいて長篇二篇に使われている。そして、〝哀れな金持ちの少女〟は短篇を生み、その二十五年後に長篇を生んだ。

証拠物件A　ディテクション・クラブ

「お電話するには早すぎると思ったんですけど、ちょっとお願いしたいことがありますのよ」

「ほう?」

「探偵作家クラブの例会があるんですよ。……」

（『第三の女』一六ページ／小尾芙佐訳）


ディテクション・クラブは、その名が示すとおり、探偵(ディテクティヴ・ストーリー)小説を書く作家のためのクラブである。正確な日付はわからないが、創立はたぶん一九二九年ごろだろう。アントニイ・バークリイとドロシイ・L・セイヤーズが創立メンバーに入っていて、一九三〇年代初めには、探偵小説を書いていた当時の主だった作家が、アガサ・クリスティーも含めて全員、クラブのメンバーになっている。メンバーになる資格を持つのは、ミステリ作家全体ではなく、古典的な探偵小説の作家だけであった。ミステリ作家の地位向上をめざす職業的な団体ではなくて、むしろ、名誉を重んじるダイニング・クラブのようなもので、ブラウン神父の生みの親であるG・K・チェスタトンが初代会長、そのあとを受けて一九三六年に、有名な『トレント最後の事件』の著者E・C・ベントリーが二代目会長となり、次はアガサ・クリスティーが一九五八年から一九七六年に亡くなるまで会長を務めた。ぜったいにスピーチをしなくていいという条件のもとに、この役目をひきうけたのだった。入会を許されるのは招聘者のみで、新メンバーはみな、入会の儀式（ドロシイ・L・セイヤーズが考案）に出なくてはならなかった。会長が儀式用のローブをまとい、みんなでロウソクを持って行進し、新メンバーは〈髑髏のエリック〉に手を置いて、クラブの規則に従うことを誓わされるのである。

これらの規則は紙に書かれたものではなく、セイヤーズが考案した儀式自体ものんびりしたものだったが、その背後にある精神は賞賛に値する真面目なものだった。探偵小説の文学的レベルをひきあげ、スリラーや扇情的な小説と一線を画するよう努めるために、新メンバーは次のことを誓わなくてはならなかった。

＊キングズイングリッシュを尊重する
＊重要な手がかりを読者に隠すことはぜったいにしない
＊〝神のお告げ、女の直感……偶然の一致、神の御業〟から離れて、推理に専念す

る

＊〝ギャング、殺人光線、幽霊、謎の中国人、科学の世界でまだ知られていない謎の毒物を使う場合は、品よくほどほどに〟を心がける

＊ほかのメンバーのプロットを盗んだり、勝手に発表したりしてはならない

初期のころ、ディテクション・クラブではリレー小説をいくつか出し、時代が下ると、短篇集を出すようになった。最初のころの作品は、別々の作家が一章ずつを担当し、前の章で展開したプロットをつぎの作家が引き継いで書いていく、という形をとっていた。アガサ・クリスティーは初期の作品三篇に参加している。一九三〇年の『ザ・スクープ』、翌年の『屏風のかげに』、そして、一九三二年の長篇『漂う提督』。最初のやや短めの二篇は、BBCラジオで何回かに分けて朗読され、その後、週刊誌《リスナー》に掲載され、最後に、一九八三年に本の形で出版された。クリスティー以外の共著者は、『ザ・スクープ』では、ドロシイ・L・セイヤーズ、アントニイ・バークリイ、E・C・ベントリー、F・W・クロフツ、クレメンス・デイン。『屏風のかげに』のほうは、クロフツとデインの代わりに、ロナルド・ノックスとヒュー・ウォルポールが入っている。

『漂う提督』に関しては、それぞれの執筆者が章をひとつずつ担当するほかに、自分なりの解決法を入れておくよう求められた。つぎの執筆者を困らせてやろうという魂胆によっ

て話の展開がどんどん複雑になっていく、という事態を回避するための工夫であった。クリスティーの担当部分は、残念ながら、作品のなかでもっとも短い章だったが、彼女の提示した解決法はいかにもクリスティーらしい独創的なものだった。しかしながら、こうしたリレー作品に時間とエネルギーを注ぎこむぐらいなら、自分自身の執筆活動に専念したほうが有意義だと判断して、その後のクリスティーはこうした企画に関わることを丁重に辞退するようになった。

ノートに登場するディテクション・クラブ

クリスティーのノートにディテクション・クラブのことが出てくるのは、主としてノート41で、一ページ目の最初に〝アイディア一九三一〟と書かれている（ディテクション・クラブの創立年度ははっきりしないが、このメモが書かれたときには、クラブは間違いなく存在していたわけだ）。

晩餐会の十三人

探偵小説クラブ（?）

ミス・セイヤーズと夫君——毒薬

ミスター・ヴァン・ダインと
ミスター・ウィルズ・クロフツと夫人――アリバイ
ミセス・クリスティー
ミスター・ロード
コール夫妻
ミスター・ベントリー
ミス・クレメンス・デイン
ミスター・バークリイと夫人――すばらしい作家

偶然ではあるが、この二年後、クリスティーが一九三三年に出した長篇『エッジウェア卿の死』のアメリカ版の題名が『晩餐会の十三人（Thirteen at Dinner）』である。アメリカ版の題名は15章からとったもの。その章では、「エッジウェア卿が死んだ夜、晩餐の席には十三人の客がいた。だから、レディ・エッジウェアには十二人の目撃者がいることになる」と、一人の登場人物が述べる。しかしながら、クリスティーがディテクション・クラブのアイディアをメモしたときには、この長篇のことが頭にあった可能性はなさそうだ。

晩餐会のメンバー候補としてクリスティーがリストに挙げている十三人は、ほとんどが同業者の作家であった。〝ミス・セイヤーズ〟は、作家、劇作家、アンソロジー編者、神学者、古典学者だったドロシイ・L・セイヤーズのこと。クリスティーと同時代の偉大な作家で、ディテクション・クラブの創立者の一人であった。ノート41には〝ミス〟と書かれているが、セイヤーズは一九二六年四月にオズワルド・フレミングと結婚している。ただ、作家としての活動の場では、旧姓で通していた。

〝ミスター・ヴァン・ダイン〟は、ミステリ・ファンにはS・S・ヴァン・ダインとしておなじみで、ファイロ・ヴァンスの生みの親である。彼の名前のあとが空白になっているのは、結婚しているのかどうか、クリスティーが知らなかったことを示唆するものと思われるが（じつは結婚していた）、彼の妻を含めると、晩餐会の客は十四人になってしまう――それで迷っていたのかもしれない。そもそも、クリスティーがヴァン・ダインを候補にしたこと自体が妙な話だ。二人とも当時の超ベストセラー作家だったから、クリスティーが彼の作品を読んでいたことは間違いないが（グリーンウェイ・ハウスの本棚にも何冊か並んでいる）、ヴァン・ダインはアメリカに住んでいたため、ディテクション・クラブのメンバーではなかったのだ。

〝ミスター・ウィルズ・クロフツ〟はフリーマン・ウィルズ・クロフツのこと。スコットランド・ヤードのフレンチ警部の生みの親。この警部は勤勉かつ几帳面な警官で、得意とするのは（前にも述べたように）鉄壁のアリバイを崩すこと。クリスティーと同じく、クロフツのデビュー作『樽』が出版されたのも一九二〇年で、いまなお、ミステリ界のクラシック作品とされている。一九五五年に亡くなるまで執筆をつづけ、四十作以上の長篇を発表した。

〝ミスター・ロード〟はジョン・ロードのことで、本名はセシル・ジョン・チャールズ・ストリート、もと陸軍少佐、マイルズ・バートン名義でも作品を発表している。クリスティーと同じく、クライム・クラブ叢書の看板作家であり、ジョン・ロード名義とマイルズ・バートン名義を合わせると、百五十作近い長篇を書いている。

〝コール夫妻〟というのは、夫婦で合作をしていたG・D・H・コールと妻のマーガレット。二人は探偵作家でもあり、社会主義者でもあった。多作な夫妻で、発表した長篇は三十作にも及ぶが、冗長で、活気に欠けるため、とっくに絶版になっている。

〝ミスター・ベントリー〟はE・C・ベントリーのこと。探偵作家としての名声は、クラシック作品と称えられる『トレント最後の事件』ほぼ一作で確立したといってもいい。ベントリーはまた、短篇集をひとつと、合作長篇『トレント自身の事件』も発表している。どちらもフィリップ・トレントが主人公。

クレメンス・デインは、推理作家としてはほぼ忘れられた存在。ヒッチコックが監督した映画〈殺人！〉の原作 *Enter Sir John* が代表作である。

〝ミスター・バークリイ〟はアントニイ・バークリイのことで、フランシス・アイルズ名義でも書いている。ミステリの世界に大きな影響を及ぼした作家で、探偵小説とは性格の異なる犯罪小説の台頭を予見し、両方の分野において堂々たる貢献をしている。アイルズ名義の『レディに捧げる殺人物語』を、ヒッチコックが〈断崖〉の題名で映画化した。

このリスト以外にも、クリスティーはさまざまな作品のなかで、ディテクション・クラブの仲間のメンバーにそれとなく言及している。一九二九年に出版されたトミー＆タペンスものの短篇集『おしどり探偵』は、この夫妻がいろいろな探偵のスタイルをまねて事件を捜査するという趣向になっている。「牧師の娘」でバークリイを、「鉄壁のアリバイ」でクロフツをまねている。ただ、不思議なことに、ノート41のリストに出ているその他の作家は一人もとりあげられていない。

クリスティーが一九四五年に情報省の依頼で書いた〝イングランドの探偵作家〟という記事も、注目に値する。ここに出ている作家は、ドロシイ・L・セイヤーズ、ジョン・ディクスン・カー、H・C・ベイリー、ナイオ・マーシュ、オースティン・フリーマン、そして、マージェリー・アリンガム。全員がディテクション・クラブのメンバーだが、この記事とノート41の両方に出ている作家はセイヤーズ一人しかいない。これはたぶん、リレー長篇の『漂う提督』、『ザ・スクープ』、『屛風のかげに』がすべてセイヤーズの立案だったことから、クリスティーもその執筆中に彼女と接する機会が多かったという事実によるものだろう。

『書斎の死体』の6章にも、セイヤーズ、H・C・ベイリー、ジョン・ディクスン・カー

（そして、クリスティー自身）の名前が出てくるし、『ヘラクレスの冒険』の第十の事件「ゲリュオンの牛たち」には、シャーロック・ホームズ、ベイリーが生んだフォーチュン氏、ディクスン・カーが生んだヘンリー・メルヴィル卿の名前が出てくる。また、ディクスン・カーの『火刑法廷』は『白昼の悪魔』でも小さな手がかりになっているし、『複数の時計』にもカーのことが出てくる。

ノート18と35にも、ディテクション・クラブのことを述べた文章がひとつずつ見受けられる。両方とも同じアイディア。

ディテクション・クラブの招待客の夕べ、儀式の最中——ミセス・オリヴァの招待客六人

ディテクション・クラブの殺人——ミセス・オリヴァ——招待客二人——儀式が始まったところで、誰かが殺される

〝招待客の夕べ〟というのは、その名前からもわかるように、クラブのメンバーが晩餐会にゲストを同伴できる夜のことである。〝儀式〟というのは、新メンバーが入会を許される式のことで、〝髑髏のエリック〟を聖書の代わりにして誓いの言葉を述べることになっ

ていた。探偵小説作家のミセス・オリヴァも、もちろん、クラブのメンバーという設定である。

3　動く指　仕事中のアガサ・クリスティー

「つまりね、私の創作方法だなんて、いったいどんなことが喋れて？　はじめに、なにか頭に浮かぶわね、それから、考えているうちに、いやでもおうでも机に座って書くよりほかにないんですもの。それだけだわ……」

（『死者のあやまち』三三五ページ／田村隆一訳）

ネタばれ注意！
『鳩のなかの猫』「四階のフラット」「バグダッド大櫃の謎」「クリスマス・プディングの冒険」『ゼロ時間へ』『ねじれた家』『愛国殺人』『五匹の子豚』『マギンティ夫人は死んだ』「動機対機会」「奇妙な冗談」〈蜘蛛の巣〉『終りなき夜に生れつく』『予告殺人』『メソポタミヤの殺人』

アガサ・クリスティーはいったいどうやって、あのように水準の高い作品を、あのように数多く、あのように長い年月にわたって生みだしてきたのだろう？　彼女のノートを綿密に調べていけば、執筆方法が少しは解明できるだろうが、この章をお読みいただければわかるように、〝方法〟はクリスティーの得意とするものではなかった。しかし、あえていわせてもらうなら、方法を持たないことこそ、彼女の執筆の極意であった——たとえ、本人がそのパラドックスに気づいていなかったとしても。

もの言えぬ証人たち

一九五五年二月、BBCラジオの〈クローズアップ〉という番組で、仕事のプロセスについて尋ねられたとき、アガサ・クリスティーは「がっかりなさるでしょうが、これといった方法はないんですよ」と、正直に答えた。〝昔から愛用している、古くて頼りになるタイプライター〟で原稿をタイプしていたが、短篇の場合は、ディクタフォンが便利であることがわかったという。「じっさいの仕事というのは、話をどう展開させるかを考え、具合よく収まるまで思い悩むことなのです。けっこう時間をとられるものです」そして、ラジオのインタビューでは触れられることのなかったノートが、ここで活躍していたのである。ノートをざっと見るだけで、クリスティーがこれを使って〝考え、思い悩んで〟いたことが推察できる。

一九三〇年代半ばまで、クリスティーのノートには長篇のアウトラインが簡単に書かれているだけで、ぞんざいなメモや考察、削除や抹消などはほとんど含まれていなかった。そして、時代が下るにつれて、一冊のノートに二、三の作品のメモが含まれるようになるが、初期のこのころは違っていて、ひとつの作品に関する大量のメモが一冊のノートにまとめられていた。そのアウトラインは完成本とほぼ一致している。どうやら、〝考え、思い悩む〟のはどこかよそでおこない、その後でメモを処分したか、紛失したのではないかと思われる。『スタイルズ荘の怪事件』（ノート37）、『茶色の服の男』（ノート34）、『青列車の秘密』（ノート54）、『牧師館の殺人』（ノート33）、『シタフォードの秘密』（ノート59）、『邪悪の家』（ノート68）、『エッジウェア卿の死』（ノート41）のメモは、完成した長篇を正確に反映している。ところが、一九三〇年代半ばを過ぎると、『雲をつかむ死』以降のノートには、作中で使用したものもしなかったものも含めて、クリスティーの思考やアイディアのすべてが記されている。

クリスティーはすべての思索をノートのページの上でおこなっていた。そのうちに、プロットの進む方向が少なくとも自分の心のなかに見えてくるわけだ。ただし、彼女がどのプランを採用したかは、ノートを見ただけではわからないこともある。クリスティーはいくつものバリエーションと可能性を考えだした。取捨選択をおこなった。探求と実験をおこなった。ページの上で〝ブレーンストーミング〟をやってから、使えそうな可能性のあるものと、役に立ちそうもないものを選り分けた。異なる作品のメモが重なったり、交差したりしている。ひとつの作品のメモが一冊のノートのあちこちに飛んでいることもあれば、極端な場合は十二冊ものノートに分散していることもある。

スノードン卿から一九七四年にインタビューを受けて、後世の人々にどのように記憶されたいかと質問されたとき、アガサ・クリスティーは「わりに優秀な探偵作家として記憶してもらえれば嬉しいです」と答えた。書店でも劇場でも大ヒットを飛ばして生涯を送ってきた作家の口から出た、この謙虚な言葉こそが、ノートから読みとれるクリスティーの別の一面を無意識のうちに裏づけているといえよう――自惚れとは無縁の人だったのだ。

これらの地味なノートのことを、クリスティーは、ページを埋めるために手にするペンや鉛筆やボールペンと同じ程度の便利な道具としか思っていなかった。日記、メモ帳、電話メモ、旅行日誌、家計簿代わりに、これらのノートを使っていた。また、手紙の下書きをしたり、クリスマスや誕生日のプレゼントのリストを作ったり、やるべきことをメモしたり、読んだ本と読む予定の本を記録したり、旅行の予定をメモしたりするのにも使っていた。ウォームズリイ・ヒース(『満潮に乗って』)やセント・メアリ・ミード村の地図をノートにスケッチした。『杉の柩』のカバーデザインや〈海浜の午後〉の舞台装置をいたずら書きした。『雲をつかむ死』の飛行機の座席配置や『白昼の悪魔』の島の様子を図で示した。クリスティーのノートを、サー・マックスは計算をするのに使い、ロザリンドは字の練習に使い、誰もがブリッジの点数を記録するのに使っていた。

鳩のなかの猫

クリスティーのノートを調べていて楽しいことのひとつは、ページをめくったときに、そこに何が書かれているのか予測がつかないという事実だ。ポアロの最新長篇のプロットのあいだに、ロザリンドの誕生日プレゼント用に書かれた詩がはさまっていたりする。〝片づけるべき用事〟と楽天的に書かれたページの前後に、マープルの最新作と未完成の戯曲のメモがあったりする。新作のラジオドラマの流れを、電話番号と伝言メモがさえぎっている。殺人犯の複雑な犯行計画を新刊本のリストがぶちこわしている。《タイムズ》紙への手紙がウェストマコット名義の新作長篇の邪魔をしている。『死が最後にやってくる』の最初に考えられていたエンディングを発見することもできれば、クロスワード（〝□I□T□□〟）に挑戦することもできる。ポアロものの未完成の短篇に出会うこともあれば、チューリップのリスト（〝グレナディア――真っ赤、ドン・ペドロ――きれいなブロンズがかった紫〟）に出会うこともある。《タイムズ》紙への手紙（「シェイクスピアのソネット集に登場する〝黒い貴婦人〟の正体を突き止めたという、A・L・ラウス博士が書かれた記事を、たいへん興味深く読みました」）や、〈ねずみとりII〉の草案に目を通すこともできる。

ノートを気の向くままにめくっていけば、いま述べたことの実例にお目にかかれるだろう。『復讐の女神』のメモのあいだに、本の短いリスト（すべて一九七〇年刊）、クリスマスの買物の予定、興味を覚えた引用句などを走り書きしたページが割りこんでいる。

（アイルランド？）（スコットランド？）（コーンウォール？）のどこかに一家が住んでいる――彼女に手紙を書いて、一日か二日、もしくは週末に泊まりにくるようにいう――あとでふたたびツアーに参加――（少々具合が悪くなった？　発熱？　吐き気――何か薬を盛られる）

本のメモ
『脱出』――ジェイムズ・ディッキー
『運転席』――ミュリエル・スパーク
『華麗なる門出』――アラン・シリトー

サイオン・ロッジ・リミテッドへ行きましょう（クラウザーズ）――ハイド・パーク・コーナーから車で二十分――空港へ行く途中――クリスマスの買物？　コンデュイット通りのコリングウッド

マコーリーの言葉。〝お節介屋にあれこれ指図されるのは、人間の我慢の限界を超えることだ〟

（収監された刑事被告人の）注意の焦点は何なのか――Rの息子――できそこない――息子が嘘をついていれば、Rはいつもピンとくる

『愛国殺人』のプロットと、短篇に使えそうなアイディアのリストのあいだには、親友ナン・ガードナーからの社交上のメッセージが割りこんでいる。

H・Pは納得しない――死体について質問する――ついに一人が見つかる

週末はずっと留守――出かけるのは木曜日にできない？　ナン

アイディア（一九四〇）

A　友達二人――芸術家気どりのオールドミス――一人は悪女――（もう一人はカムフラージュ）証拠をさしだす――ミス・マープルなら可能

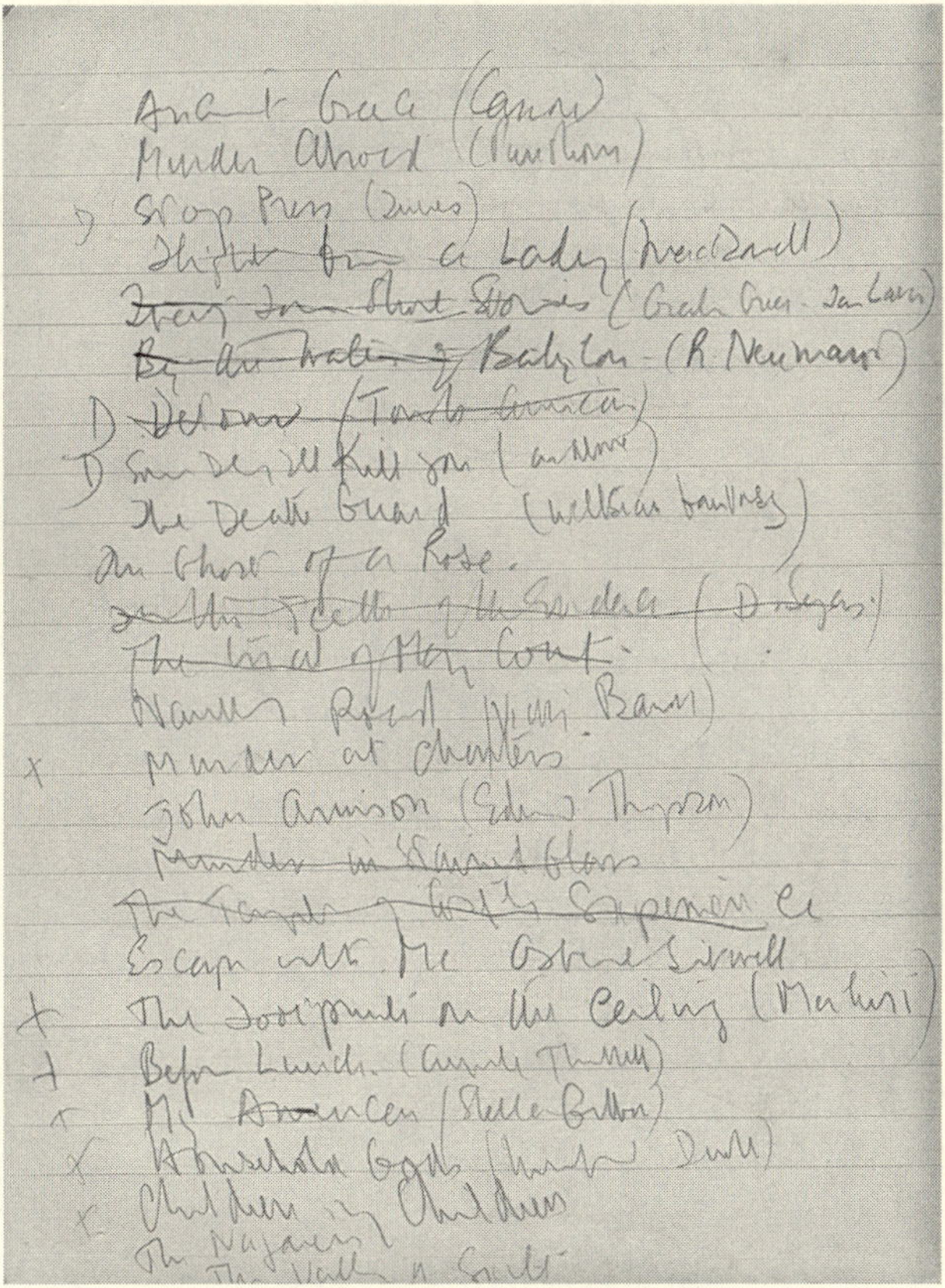

クリスティーのノートのあちこちに散らばった数多くの書籍リストのひとつで、ここでは二ページにわたって、1930 年代の終わりから 1940 年代の初めごろの犯罪小説がリストアップされている。シムノン、ウェントワース、イネス、フェラーズ、セイヤーズなどの作品が含まれている……

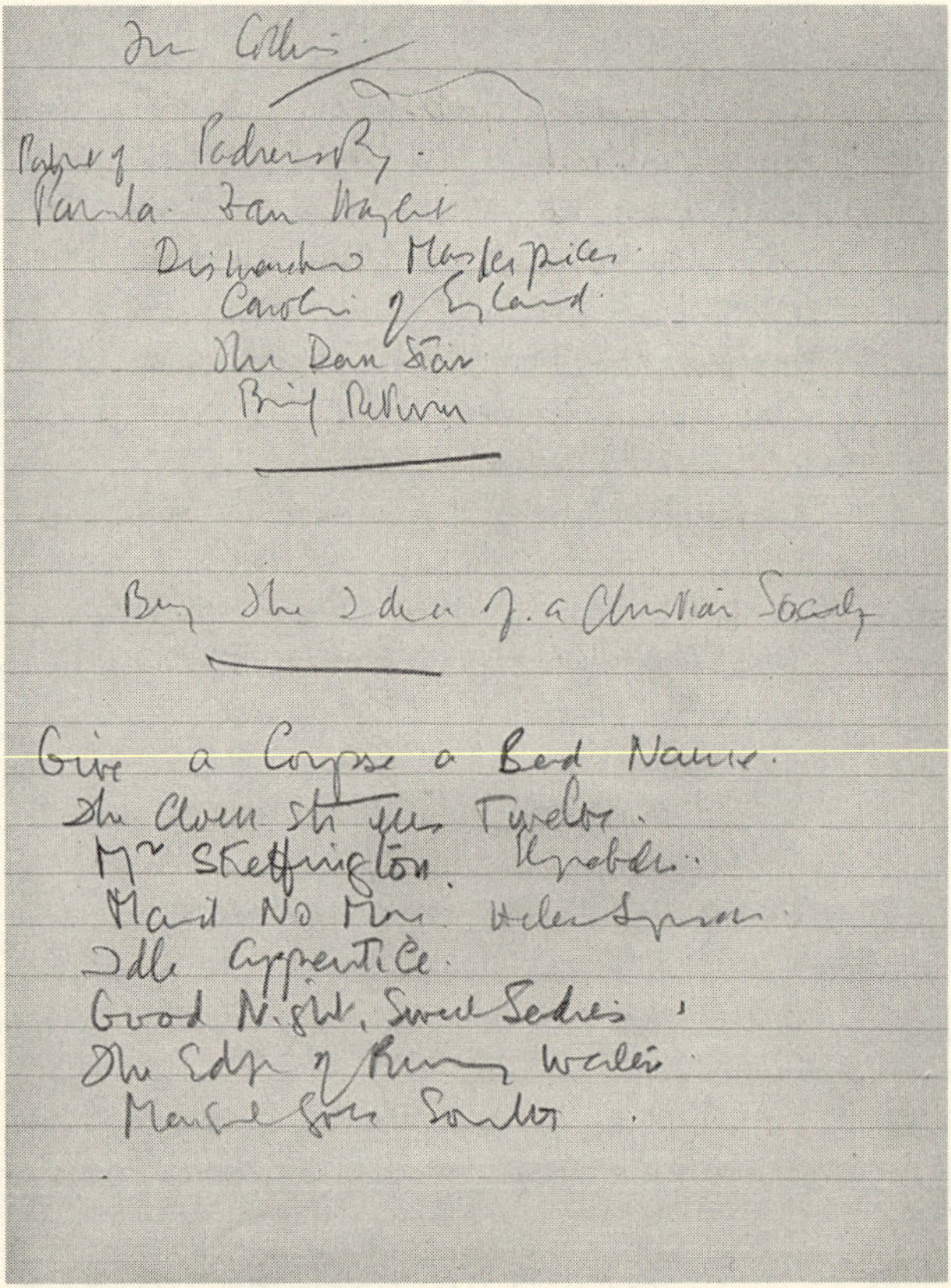

……ほうぼうの出版社から、アガサに読んでもらいたい本が送られてきたものだった。たしかに、上のページも最初のところに〝コリンズ社から〟と書いてある。

アイディアのリスト（その一部が『雲をつかむ死』、『ＡＢＣ殺人事件』、「船上の怪事件」になった）が、クリスマスプレゼントのリストのために、三ページにわたって中断している。

Ｃ　矢を使った刺殺――吹き矢筒から放った矢（毒）
ジャック〔クリスティーの義兄〕――犬？
ミセス・Ｅ――メニューホルダー
ミン伯母――吸取り紙とメモ用紙スタンド
バーバラ――バッグとスカーフ
ジョウン――ベルト？

Ｄ　腹話術師

Ｅ　連続殺人――Ｐ、頭がおかしいとしか思えない人物から手紙を受けとる――
一人目――ヨークシャーに住む老婦人

『三幕の殺人』の前には住所と電話番号が書いてある。

トビー、ポートマン通り、グランヴィル・プレース一番地、メイフェア一〇八七

ミセス・デイカズにぶつかってみるべきだと、Pがエッグをそそのかす

「ケルベロスの捕獲」の途中に、旅行の詳細が入っている（〝ロビン〟というのは、たぶん、『ナイルに死す』、『メソポタミヤの殺人』、『死との約束』のカバーデザインを担当したロビン・マッカートニーのことだろう）。

若い未亡人――夫が行方不明、殺されたと思われている――P、〝地獄〟で夫を見かける

とにかく木曜、午後の汽車、ロビン

地下へ去った男というアイディアと組み合わせる――死んだ？

地獄のウェイター？

見ておわかりのように、クリスティーは創作だけに没頭していたのではなかった――社交上の約束をする合間に殺人のプロットを練り、読書リストを書く合間にどんな凶器を使うかを考え、旅行の予定をメモする合間に動機をじっくり考案していた。どのノートのなかでも、彼女はミステリの女王アガサ・クリスティーであると同時に、つねに、家庭を持つアガサでありつづけた。

動機と機会

クリスティーにとって個人的な思い入れのもっとも強い登場人物の一人、アリアドニ・オリヴァは、一般にクリスティーの分身とみなされている。ミセス・オリヴァは探偵小説を書いている中年の多作な売れっ子作家で、フィンランド人探偵スベン・ヤルセンの生みの親。文壇の晩餐会に出るのも、スピーチをするのも、劇作家と合作するのも大嫌い。『書斎の死体』の著者であり、酒も煙草もやらない。二人は驚くほどよく似ている。ミセス・オリヴァが意見を述べるとき、それがアガサ・クリスティー自身の言葉であることに疑いをはさむ余地はほとんどない。

『死者のあやまち』の2章で、独創性を褒められたミセス・オリヴァは軽く受け流す。

「思いつくぐらいのことは、そうたいしたことじゃないわ。問題は、あまりいろんなことが思い浮かぶものだから、それがこんがらかってしまって、そのいくつかを整理しなければならないことなの。これがなんといってもつらいのよ……」
（『死者のあやまち』三三ページ／田村隆一訳）

そして、あとの17章でふたたびこう述べている。

「つまりね、私の創作方法だなんて、いったいどんなことが喋れて？　はじめに、なにか頭に浮かぶわね、それから、考えているうちに、いやでもおうでも机に座って書くよりほかにないんですもの。それだけだわ……」
（『死者のあやまち』三三五ページ／田村隆一訳）

それだけの単純なことであり、五十五年のあいだ、ミセス・オリヴァの生みの親もまさに同じことをしてきたわけだ。

創作のプロセスは、わたしたちが見てきたように、行き当たりばったりの無計画なものであった。ところが、行き当たりばったりに見えるこのやり方から、毎年ベストセラーが生みだされ、しかも、長年にわたって何作ものベストセラーが誕生していたのだった。クリスティーは五十年以上のあいだ、〝クリスマスにクリスティーを〟のための最新作をエージェントに渡しつづけた。二十年以上にわたって次から次へと、ロンドンのウェストエンドの劇場街に大当たりの芝居を提供しつづけた。雑誌の編集者たちに最新の短篇を渡して、彼らをつねに忙しくさせていた。そして、長篇も短篇も戯曲も含めて、すべての執筆が衛兵交代の儀式と同じく、流れるような正確さで進められた。

クリスティーに特別な執筆方法はなく、長い作家生活の伴侶となってくれる信頼すべき本物のシステムもなかったことは事実だが、行き当たりばったりにメモをとってプロットを作ったようにしか見えないこのやり方が、まさしく見せかけにすぎないことを、わたしたちは知っている。そして最終的には、この行き当たりばったりこそがクリスティーの方法であることを悟るのである。これがクリスティーの仕事のやり方であり、創作法であり、執筆法だったのだ。混沌がクリスティーの精神の糧となり、整然たる秩序などより大きな刺激となった。秩序に縛られると、クリスティーの創造のプロセスは死んでしまう。こう考えれば、ノートを両側から読んでいけることも、同じページのなかでいきなり別の作品へメモが飛ぶことも、異なるノートに同じアイディアが何度も記され、発展していることも、クリスティーの手書き文字が判読不能であることも、説明がつく。

ノート15に記された『鳩のなかの猫』のプロット部分に、こうした点の実例がいくつか見受けられる。ページの上で、クリスティーが自分に語りかけている。

どんな形でアプローチすればいい？――時間の流れに従う？　それとも、エルキュール・ポアロの視点から時間を遡る？――失踪……学校で――とるに足りない出来事だけど、殺人と結びつく？――でも、誰を殺すことにする？――動機は？

クリスティーはじっと考えこみ、可能性をリストにしていく。

殺されるのは誰か。

少女？

体育教師？

メイド？

外国、中東？？　誰がサインで少女に気づくのか？

それとも、少女は誰？

ミセス・U、窓から誰かを見る

新任の教師？

学校の職員？
生徒？
生徒の親？

殺人――
被害者候補　少女（ジュリアに似た子／クレアに似た子？）
　　　　　　生徒の親――体育祭
　　　　　　女教師
学校の体育祭で誰かが射殺される？　もしくは襲われる？
マヤニスタ王女がその場に――
もしくは――生徒に化けた女優
もしくは――体育教師に化けた女優

クリスティーは残っている仕事のことを自分にいいきかせる。

清書――章の終わり

3章――かなり書く必要あり
4章――かなり考える必要あり――（〝園丁のアダム〟で章を終わらせてもいい――
　女教師のリスト――（あるいは、次の章）
5章――手紙を長くする
手直しについてのメモ――ミス・Bに関して少々
プロローグ――追加分をタイプすること
5章――新たな手紙を何通か

そして、クリスティーは気分転換のために休憩をとることにし、ワードパズルにとりかかる。これは有名な難問で、ひとつの文章のなかでアルファベットの文字をすべて使わなくてはならない。世に広く知られた解答をひとひねりして、彼女なりの文章を作ってはみたものの、Zがまだ使えない。

ADG~~J~~L~~MPS~~VYZ
THE QUICK BROWN FOX JUMPS over gladly

忘れられぬいくつもの死

『ひらいたトランプ』のなかで、同じプロットを二回使ったことはあるか、とミセス・オリヴァが尋ねられる。

「『蓮花殺人事件』」ポアロが小さな声で言った。「それから『ろうそくの謎』がありますね」

オリヴァ夫人は彼の方に向き直ったが、その目は賞嘆の輝きを帯びていた。

「まあ、油断なりませんね――本当に頭がいい方ですわ。たしかに、あの二つの小説は両方とも同じ構想ですの――だけど、わかった人はいませんでしたよ。一つの方は内閣の非公式な週末パーティで盗まれた書類を扱ったものだし、もう一方はボルネオのゴム栽培者の小屋で起こった殺人だったんですから……」

「ですが、話の筋の要点は同じですね」とポアロが言った。「あなたが使った一番おもしろいトリックの一つです……」

（『ひらいたトランプ』一〇五ページ／加島祥造訳）

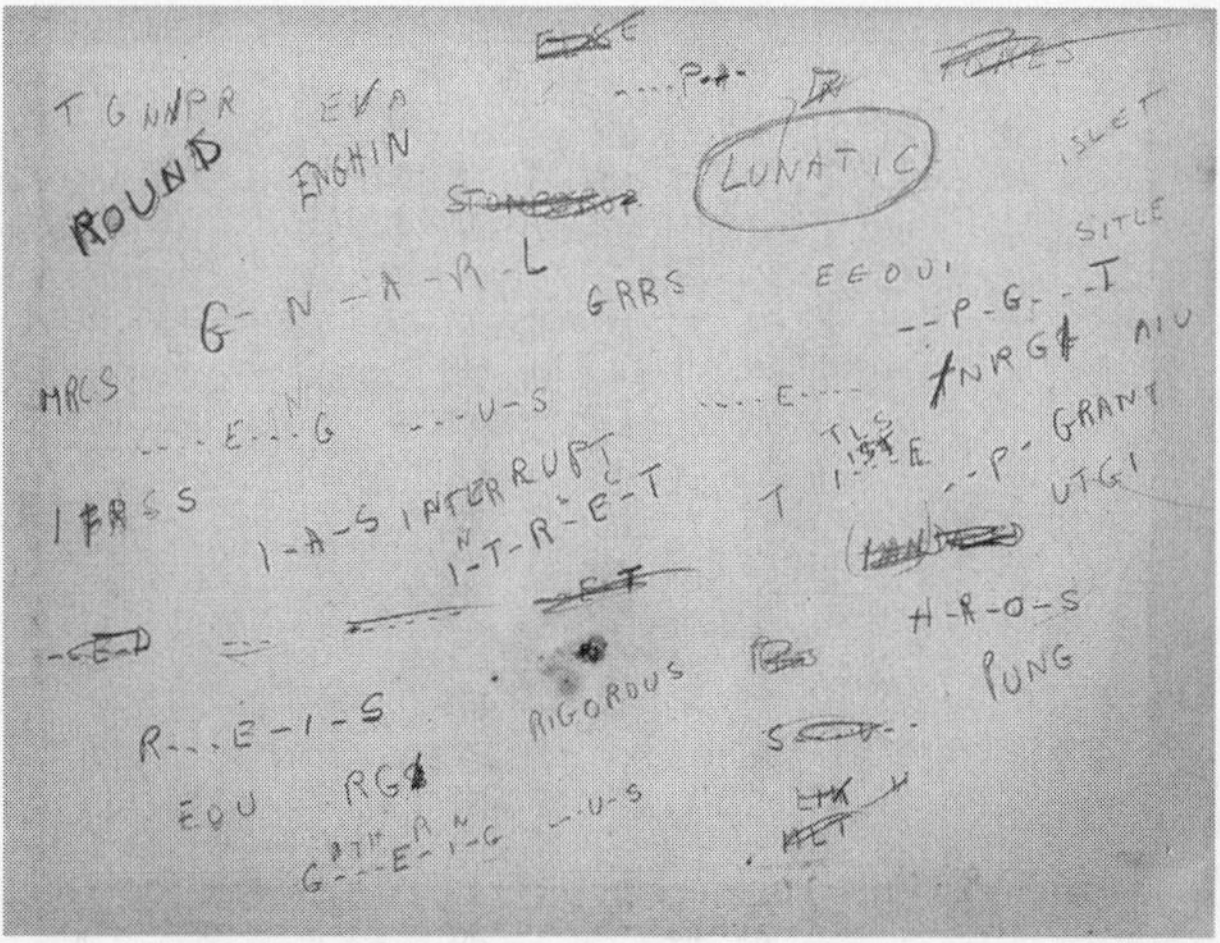

ワードパズルが雑然と書き散らされた二つのページ。たぶん、クロスワードの答えを考えながら書いたのだろう。（次ページも）

クリスティーも同じだ。作家としての生涯のなかで、プロットの再使用は何度もあったし、短篇を手直しして中篇や長篇に変えたこともあった。クリスティーはノートのなかでしばしば、以前の作品を膨らませることや、改作することを考えている。いったんアイディアを退けても、あとでまた目を通すことができるよう、すべてをそのまま残している例が、ノートのあちこちに見受けられる。そうやっておけば、クリスティー自身が『自伝』に書いているように、「これはいったい何のことなのか今はもう思い出せないが、それが刺激になって……（『アガサ・クリスティー自伝（下）』三三〇ページ／乾信一郎訳）」。つまり、クリスティ

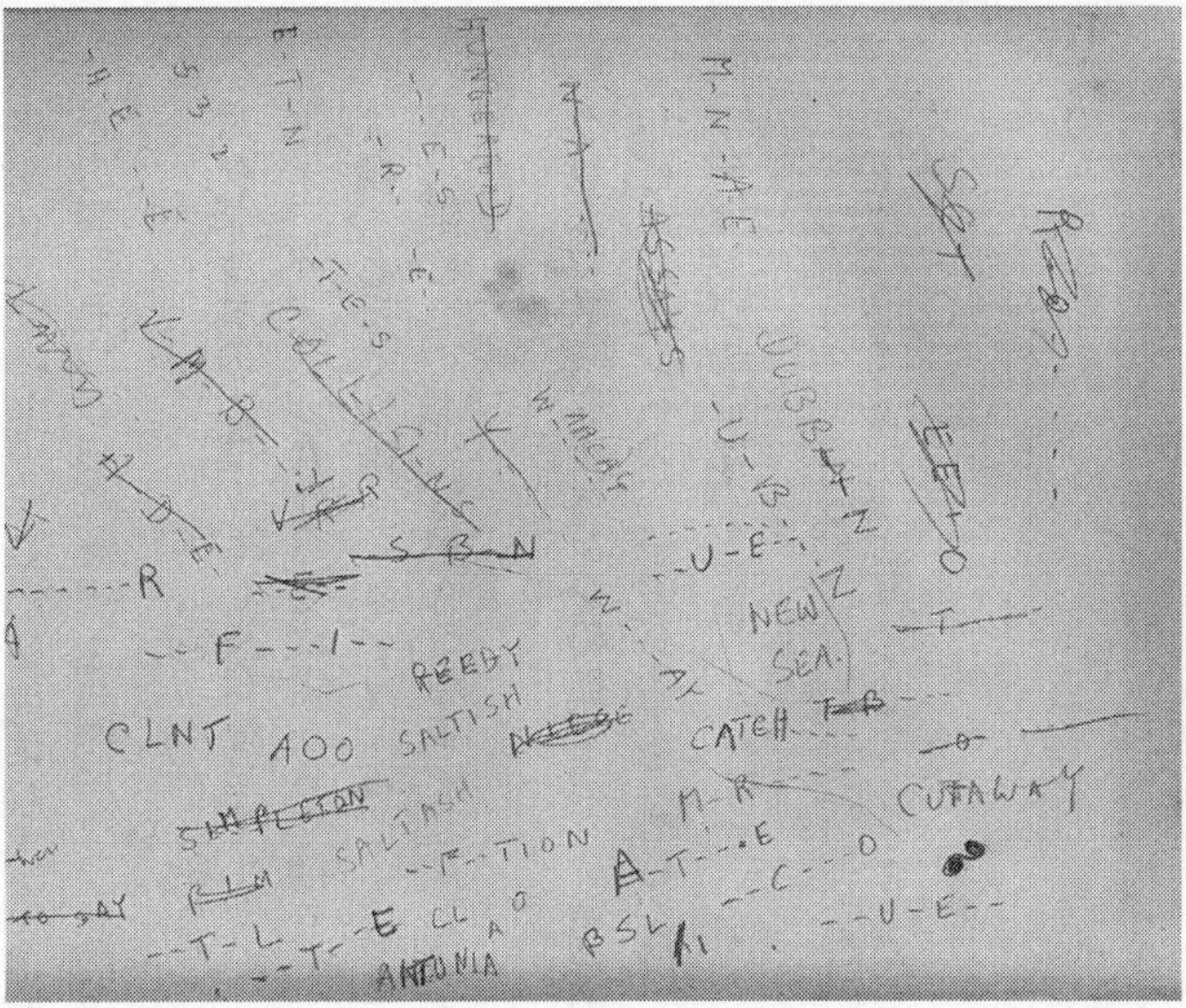

ーは彼女のノートを、アイディアを書きとめるだけでなく、備忘録としても使っていたのである。

最初の例は一九五〇年代半ばのもので、「四階のフラット」「バグダッドの大櫃の謎」という短篇に関するものである。「グリーンショウ氏の阿房宮」と『パディントン発4時50分』のメモにはさまれている。二番目の例は「クリスマス・プディングの冒険」に関するメモで、一九六〇年代の初めのもの。そして、最後の例は「窓ガラスに映る影」に関するメモ。たぶん一九五〇年代のものだろう。

ストーリーの展開

四階のフラット――早い時間に殺人――郵便物をとるために戻る、ついでに足跡などの説明もつけられる――運搬用リフトのアイディア？　階を間違える

バグダッドの大櫃、もしくは衝立？
アイディア？　AがBを説得、Bを隠す
大櫃、もしくは衝立、ミセス・B――Cと浮気――C、パーティをひらく――BとA、顔を出す――BがAを隠す――Aを殺す――そのまま出ていく

クリスマス・プディングの拡張版――重要な点
ルビー（インドの王子のもの――もしくは、新婚の統治者？）
プディングのなか

「窓ガラスに映る影」（ノートでは *The Shadow on the Pane* だが、実際には *The Shadow on the Glass*）のアイディアを本か芝居に？（ミスター・Q）

殺人のABC

もっとも多作だった時期にクリスティーが用いていた創作システムのひとつが、一連の

場面をリストにして、各場面に何を入れたいかをざっとメモ、そして、場面のひとつひとつに数字かアルファベットをつける、という方法であった。このすっきりした方法は、〝カット・アンド・ペースト〟の機能を備えたパソコンが登場する以前の時代のことで、もしかすると、クリスティーが戯曲を書いていた経験から生まれたものかもしれない。クリスティーはそのあとで、プロットの目的に合うようにそれらの項目を並べ替えるのが常だった。クリスティーの創造力にあふれた混沌たる執筆プロセスのなかでは、こうして準備しておいた案がつねに採用されるとはかぎらず、その案を土台にして執筆にとりかかった場合でも、あとでそれを捨ててもっと直接的なアプローチをすることがけっこうあった（後出『ねじれた家』の項参照）。また、ときには、完成本の構成が最初に作成されたリストの順序と同じでないこともあった。これはたぶん、あとで編集の手が加えられたためだろう。

つぎにノート32の内容をお見せするが、これこそ、この方法がじっさいに使われた完璧な例である。『ゼロ時間へ』（本書下巻10章参照）のプロット作りの一部がここに示されている。

Ｅ　トマスとオードリー、どうしたんだ？　彼女は何も答えられない。彼が強調、ぼくにはわかっている、ほんとだ――わかるんだよ――でも、きみは人生をやり

なおさなきゃいけない。〝悲劇の死〟に関する何か――（エイドリアンを意味する――N〔ネヴィル〕のような人間は死ぬべきだ）

F　メアリーとオードリー――挫折を体験した女性であることを示唆――〝使用人たちまでピリピリしている〟

G　上着のボタンの件

H　月光を浴びたオードリーの美しさ

ポイント

ミスター・T――A　レディ・Tと話をする――メアリーのことを尋ねる

B　殺人の話がどう展開する？

C　ロイドと正義（ミスター・Tが「警察が気づいていない殺人は数多くあります」といったあとで）

D　ホテル――彼の部屋は最上階

夜の場面の順序を考えること

G　H　A　D　C　B　~~G~~　~~H~~

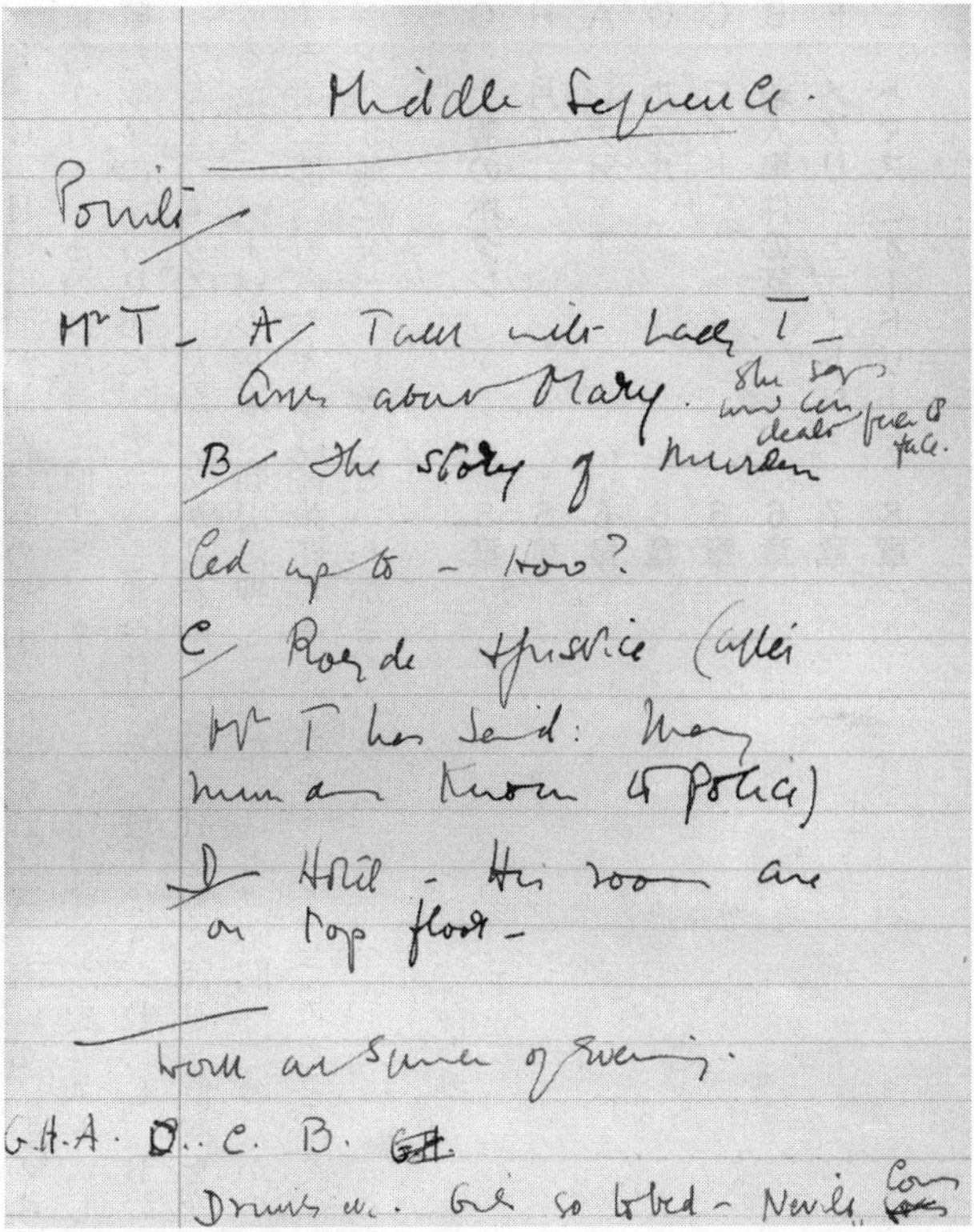
Middle Sequence.

Points

Mr T - A/ Talk with Lady T -
Anxious about Mary. She says [illegible]
B/ The story of murder

Led up to - How?

C/ [illegible] (after
Mr T has said: Many
men are known to police)

D/ Hotel - His room are
on top floor -

Work as [illegible] of Evening.

G.H.A. D.. C. B. ~~GH~~

Drinks etc. Girl go to bed - Nevile, [illegible]

『ゼロ時間へ』の綿密なプロット作り

E、F、G、Hの場面が前のほうのページに書かれ、A、B、C、Dの場面があとのページに書かれているのは注目に値する。クリスティーはすべてをリストにしたあとで、自分の望む順序にするために、それらを並べ替える。最初はA、D、C、BのあとにGとHを持ってくるつもりでいたが、気が変わって、GとHを線で消し、位置を変え、先頭に持ってくるためにページの左端へ強引に押しこんだ。『ゼロ時間へ』のなかの、この部分に該当する第二部〝雪白ちゃんと薔薇紅ちゃん〟をチェックしてみると、クリスティーがこのプランに正確に従っていることがわかるだろう。

G	上着のボタン	5章
H	月光	5章
A	レディ・T	6章
D	ホテル	6章
C	ロイド	6章
B	殺人事件の話	6章
F	メアリーとオードリー	7章
E	トマスとオードリー	8章

夜の場面の順序を考えること　G　H　A　D　C　B　~~G~~　~~H~~　〔FE〕

ほかの作品のプロットを練るときにも（とくに、『忘られぬ死』『愛国殺人』『ねじれた家』）、クリスティーはこの方式を用いていた。しかし、混沌たる方法で創作をおこない、創造的な方法で混沌を生みだしていたクリスティーも、ときとして、そのやり方を捨てることがあった。

ノート14を見ると、『ねじれた家』（本書4章参照）の執筆のときにこの方法が用いられた様子を、ある程度まで知ることができる。しかし、クリスティーはここで、さらにややこしい要素――AA、FF――を加えている。最終的には、アルファベットの並べ替えを省略し、案内役のアルファベットなしで場面だけを並べ替えていった。AAとFFは、あとになって思いついてリストに挿入したものにすぎない。

A　レストラン・チェーンの内情を調査――最初はひそかに――公認会計士に問い合わせれば、望みの情報が手に入るだろう〔10、11章〕

AA　ブレンダ（ファム・ファタール）も悲しんでいる、などなど〔9章〕

B　そのうち？――~~露骨に~~経営難――ロジャーを呼びだす――ロジャー――彼の話

C――などなど〔11章〕

C　子供の証言――最高の証言――よくとり上げる――法廷では通用しない――子供というのは、直接的な質問をされるのが好きではない。あの子はおまえに頭の良さをひけらかそうとしてたんだ〔12章〕

D　チャールズとジョセフィン――手紙のことを尋ねる――あれはつくり話よ――あなたにはなんにもいいたくない――警察に告げ口するなんてひどい〔13章〕

E　チャールズとユースティス――（ドアの外で聞き耳を立てる――たしかに退屈な家庭教師）ユースティス――彼の意見――ジョセフィンをバカにしている〔16章〕

F　チャールズとエディス――サブプロット、心酔――フィリップに尋ねる――フィリップの冷たい態度を悪くとらないでほしい――本当は父親のことが好きだった――フィリップはロジャーに嫉妬〔14章〕

FF　レストラン・チェーンを破産から救う問題、ロジャーが拒否――クレメンシイが夫を後押し――固い決意
〔14章。ノート14に、クリスティーがこれをあとのHの一部にするつもりでいたことが書かれている〕

G　マグダとチャールズ――エディスは老人を嫌ってはいなかった――恋心を抱い

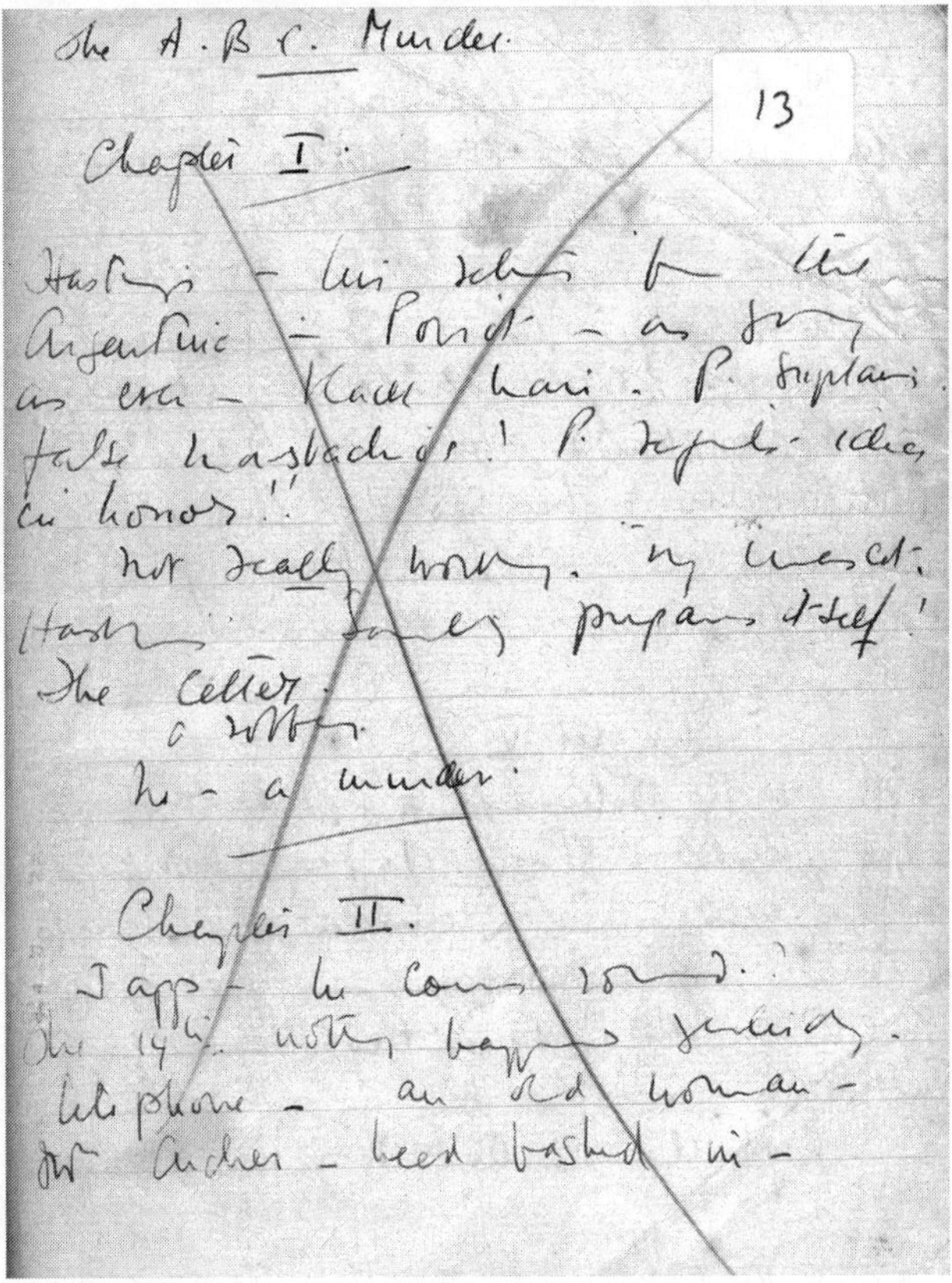
The A.B.C. Murder.
13
Chapter I.
not really working.
The letter.
a murder.
Chapter II.
Japp – he comes round.
telephone – an old woman –
Archer – head bashed in –

『ＡＢＣ殺人事件』の最初の部分（〝殺人〟が単数になっていることに注目）、作業が完了したことを示すために × 印を使っている一例。

ていた――できれば結婚したいと思っていた〔15章〕

H　チャールズとクレメンシイ――結婚したころはとても幸福だった――すべての煩わしさから離れれば、ロジャーも幸せになれるはず――ジョセフィン、ノートにメモをとる〔14章〕

I　副総監がいう――あの子に気をつけてやれ――毒殺犯が野放しになっている〔12章〕

J　ドアの上に石（もしJなら）確実に死ぬ――小さな黒いノートが行方不明〔18章〕

K　チャールズとソフィア、殺人――殺人は人にどんな影響を及ぼすのか〔4章〕

『ねじれた家』のメモはまた、矛盾していて誤解を招きやすい面がクリスティーのノートにあることを示す一例となっている。×印で消されたページに出会うことが頻繁にある。最初に見たときは、無理からぬことだが、却下されたアイディアだと思ってしまう。ところが、よく見てみると、まさにその逆であることがわかる。ページの×印は〝作業終了〟、もしくは、〝アイディア使用済み〟を意味しているのだ。作家として脂の乗っていた時期には、これがいつもの習慣だった。ただ、作家活動も後期に入ると、アイディアを使用したしないにかかわらず、ページに×印をつけないことのほうが多くなった。

クリスティーがアイディアを再生して使用した例をいくつか挙げておこう。その多くについては、本書の別の箇所でも論じている。再使用のために工夫を凝らしていることがよくわかる。

「管理人事件」／『終りなき夜に生れつく』
「プリマス急行」／『青列車の秘密』
「マーケット・ベイジングの怪事件」／「厩舎街(ミューズ)の殺人」
「潜水艦の設計図」／「謎の盗難事件」
「バグダッドの大櫃の謎」／「スペイン櫃(ひつ)の秘密」
「クリスマスの冒険」／「クリスマス・プディングの冒険」
「The Greenshore Folly」（未刊）／『死者のあやまち』

■改作や長篇化に際しては、自分自身への挑戦として、犯人を変更することもあった。
『チムニーズ館の秘密』／〈チムニーズ〉（戯曲化）
「二度目のゴング」／「死人の鏡」
「黄色いアイリス」／『忘られぬ死』
「犬のボール」／『もの言えぬ証人』（本書下巻〈付録〉参照）

■戯曲化した場合は、原作の長篇と異なっていることもある。〈死との約束〉は新たな悪役を登場させて、説得力のある大胆な解決になっている。〈チムニーズ〉は、新たな殺人犯も含めて、原作の長篇にさまざまな変化が加わっている。〈そして誰もいなくなった〉の犯人は原作と同じだが、結末がまったく違う。

■その一方、作品どうしのつながりがもっと微妙なものもある。『スタイルズ荘の怪事件』『ナイルに死す』『終りなき夜に生れつく』は、基本的には同じプロットである。『茶色の服の男』『アクロイド殺し』『終りなき夜に生れつく』は、中心となるトリックが同じである。『白昼の悪魔』と『書斎の死体』は共通の策略を用いている。『葬儀を終えて』と『魔術の殺人』はどちらも、ミスディレクションという同じトリックを土台にしている。『オリエント急行の殺人』『バートラム・ホテルにて』『ホロー荘の殺人』(これはやや控えめ)はすべて、似たような土台の上に築かれている。

『三幕の殺人』『雲をつかむ死』『ＡＢＣ殺人事件』はすべて、似たような状況のなかに犯人を隠している。

■短篇と長篇が類似点を持っている例を、ほかにもいくつか挙げておこう。〝ミステリの女王〟に関するこれまでの研究では見落とされてきたものである。

「火曜クラブ」／『ポケットにライ麦を』
「クリスマスの悲劇」／『白昼の悪魔』
「六ペンスのうた」／『無実はさいなむ』
「愛の探偵たち」／『牧師館の殺人』

十の小さな可能性

一九二八年に書かれて、『火曜クラブ』（一九三二）に収録された「バンガロー事件」のなかで、人が自分の宝石を盗む理由について、ミセス・バントリーがつぎのように説明している。

「理由なんか、いくらでも考えられるわ。いちどきにまとまったお金がほしかったのかもしれないわ……盗まれたということにして、宝石をないしょで売ってしまったんだわ。それとも誰かが、彼女の夫に話すとか……脅迫していたのかもしれないし。それとも宝石はとうの昔に売ってしまったのだけれど……なんとか手を打たなければならなくなったのかもしれないわ。本にはよく、そういうことが出てきますもの。そうでなければ、サー・ハーマンが宝石の台をとりかえてやるとかなんとか言ったのに、メアリの持っていたのがあいにくと模造品だったのかもね。それとも——ああ、そうよ、とてもいい思いつきがあるわ、あまり本にも載っていないような——あのね、盗まれたようなふりをしてヒステリーを起こし……新しいのを買ってもらうという手はどうでしょう？　そうすれば、古いのに加えて新しい一そろいをもてるわけだし……

……」

（『火曜クラブ』三八〇ページ／中村妙子訳）

『第三の女』では、ノーマ・レスタリックがポアロを訪ねてきて、自分は人を殺したかもしれないと告げる。2章で、有名な探偵作家のミセス・アリアドニ・オリヴァが、殺人に結びつきそうな状況をいくつか想像している。

オリヴァ夫人は顔を輝かせて豊かな想像をめぐらしはじめた。「轢き逃げしたのかもしれないわね。崖っぷちで男に襲われて取っ組み合いをして相手を崖からつきおとしたってこともあるし。うっかり薬をまちがえてだれかに飲ませちゃったのかもしれない。麻薬パーティに行って喧嘩したのかもしれない。正気になってみたらだれかを刺し殺していた。あるいは……手術室の看護婦で麻酔剤をまちがえて注射してしまったのかもしれない——」

（『第三の女』二一四ページ／小尾芙佐訳）

『死者のあやまち』の8章で、ミセス・オリヴァはふたたび、女生徒のマーリン・タッカーが殺された動機として何が考えられるだろうと、さまざまに想像をめぐらせる。

「女の子を殺したくてむずむずしていた犯人にやられた……あの子は犯人の情事の秘密を嗅ぎつけていたのかもしれない、それとも、犯人が夜中に死体を埋めているところを目撃したのかもしれないな、あるいは犯人の素姓を見破ったか、ひょっとしたら戦争中に埋蔵した宝物の場所の秘密を手にいれたか、それともランチに乗っていた男が、誰かを河のなかに投げこんだところを、ボート倉庫の窓から見ている、いや、マーリンは、自分ではそれとも知らずにとても重要な機密文書を持っていたのかもしれない」……とにかく、それがあたっていようがいまいが、警部には、夫人がありとあらゆる想定をくだしたように思われたけど、このままほうっておいたら、どこまでつづくかわからなかった。

(『死者のあやまち』一五九ページ/田村隆一訳)

これらの引用は、執筆時期に四十年近い隔たりがあるものの、登場人物の言葉を借りてクリスティーの最大の強みを示している──すなわち、ひとつのアイディアから無限とも思われるバリエーションを紡ぎだす才能である。ここに引用したものがクリスティー自身の意見であることには、ほとんど疑いがない。なにしろ、ミセス・オリヴァは売れっ子探偵作家なのだ。そして、数々のノートに目を通せばわかるように、クリスティーもまさに同じことをしていたのだ。作家活動のなかで、クリスティーのアイディアはつねに、読者に馴染みのある世界から生まれたものであった──歯、犬、切手、鏡、電話、薬など。そして、これらを土台にして、独創的な作品が生みだされた。後期の作品になると、クリスティーは普遍的なテーマ(『無実はさいなむ』では罪と無実、『蒼ざめた馬』では邪悪、『鳩のなかの猫』と『フランクフルトへの乗客』では不穏な国際情勢)を探究するようになったが、それらもやはり、日常の世界にしっかりと根をおろしていた。

自信を持って断言できるわけではないが、アイディアとそのバリエーションのリスト作りが何回にも分けてなされたと想定すべき理由はどこにもない。さまざまなバリエーションと可能性をクリスティーが猛スピードでメモしたであろうことに、わたしはまったく疑いを抱いていない。判読不能な文字が並んでいるのも、たぶん、そのせいだろう。『愛国殺人』（本書4章参照）のアウトライン作りがそのいい例である。プロットを動かすのに使えそうな動機を、クリスティーは幾通りも考案している。

男が双子の片方と結婚する
　もしくは
男はすでに結婚していた〔これが作品に使われた〕
　もしくは
法廷弁護士の〝妹〟、同居（本当は妻）
　もしくは
二重殺人――つまり――AがBを毒殺――BがAを刺殺――しかし、じっさいには、Cの企みによるもの
　もしくは
脅迫をおこなっていた妻が知る――妻、死体となって発見される
　もしくは
男は妻が本当に好き――妻と人生の再スタートを切るために去る

もしくは
歯医者が殺される――ロンドンで一人――州で一人

同じノートの数ページあとで、やはり『愛国殺人』に関して、クリスティーは同じテーマからさらにバリエーションを考えている。今回は〝補足のアイディア〟がいくつか加わっている。

可能性A　最初の妻がまだ生きている――
A（a）すべてを知っている――彼に協力
（b）知らない――彼が諜報員であることを
可能性B　最初の妻は死亡――誰かが彼の顔に気づく――「わたしは奥さまの親友でした。ご存じでしょう――」
どちらの場合も――最初の結婚という事実を隠すために犯罪が企まれ、入念な準備が進められる。

C　単独犯行

D　妻が秘書に化けて協力

補足のアイディアC
ミス・Bとミス・Rは友達——一人が歯医者へ行く
もしくは
ミス・Bが予約をとる——歯医者——ミス・Rが行く
ミス・Rの歯がミス・Bの名前でカルテに記載される

同じくノート35から。ただし、こちらは『五匹の子豚』に関係したメモだが、そのなかで、きわめて基本的な疑問と可能性がいくつか検討されている。

母親が殺したのは——
A　夫
B　愛人
C　金持ちの伯父、もしくは、後見人

D　夫の浮気相手（嫉妬）

それ以外の登場人物は誰にするか

『マギンティ夫人は死んだ』（本書下巻7章参照）の構想を練っていたとき、クリスティーはプロットの核となる過去の四件の殺人事件を軸にして、数限りない可能性を考えだし、その大部分について入念な検証をおこなった。物語の舞台であるブローディニーの住人一人一人が過去の殺人に関係した可能性あり、という設定になっているので、この作品の筋書きは、ほかのどの長篇よりもクリスティーの豊かな想像力を刺激したように思われる。次に挙げるノート43からの抜粋のなかで、クリスティーはいくつものシナリオを考えだし、そのひとつひとつについて、犯人候補にアンダーラインをひいている（クリスティーが自身がひいたもの）（本書では傍点）。おわかりのように、クリスティーが最終的に選んだのは1Bのアイディアだった。

どれにする？

1　A　偽――年配のクレインズ――娘あり（イーヴリン）

B　真――ロビン――母親あり、息子、、〔アップワード〕
2　A　偽――病身の（もしくは、病身でない）母親、そして、息子
B　真――スノッブなAP（カーター）の退屈な妻、娘あり
3　A　偽――芸術家の女性、息子あり
B　真――中年の妻――退屈な夫婦――もしくは、派手なカーター夫妻（娘は病身）
4　A　偽――未亡人――もうじき金持ちと結婚の予定
5　A　偽――犬を飼っている男――継息子――名前が違う
B　真――病身の母親と娘、――娘の犯行〔ウェザビイ〕

そして、クリスティーは同じノートのあとのほうで、過去の犯罪のひとつ（ケインが関わった殺人事件）にどの登場人物がぴったり合うかを考えている。

可能性としては
ロビンの母親（E・ケイン）
ロビン（EKの息子）
ミセス・クレイン（EK）

その娘（EKの娘）
ミセス・カーター（EKの娘）
若きウィリアム・クレイン（EKの息子）
ミセス・ワイルドフェル（EKの娘）

ノート39では、クリスティーはいっきに六通りのプロットを考案し（最初に〝四通り〟と書いてあるのに！）、その短いメモに、誘拐、偽造、窃盗、詐欺、殺人、ゆすりのアイディアを詰めこんでいる。

短篇用の即席アイディア四通り
誘拐？ ジョニー・ウェイバリー〔の冒険〕をもう一度――
プラチナ・ブロンド――自分を誘拐？
目に見えない遺言？ まったく違う書類に記された遺言
博物館の窃盗事件――高名な教授が品物を盗みだして鑑定？――もしくは、一般人

の犯行

切手――莫大な富が隠されている――切手商に依頼して、それらを購入

公共の場での事件――サヴォイ？　ダンス？

デビュタントのお茶会？　母親たちが続けざまに殺される？

行方不明のペキニーズ

〝即席〟という言葉には、ケトルが沸騰するのを待つあいだに急いでメモしたような印象がある――たぶん、じっさいにそうだったのだろう。

このメモが書かれた正確な日付については、議論の余地がある。〝行方不明のペキニーズ〟は「ネメアのライオン」に使われている。『ヘラクレスの冒険』のなかの一篇だが、初めて活字になったのは一九三九年だった。これと、〝デビュタントのお茶会〟というメモを合わせて考えると、メモが書かれたのはたぶん、クリスティーの娘ロザリンドが社交界にデビューした一九三〇年代の後半だったのだろう。これらのアイディアのうち、活字になったのはわずか二つ（〝目に見えない遺言〟が『火曜クラブ』の「動機対機会」に、

〝切手〟が「奇妙な冗談」と〈蜘蛛の巣〉に使われている)。ただし、このメモの内容とは多少違った形になっている。

ノート47では、クリスティーは新しい短篇の案を練るのに夢中になっている。ワード数が書かれているところを見ると、おそらく、原稿依頼があったのだろう。左のメモはすべて同じページに書かれている。その場ですぐに書いたものと思われる。

七千ワードの短篇用アイディア

〝ルース・エリス〟的な……アイディア？

男を撃つ——致命傷ではない——ほかの男(もしくは女)が彼女をそそのかす

この第二の人物の設定としては——

A 義理の姉？ 兄嫁——息子もしくは娘のために金を手に入れようとする。そうすれば、自分の影響の及ばない寄宿学校へ子供をやらずにすむ——いかにも母親らしい優しいタイプ

B 男っぽい妹。兄がルビーと結婚するのを阻止しようと決意

C　男（ルビーに影響力を持つ）、彼女をなだめるふりをして、逆にそそのかす。Xは男についてある程度のことを知っている。男はXの妹との結婚を希望
D　ルビーの以前の恋人／夫――彼女とXに恨みを抱いている

残念ながら、クリスティーはこのアイディアをこれ以上検討しなかったため、短篇にはなっていない。四ページあとで、戯曲〈招かれざる客〉のプロット作りに戻っているので、ここに抜粋したメモはたぶん、一九五〇年代半ばのものだろう（ルース・エリスというのは、英国で絞首刑になった最後の女性。恋人デイヴィッド・ブレイクリーを射殺し、有罪判決を受けたあと、一九五五年七月に処刑された）。

死への旅

クリスティーは腰をおろして次の作品の構想を練るとき、プロット作りにとりかかる前から早くも、物語の舞台にできそうな場所を考えていたものだった。左に挙げたのはノート47からの抜粋で、『パディントン発4時50分』のメモの数ページ前に書かれている（そして、この作品の芽生えとなるものも含まれている）。一九五〇年代半ばのものではないかと思われる。

本
場面
バグダッド?
病院
ホテル〔『バートラム・ホテルにて』〕
フラット　四階のフラットのアイディア
バグダッドの大櫃のアイディア〔「スペイン櫃の秘密」と〈ねずみたち〉〕
ロンドンの小さな家、夫と妻と子供たち、などなど
公園　リージェンツ・パーク
学校　女学校〔『鳩のなかの猫』〕
船　クイーン・エマ号?　ウェスタン・レディ号
汽車　汽車から目撃?　家の窓の向こうに?　それとも、逆にする?〔『パディントン発4時50分』〕
海岸　そして、下宿屋〔たぶん〈海浜の午後〉だろう〕
年代を正確に推測するのはむずかしいが、次の抜粋は一九四〇年代の終わりごろのもの

と思われる。『マギンティ夫人は死んだ』（ただし、プロットのアウトラインは大きく異なる）と『魔術の殺人』（これもプロットは大きく異なる）のメモのすぐあとに続くもので、さらにそのあとには、クリスティー自身の字で書かれた彼女の作品リストが入っている。リストのなかでもっとも新しいのは『ホロー荘の殺人』（一九四六）である。

舞台のアイディア？

The White Crow のような状況。殺人からスタート——
　著名人——たとえば、大臣——
（アナイリン・ベヴァンのタイプ？）——休暇中？　彼のスタッフ——彼の妻——
女性秘書を尋問
男性〔秘書〕——むずかしそう。わたしは大臣のことにくわしくないから
病院の主任薬剤師？　ペニシリンの研究をしている若い医師？
ブレーン・トラスト？　地元？　ミセス・AC、BBC出演のために到着——死亡
——本物のミセス・ACではない？
大型ホテル？　インペリアル？　だめ——すでに使った
店？　マネキンパレードの時期のワース——セルフリッジ——バーゲン期間の小部

ここに挙げた項目のいくつかには、解説が必要だろう。*The White Crow* は一九二八年刊の小説（日本では未訳）で、著者はクライム・クラブ叢書の常連作家だったフィリップ・マクドナルド。大物実業家が自分のオフィスで殺されるという設定（『ポケットにライ麦を』と同じ）。アナイリン・ベヴァンは英国の保健相（一九四五～五一）。主任薬剤師という立場は、クリスティーにとって、若いころの生活と第二次大戦中の経験からお馴染みのものだっただろう（『蒼ざめた馬』に、この方面の知識が使われている）。〝インペリアル〟は『邪悪の家』に登場する。ただし、作中のホテル名はマジェスティックに変更されている。ワースはセルフリッジと同じく有名なデパート。

〝ミセス・AC、BBC出演のために到着〟というメモからは、クリスティーがラジオ局やテレビ局から受けた数えきれないほどの出演依頼を生涯拒否しつづけたものの、一度だけ、一九四六年八月に放送された〈デザート・アイランド・ディスクス〉と似たタイプの番組〈イン・ザ・グラモフォン・ライブラリー〉に出演したことが連想される。そして、〝むずかしそう。わたしは大臣のことにくわしくないから〟という残念そうな意見（すべてのノートのなかで、わたしがいちばん好きなコメント）からは、クリスティーが〝自分の知っていることを書くべし〟という古い格言を守っていることが窺える。

サプライズ、サプライズ！

しかし、数々のノートを読んでみて、いちばん意外だったのは、クリスティー作品の最高峰とされるプロットの多くが、かならずしも衝撃的なひとつのアイディアから生まれたわけではないという事実だった。クリスティーがプロット作りをするときは、あらゆる可能性を考えていたようで、どんなにすぐれたアイディアのように見えても、それだけに固執することはなかった。プロット作りの最初から殺人犯が決まっていることは稀だった。

もっともドラマティックな例は『ねじれた家』だ（本書4章参照）。この作品は子供が殺人犯という衝撃の結末によって、いまなお、クリスティー最大のサプライズのひとつとされ、『アクロイド殺し』『オリエント急行の殺人』『カーテン』『終りなき夜に生れつく』に劣らぬ評価を受けている（公平を期すためにいっておくと、ほかに少なくとも二人の作家——エラリイ・クイーンとマージェリー・アリンガム——が、すでにこのアイディアを使っていたが、衝撃度はかなり落ちる）。語り手が犯人、警察官が犯人、全員が犯人、全員が被害者という手法には、クリスティーはこの段階ですべて挑戦ずみだった。ノートを読む前のわたしは、一九四八年当時のアガサ・クリスティーが〝クリスマスにはクリスティーを〟の次の作品を書くためにタイプライターの前にすわり、ほくそ笑みながら、十一歳の少女が冷酷な殺人犯というアイディアを軸にして物語を紡いでいく姿を想像していた。ところが、現実は違っていた。ノート14をざっと見ただけでも、犯人候補として、ジョセフィンのほかに、ソフィア、クレメンシイ、エディスも考えられていたことがわかる。〝ジョセフィン＝犯人〟を変更不能な事実とし、それを中心にして全体のプロットを組み立てたのではなかったのだ。この長篇の存在理由(レゾンデートル)はそれではなかったのだ。殺人犯の衝撃の正体は考慮されていた要素のひとつにすぎず、必ずしも鍵となる要素ではなかったのだ。また、クリスティーが最後の大がかりなサプライズを仕掛けた作品『終りなき夜に生れつく』（本書下巻12章参照）のメモには、語り手＝犯人という言葉はどこにも出てこない。〝アクロイドのトリックをもう一度使うことにしよう。でも、今度は労働者階級を語り手にして。それから、新婚生活で物語をスタートさせるんじゃなくて、出会いと求婚から始めてみよう。どちらもプロットに必要な要素だもの〟と、クリスティーが考えたわけではなかったのだ。現に、ノート50に、〝登場人物の一人がポアロの友達〟という短いメモがある。おそらく、ポアロが事件を調査する予定になっていたのだろう。また、一人称の視点で語るというメモは、一カ所しか見受けられない。プロットを練っていくなかで、衝撃のエンディングがクリスティーの頭にひらめいたのであって、その逆ではなかったのだろう。

　巧みに手がかりをちりばめた最後の探偵小説といってもよさそうな『予告殺人』は（本書5章参照）、ただひとつの解決しかありえないように思えるが、それでもやはり、ある段階では、〝レティシィア・ブラックロックがミッチーの二番目の被害者〟と鉛筆で書かれていて、ミッチーがすでに自分の夫ルディー・シャーツを殺したという設定になっていた。命を狙われているはずの女性が、じっさいには、自分を脅迫していた人物を周到に計画したゲームのなかで殺害する、という筋書きを最初から決めていたわけではなかったのだ。『メソポタミヤの殺人』（本書下巻8章参照）も、妻が完璧なアリバイを作ったうえで夫を殺す、というアイディアから生まれたものではなかった。プロットを練るあいだ、クリスティーは犯人役としてミス・ジョンソンを候補にしていたし、さらには、ミセス・ライドナー自身も強力な対抗馬だった。この長篇のためにまず用意されたアイディアは、物語の舞台となった遺跡発掘現場で、あとのプロットはそれを軸にして紡がれたものと思われる。その逆ではなかったのだ。

いまだに驚きを禁じえないことだが、これがクリスティーの全体的な執筆法とうまく調和している。クリスティーの強みは、束縛を受けない豊かな想像力を持ち、几帳面な手順を持たないという点にある。最初のインスピレーションは、ジプシーの呪い（『終りなき夜に生れつく』）、遺跡発掘（『メソポタミヤの殺人』）、新聞広告（『予告殺人』）のように漠然としたものかもしれない。そのあとで、少なからぬ想像力を自由に羽ばたかせてアイディアを練り、そして、ほら！　一年後には、クリスティーの最新作が書店の棚に並ぶことになる。その傑作に使われることのなかったアイディアの一部は、翌年、あるいは十年後に出版される作品に登場するかもしれない。

物語を作るさいのクリスティーの手法が、より鮮明におわかりいただけたことと思う。クリスティーは数々のノートを反響板として、また、文学のスケッチブックとして使いながら、構想を練り、それを膨らませていった。取捨選択をおこなった。作品を研ぎ澄まし、磨き上げた。ノートのメモを見直し、再生利用した。このあとに続く章で、さらに詳細な分析をおこなって証明していくつもりだが、クリスティーは支離滅裂に見えるこれらのノートから、並ぶものなき永久不滅の作品の数々を生みだしたのである。

殺人を容易にする

クリスティーのノートのあちこちに、才能あふれる創作者としてのアガサ・クリスティー、批評のプロフェッショナルとしてのアガサ・クリスティー、恥ずかしがり屋でユーモアのあるアガサ・クリスティーの仕事ぶりを示すフレーズが、何十も見受けられる。何かを思いつくたびにページにメモすることが多かったため、クリスティーが自分に次のように語りかけている例がたくさんある。

ときには、ひとつに絞る前に、ぼんやりと物思いにふけりながら、いくつものアイディアを検討することがあった。

〝これはどうかしら〟……「グリーンショウ氏の阿房宮」の時間の流れを組み立てながら

〝すぐれたアイディアというものは〟……これだけが空白のページに書いてあるので、興味をそそられる

〝あるいは――もう少しましなものに〟……『ポアロのクリスマス』の動機を決

めるさいに

〝少女を仕事に就かせたら？〟……『カリブ海の秘密』の初期のメモより

〝誰？　なぜ？　いつ？　どうやって？　どこで？　どっち？〟……『愛国殺人』より、探偵小説のエッセンス

〝どっちへ曲がればいい？〟……『第三の女』の途中で

〝著名人——たとえば、大臣——（アナイリン・ベヴァンのタイプ？）——休暇中？　むずかしそう。大臣のことにはくわしくないから〟……一九四〇年代半ば、新しいアイディアを探しているときに、悲しげな口調。

プロットが決まると、どうやって複雑にしていくか、ほかにどんなバリエーションが可能かについて、クリスティーはしばしば考えこんでいた。

〝ジェレミーはそのとき、その場にいなくてはならない？〟……〈蜘蛛の巣〉の

登場人物の動きを考えながら

〝手紙の内容を示す？　やめておく？〟……『鳩のなかの猫』の執筆中に

〝彼女はどうやって成し遂げるのか……どんな薬？〟……『カリブ海の秘密』のプロットを練っているときに

〝そうね——歯医者を死なせたほうがいい〟……『愛国殺人』の執筆中におこなった判断

〝なぜ？　なぜ？？？　なぜ？？？？？？〟……『愛国殺人』執筆中のフラストレーション

〝彼が殺人犯の可能性あり——殺人犯が本当にいるのなら〟……〈詐欺師三人組(Fiddlers Three)〉(日本では未紹介)に使えそうなアイディア

本物のプロフェッショナルにふさわしく、クリスティーは自己批判もおこなう。

〝双子のアイディア、無理がある——女の召使いが双子の片割れ〟——だめ!!…
…『ヘラクレスの冒険』の執筆中におこなった決心
〝要注意〟……『マギンティ夫人は死んだ』の終わりに近づいたところで
〝そうね——もう少し凝ったものにしよう——女教師をふやす?〟……『鳩のなかの猫』が気に入らない様子
クリスティー自身の覚書も含まれている。
〝ダツラの中毒症状について調べる……それと、「クレタ島の雄牛」を読み直す……〟『カリブ海の秘密』の執筆中に
〝子供とその遊び友達についての話を見つける〟……たぶん、短篇「ランプ」のことだろう

〝使えそうな変形——(タイプする前に、私立探偵小説を読んでおく)〟……『複数の時計』執筆中の覚書

〝いいアイディア——進める必要あり〟……『復讐の女神』のため

〝準備すべき事柄〟……『死者のあやまち』の執筆中に

そして、独特のユーモアのきらめきも見られる。

〝ヴァン・D、頓死〟……『カリブ海の秘密』の執筆中に

〝ペニファザー、くたばる〟……『バートラム・ホテルにて』のなかの身も蓋もない描写

〝象の提案〟……明らかに、『象は忘れない』のものだろう

〝(利口な!)読者の疑惑を看護婦に向ける〟……『カーテン』のときの、いかに

もクリスティーらしい狡猾な意見。看護婦はまったくの無実（〝利口な〟のあとに感嘆符がついていることに注目！）

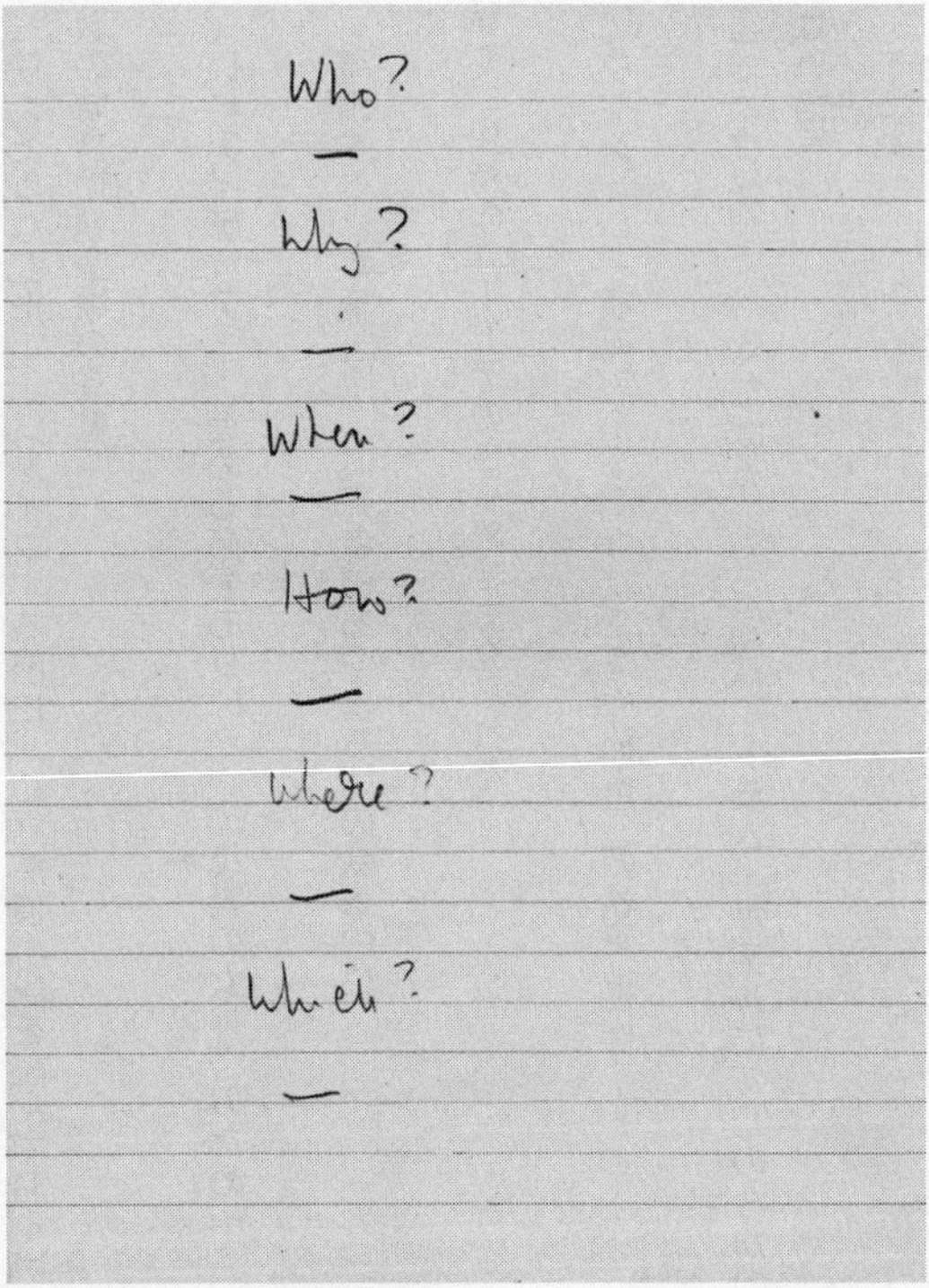

ノート35に入っている『愛国殺人』のメモより——探偵小説のエッセンスが六つの単語に凝縮されている。

証拠物件B　ノートに登場するほかの推理作家たち

「おじさん、探偵小説って好き？　ぼく、大好き。たくさん読んでるよ。それに、ドロシイ・セイヤーズと、アガサ・クリスティーと、ディクスン・カーと、H・C・ベイリーのサインも持ってんだ……」

（『書斎の死体』一一〇ページ／山本やよい訳）


ネタばれ注意！

「奇妙な冗談」〈蜘蛛の巣〉「ネメアのライオン」

「盗まれた手紙」（エドガー・アラン・ポー）

ノート41に出てくる〝晩餐会の十三人〟のリストのほかにも、アガサ・クリスティーはさまざまなノートのなかで、何人もの推理作家仲間の名前を出している。それらの作家を何人か挙げてみよう。

■E・C・ベントリー

ディテクション・クラブの関係で名前が出てくるほかに、ノート41にも彼のことが書かれている。ベントリーが編纂した一九三八年刊のアンソロジーA *Second Century of Detective Stories*（日本では未訳）に、クリスティーの作品として、『おしどり探偵』のなかの「婦人失踪事件」が選ばれている。このアンソロジーのためにクリスティーがわざわざ書いたものではないのだが。

ベントリーのためにH・Pの短篇を

■G・K・チェスタトン

不朽の名声を持つ聖職者探偵、ブラウン神父の生みの親であり、ディテクション・クラブの初代会長であったチェスタトンは、リレー長篇『漂う提督』の執筆にも参加した。ノート66を見ると、〝チェスタトンに短篇を提供すること〟というメモがある。たぶん、彼が編纂したアンソロジー『探偵小説の世紀』（一九三五）のためだろう。クリスティーは書き下ろしはせず、代わりに、「六ペンスのうた」を提供した。

G・K・Cのためのアイディア

■ジョン・クリーシー

ノート52に、六百作近い本を書いている英国の推理作家、ジョン・クリーシーに言及した箇所が二つある。とてもよく似た内容だ。多数のペンネームを持つ大変な多作家であったクリーシーは、英国推理作家協会（CWA）の創立者でもあった。『複数の時計』では、秘書・タイプ引受所（これが物語全体の軸となる）がクリーシーのような作家たちの依頼で仕事をしている。クリーシーは探偵を主人公とするフィクションは書かなかった。

ミス・M〔マーティンデール〕が所長――クリーシーの秘書――クリーシーはスパイものの作家

■ルーファス・キング

クリスティーは『マギンティ夫人は死んだ』のプロットを練っているときに、ノート35のなかで二度、世の中からほとんど忘れられてしまったこの作家の長篇『緯度殺人事件』に触れている。ただし、彼の名前は出てこない。『緯度殺人事件』はまさにクリスティーの好みそうな設定で、陸上との連絡を絶たれてしまった船が舞台になっている。グリーンウェイ・ハウスの図書室にも、キングの本が何冊か置いてある。

『緯度殺人事件』のような雰囲気――数名の人間――そのなかに殺人犯

■A・E・W・メイスン

メイスンはアノー警部の生みの親。ノート35に、一九一〇年に出版された『薔薇荘にて』のことが出てくる。年配女性が殺され、同居人に疑いがかかるという物語である。クリスティーは『愛国殺人』のプロットを練りながら、自分にこういっている。

殺人が発覚（女性？　年配？　薔薇荘のような感じ）手がかり――靴のバックル

■エドガー・アラン・ポー

一八四一年に出版した「モルグ街の殺人」によって、ポーは探偵小説の祖といわれるようになったが、「盗まれた手紙」もまた、彼の生んだ探偵オーギュスト・デュパンが活躍する有名な作品で、目につきやすい場所に品物を隠すところがミソである。クリスティーのメモに記されているのは、莫大な価値のある品を封筒の内側ではなく外側に隠すということ――切手という形で。クリスティーはこのアイディアを短篇「奇妙な冗談」に使い、また、ずっとあとになってから〈蜘蛛の巣〉でも使った。目につきやすい場所に品物を隠すというアイディアは「ネメアのライオン」でも使われている。

切手——莫大な価値——デスクに入っていた古い手紙に——「盗まれた手紙」が話に出る——それらしき封筒をのぞいてみる——じつは、上に貼られた切手

■ドロシイ・L・セイヤーズ

セイヤーズの生んだ探偵、ピーター・ウィムジイ卿がデビューしたのは、一九三二年の『誰の死体?』だった。ノート41に、著者であるセイヤーズ自身だけでなく、ウィムジイ卿の名前も出てくる——『エッジウェア卿の死』のなかで、ロニー・ウェストに関連して。また、『杉の柩』にピーター・ロードという医師が登場するのは、クリスティーと同時代の偉大なこの作家へのオマージュではないかと思われる。

ロニー・ウェスト(ピーター・ウィムジイ卿っぽい颯爽たるタイプ)

4　鳩のなかの猫　童謡殺人

ぼくは昔の童謡が大好きでね。哀れっぽくてどことなく無気味でしょう？　そこが子どもにも受けるんだ……

〈ねずみとり〉三五ページ／鳴海四郎訳）

ネタばれ注意！
「六ペンスのうた」「あなたの庭はどんな庭？」『そして誰もいなくなった』『愛国殺人』『ヒッコリー・ロードの殺人』『五匹の子豚』『無実はさいなむ』「奇妙な冗談」『ねじれた家』「二十四羽の黒つぐみ」『ポケットにライ麦を』「火曜クラブ」『魔術の殺人』『ポアロのクリスマス』『ＡＢＣ殺人事件』

児童文学の持つ魅力は、しばしば探偵作家にインスピレーションを与え、作品の題名やテーマになってきた。ディクスン・カーの『アラビアンナイトの殺人』、ダグラス・ブラウンの*The Looking Glass Murders*（日本では未訳）、エド・マクベインの『白雪と赤バラ』、『黄金を紡ぐ女』、エラリイ・クイーンの『靴に棲む老婆』、シェリイ・スミスの*This Is the House*（日本では未訳）、クリフォード・ウィッティングの*There Was a Crooked Man*（日本では未訳）、ロイ・フラーの*With My Little Eye*（日本では未訳）はすべて、子供の遊び部屋から生まれたものである。また、S・S・ヴァン・ダインの『僧正殺人事件』はマザーグースがテーマになっている。その魅力は一目瞭然――あどけなさと背筋の凍る恐怖の共存、そして、日常のものから身の毛のよだつものへの変化である。

しかし、それを自家薬籠中のものとし、ほかのどの作家よりも大々的に活用したのは、アガサ・クリスティーだった。ノートのあちこちに、伝承童謡に関するメモがいくつも出てくる。短い走り書きのままで終わったものもある（本書二一三ページ〈雑学ノート〉参照）。最高傑作を生みだしたものもある――『そして誰もいなくなった』『五匹の子豚』「三匹の盲目のねずみ」／〈ねずみとり〉。題名に使われただけのものもある――『ヒッコリー・ロードの殺人』『愛国殺人』（原題は*One, Two, Buckle my Shoe*）。『そして誰もいなくなった』と『ポケットにライ麦を』では、マザーグースの唄と同じように物語が進んでいく。一方、『ねじれた家』と「三匹の盲目のねずみ」は、童謡を作品にとりこむというより、シンボル的な意味合いのほうが強い。最大の成功を収めたのは、疑いもなく、『五匹の子豚』と『そして誰もいなくなった』だろう。説得力あふれる巧妙な形で童謡が使われている。無邪気な童謡が殺人者の名刺に姿を変えるという劇的なインパクトは、アガサ・クリスティーのように想像力豊かな推理作家にとって、抵抗しがたい魅力を持っている。

ポケットに　ライ麦を
詰めて歌うは　街の唄
くろつぐみを二十四　パイに焼き
切って差出しゃ　鳴きいだす
お城料理の　すばらしさ

王様お庫で　宝をかぞえ
女王は広間で　パンに蜂蜜
若い腰元　庭へ出て
乾しに並べた　お召もの
そこへ小鳥が　飛んできて
可愛いお鼻を　突っついた

（『ポケットにライ麦を』一九三ページ／宇野利泰訳）

クリスティー作品にもっとも多く登場する童謡は《六ペンスの唄をうたおう》で、なんと、三作もの題名に使われている。長篇の『ポケットにライ麦を』、短篇の「六ペンスのうた」「二十四羽の黒つぐみ」。短篇二作は、題名に童謡を使っただけだが、長篇のほうは童謡の歌詞をかなり忠実になぞっている。

「六ペンスのうた」一九二九年十二月（『リスタデール卿の謎』収録）

残忍な殺人事件が起きて、家族がお互いに疑心暗鬼になるなかで、六ペンス銀貨が事件解決を助けてくれる。

「六ペンスのうた」に関するメモは何も残っていないが（仕方がないだろう。なにしろ、かなり初期の短篇で、週刊誌のクリスマス特集号《ホーリー・リーヴズ》〔一九二九年〕に収録されたぐらいだから）、ノート56にこの短篇のことが出ている。『ポケットにライ麦を』のメモに混じっているその部分は、不思議なことに、すでに出版済みの『ねじれた家』にも言及しているように見えて、そこがどうも腑に落ちない。

六ペンスのうた
ねじれた六ペンス銀貨が見つかる（ねじれた男、ねじれた妻、ねじれた家）

この短篇に関して、これまでのクリスティー研究家たちが気づいていなかったのは、『無実はさいなむ』との類似性である（本書下巻7章参照）。「六ペンスのうた」は、家族の誰かに頭を殴られて殺されたミス・クラブトリーの家に、探偵役としてエドワード・パリサー卿がやってくるという話である。誰も逮捕されていないため、家族は「毎日お互いに疑心暗鬼にかられて暮らしています」（「六ペンスのうた」一四五ページ／田村隆一訳）家族が疑惑を抱き合うこんな状態のなかで、パリサー卿が事件を解決に導くのだが、これは明らかに、一九五八年刊の『無実はさいなむ』の原型である。

「あなたの庭はどんな庭？」一九三五年八月（『黄色いアイリス』収録）

ポアロのもとに助けを求める手紙が届いたものの、アミーリア・バロウビーを救うにはすでに遅すぎた。しかし、ポアロは断固として真相を突き止めようとする。

つむじ曲がりのメアリーさん
あなたの庭はどんな庭？
トリガイの殻、銀の鈴
きれいなねえさん、ひとならび

（「あなたの庭はどんな庭？」八七ページ／中村妙子訳）

この短い童謡はあちこちのノートに、なんと五回も出てくる。ただし、歌詞が作品の題名になったのは、「あなたの庭はどんな庭？」という短篇ひとつだけ。しかし、クリスティーの心に強い印象を残していたようで、ほかの作品のプロットを練るときにも、しばしばこの童謡がとりあげられている。また、構想を練っただけで執筆には至らなかった長篇が、この短篇によく似ている。この作品をイギリスで初めて掲載したのは《ストランド・マガジン》で、アメリカではその数カ月前に、《レディーズ・ホーム・ジャーナル》に掲載されている。「六ペンスのうた」や「二十四羽の黒つぐみ」よりも、この短篇のほうが童謡との結びつきが強い。貝殻、庭、殺人犯の名前が含まれているのだから。メアリー・デラフォンテーンが叔母を毒殺し、殺しの手段として使ったカキの殻を隠すために、トリガイの殻に紛れこませて花壇の縁どりに使う。叔母の世話係だった外国人の少女に罪をなすりつけようとするが、結局は失敗する。

老婦人――外国の少女――メアリー――〝弱い〟夫

最終的なプロットはノート20にまとめられている。

カキの話――夕食のあとで男が死亡――カキのなかにストリキニーネ――呑みこむ――殻は庭か、貝殻入れの箱に――食品を分析――何もなし。男が服用していたカプセル剤で話が複雑に――もしくは、誰かが渡したという設定――それによって、濡れ衣

この短篇は、クリスティーが初期のころに好んでいたアイディアのひとつを使った例でもある――犯罪が疑われる現場にポアロが呼ばれるが、到着したときにはすでに手遅れだったというパターン。早くも一九二三年に、『ゴルフ場殺人事件』で初めてこのアイディアが使われ、その後、「コーンウォールの毒殺事件」、『もの言えぬ証人』、「犬のボール」（本書下巻〈付録〉参照）でも使われた。その理由はよくわかる――感情的にも、現実的にも、インパクトがある。ポアロを呼び寄せた人物は、くわしい状況を説明すると約束していたのに、それができなくなってしまったため、ポアロは現実面ではもちろんのこと、倫理面でも、犯罪を解決する義務を負うことになる。また、被害者が〝知りすぎた〟という設定になっていて、これはつねに探偵小説をスタートさせるのにもってこいの手法である。「あなたの庭はどんな庭？」にロシア系の少女が登場しているのは、当時としてはきわめて珍しいことだっただろう。じつをいうと、クリスティーのどの作品でも、外国

人（ポアロも含む）が登場すると、小さな村の住民から疑惑の目を向けられるのがお決まりのパターンになっている。そして、もちろん――『もの言えぬ証人』に見られるように――クリスティーはこれを利用して、またしても、先入観にとらわれた読者を誤った方向へ導くことに成功するのである。

童謡にもその名前が出てくるメイン・キャラクターのメアリー・デラフォンテーンは、クリスティーの速記のようなメモのなかで常連になり、『第三の女』と『無実はさいなむ』のプロット作りのときにも、省略形で登場している。もっとも、どちらの長篇でも、最終プロットでは使ってもらえなかったが。

メアリー・デル――アーサー（何も知らない夫）――カトリーナ――疑り深い、情熱的――財産目当てで老人の世話

オリヴィア（メアリー・デラフォンテーン、妻）

デラフォンテーンという名前は『蒼ざめた馬』の被害者の一人にも使われている。ミセス・オリヴァの友達として1章に登場し、2章では、ゴーマン神父の運命のリストに名前が出てくる。

『そして誰もいなくなった』一九三九年十一月六日

見知らぬ者どうし十人が招待を受けて、週末をすごすために、デヴォン州の海岸の沖合いにある島にやってくる。主人役の人物は姿を見せず、客が次々と殺されていき、みんなは、自分たちのなかの一人が殺人者で、ひとつひとつの寝室にかかっている不気味な童謡に合わせて犯行をおこなっているのだと気づく。

十人のインディアンの少年が食事に出かけた
一人がのどをつまらせて、九人になった
九人のインディアンの少年がおそくまで起きていた
一人が寝すごして、八人になった
八人のインディアンの少年がデヴォンを旅していた
一人がそこに残って、七人になった
七人のインディアンの少年が薪を割っていた

一人が自分を真っ二つに割って、六人になった

六人のインディアンの少年が蜂の巣をいたずらしていた
蜂が一人を刺して、五人になった

五人のインディアンの少年が法律に夢中になった
一人が大法院に入って、四人になった

四人のインディアンの少年が海に出かけた
一人が燻製のにしんにのまれ、三人になった

三人のインディアンの少年が動物園を歩いていた
大熊が一人を抱きしめ、二人になった

二人のインディアンの少年が日向(ひなた)に座った
一人が陽に焼かれて、一人になった

一人のインディアンの少年が後に残された
彼が首をくくり、後には誰もいなくなった
（『そして誰もいなくなった』五〇ページ／清水俊二訳）

『そして誰もいなくなった』はアガサ・クリスティーのもっとも有名な長篇で、最高の技巧を凝らした傑作であり、いつの世もベストセラーに名を連ねるミステリである。〝伝承童謡〟から題名をとったすべての作品のなかで、この長篇がオリジナルの童謡にもっとも近い展開になっている。舞台化にあたって、クリスティーは〝一人が結婚して、後には誰もいなくなった〟というエンディングを採用したが、長篇のほうのクライマックスシーンにはオリジナルのエンディングが使われている。童謡の存在が全篇を通じて流れる主題となっていて、何が起きているかを登場人物たちが悟った時点で、その存在感がとくに強まる。一人一人の死に方が童謡をみごとになぞっている。ひとつだけ違和感を覚えるのはブロアの死で、動物園というむずかしいアイディアがいささか無理なこじつけになっている。

この作品を書くにあたって、クリスティーは自分自身に挑戦をおこない、『自伝』にも、「十人の中心となるアイディアのむずかしさに大いに惹きつけられた様子を記している。人がばかばかしい感じにならずに殺され、また殺人者がはっきりしないようにしなければならなかった。たいへんな量の草案を作ってからわたしはこの小説を書き……それはよく受け入れられ、また批評もよかったが、本当に満足していたのはわたし自身だった、というのはどんな批評家よりもわたしのほうがそのむずかしさがよくわかっていたからである」（『アガサ・クリスティー自伝（下）』三九八ページ／乾信一郎訳）

本書の2章で見てきたように、ノート65（この作品に関するメモが残っている唯一のノート）を調べてみても、〝大変な量の草案〟はどこにも見当たらない。しかしながら、このノートには、さまざまな登場人物に関して、完成本には出てこない興味深い事柄がこまごまと書かれている。そして、ノートの記述だけに基づいて判断すると、クリスティーがもっとも頭を悩ませたのは登場人物のことだったように思われる。登場人物が十人並んだリストはどこにもない。最初のリストは八人になっている（両方のリストに、該当すると思われる人名を添えておく。ヴェラ・クレイソーン、エミリー・ブレント、フィリップ・ロンバード、マカーサー将軍については、ノートのリストのままで作品に使われている。ただし、背景となるいくつかの小さな点に変更が見られる）。

十人の黒人

医者――手術のときに酔っていた――もしくは不注意〔アームストロング医師〕
判事――陪審への不当な説示〔ウォーグレイヴ判事〕

男と妻——使用人（老婦人を殺害）〔ロジャース夫婦〕
若い女——~~恋人が拳銃自殺~~〔ヴェラ〕
夫と妻——脅迫
アレンビ——若い男——危険を警戒〔ロンバード〕

その先のほうで、鉛筆からペンに変わり、書体もかすかに変化していることから判断すると、クリスティーはもう一度リストを作ってみたようだ。今度は登場人物が増えて十二人になっている。

1　ヴェラ・クレイソーン——学校の事務員——職業紹介所に休暇中の仕事の斡旋(あっせん)を頼む
2　ミスター・ジャスティス・スウェトナム、一等車〔ウォーグレイヴ判事〕
3　医者——ギフォードから電報——わたしたちと合流されませんか——などなど〔アームストロング医師〕
4、5　ウィンヤード大佐夫妻——手紙——共通の友人レティ・ハリントン——週末にいらして
6　ロンバード——弁護士、もしくは、秘密諜報員が訪ねてくる——百ギニーの報

酬――引き受けるなり、ことわるなり、自由にしてくれ

7　子供を車ではねた大学生――金に困っている――車で到着〔アンソニー・マーストン〕

8　ルウェリン・オーバン――殺人事件の裁判で偽証――被告は死刑〔ブロア〕

9　エミリー・ブレント――メイドを追いだした――メイドはその後、シュウ酸を飲む――ゲストハウスの経営を始めようとする誰かから手紙、エミリーの友人――宿泊費無料

10、11　使用人夫婦〔ロジャース夫婦〕

12　マカーサー将軍――戦争中、必要もないのに三十人を殺害

どちらのリストにも夫と妻の組み合わせが含まれていて（あとのほうのリストでは、ウィンヤード大佐夫妻）、それがリストから外れることになった。完成本にずっと近いのは二番目のリストのほうだが、最初の試験的なリストにも、登場人物のアイディアの芽生えを見てとることができる。

ノートでは、登場人物8と9のあいだに、プロットの手直しが二点はさまっている。島に渡る客のほとんどは、オーエン氏、もしくは、オーエン夫人という人物の依頼または招待を受けてやってくる。〝U・N〟というイニシャルだけのこともある。3章の終わりで

ウォーグレイヴ判事がいっているように、U・N・オーエンという名前は、〝ちょっと頭を働かせれば、UNKNOWN（どこの者ともわからぬ者）〟とも解釈できる。U・Nというイニシャルを持つ名前が作中にいくつか出てくるが、次に挙げるメモの最初の部分も、たぶんそのアイディアの種であろう。二番目のメモは、食堂のテーブルに置いてある小さな陶器の人形が減っていくことに関するもの。

ユリック・ノエル・ノーマン
晩餐のテーブルに置かれた十人の小さな黒人

ネタばれ注意！

『そして誰もいなくなった』

一九三九年七月、コリンズ社が《ブックセラーズ・レコード》誌で『そして誰もいなくなった』の宣伝を始めたとき、その宣伝コピーは〝アガサ・クリスティーの最高傑作〟といういきわめてシンプルなものだった。ところが、《クライム・クラブ・ニューズ》に掲載された宣伝記事が著者本人の怒りを買うことになり、クリスティーは七月二十四日に、グリーンウェイ・ハウスからウィリアム・コリンズに宛てて抗議の手紙を出している。プロットを暴露しすぎだというのが彼女の意見で、〝どんなことが起きるのか、先の先まで読者にわかってしまったら、どんな本だって台無しです〟と指摘している。ついでに、〝次の四作の契約書にそろそろサインをするつもりでいましたが、このような判断ミスは二度とくりかえさないという保証がもらえないかぎり、サインする気になれません〟といって、やんわりと脅しをかけている。コリンズ社は、〝クライム・クラブ叢書が出してきた探偵小説のなかで最高の傑作、そして、世界中の人々もおそらく、これまでに書かれたなかで最高の探偵小説だと断言することだろう〟と宣伝しておきながら、あまりにも多くのネタばらしをしてしまったのだ。クリスティーがいわんとしていることは明白である。宣伝記事には、島、童謡、陶製の人形が消えていく、自分たちのなかに殺人者がいることに気づく、などと書かれていた。いちばん許しがたいのは、最後に死ぬ者が犯人とはかぎらない、と書かれたことだった。世間の同情はアガサ・クリスティーに集まった。宣伝記事に書かれずにすんだのは、犯人の名前だけだったのだ。

一ページの空白を置いて、9章に関するメモが始まり、そのあと六ページにわたって、残りの筋書きどおりに（ロンドン警視庁での場面も含めて）メモがつづいている。つまり、残り七件の殺人（ロジャースからあと）すべてに関するメモが、この比較的狭いスペースに収まっているわけで、このことから判断するに、やはり、作品のプロットを練る作業はどこかよそでおこなわれ、ほぼ完成したプロットがノート65に記されたと考えるのが妥当であろう。

９章

判事が主導権を握る――頭の回転の速さを披露する――アームストロングとウォーグレイヴ――判事が計略を練る。嵐になる――全員、部屋に閉じこもる――神経がボロボロ。翌朝――ロジャースがあらわれない――どこにもいない――朝食の支度がしてない。男たち、島を捜索――朝食の席――不意にヴェラが気づく――黒人の人形が七つ六つ――エミリーへの疑惑が深まる――顔が彼女を監視――蜂が彼女を刺す――床に蜂の死骸。誰もが恐怖のどん底――全員、ひとかたまりに。ウォーグレイヴ判事はどこ――赤いローブとかつらで正装した判事が見つかる。彼とブロア、判事を上の階へ運ぶ――食堂――黒人の人形はまだ五つ。三人の話――犯人はアームストロングに違いない。やがて、死体が岩場に打ちあげられる、アームストロング！　ブロア、落ちてきた岩につぶされる。ヴェラとロンバード――われわれのどちらかだ――ヴェラの恐怖――自衛本能――彼のピストルを手に入れる――最後に

彼を撃つ——ついに——安全——ヒューゴー

捜査——

ほかの死、オーエン？　VとLが最後？　ミセス・R〔ロジャース〕も、AM〔マーストン〕も全員死亡——

モリスも死亡——すべての手配をおこなった人物——自殺——死亡——

若い刑事はウォーグレイヴを疑う——エドワード・シートンは有罪だった——老ウォーグレイヴが怪しい

エピローグ——瓶のなかの告白書——犯行の過程を説明

捨てられたアイディアのひとつに、全篇を通じて登場する〝監視者〟がある。エミリー・ブレントの死のあと、ノートのメモには、〝顔が彼女を監視〟と書かれているし、物語がクライマックスを迎えて、ヴェラが二階の自分の部屋へ行く場面には、〝自分の寝室へ行く——首をくくる輪——暗がりから男があらわれる〟というメモがある。読者があとになって考えてみれば、犯人が自らの死を偽装する以前も以後も、自分の犯行計画が進んでいくのを〝監視している〟様子は想像できるのだが、これらの短いメモからすると、クリスティーは名前のない〝監視者〟を登場させるアイディアを検討していたように思われる。しかしながら、犯人も含む残り六人の胸の思いを読者に示しつつも、どの部分が誰の思いなのかを伏せておくという、クリスティーが11章の最後に（そして、13章でふたたび）採用した手法のほうが、はるかに効果的だし、メロドラマじみた雰囲気を避けるのに役立っている。

クリスティーと同時代のアメリカの偉大な推理作家、エラリイ・クイーンから、興味深いエピソードが提供されている。『クイーン談話室』（一九五七）のなかで、アガサ・クリスティーの最新作を読んで本の執筆を中断したことが作家生活のなかで二回あったことを明らかにしている。フランシス・M・ネヴィンズ・ジュニアが、彼の著書『エラリイ・クイーンの世界』で、そのひとつが『そして誰もいなくなった』と同じアイディアに基づくプロットであったことを裏づけている。

『愛国殺人』 一九四〇年十一月四日

エルキュール・ポアロが歯医者へ治療に行ったその日に、歯医者が殺される。ポアロが

「じゅうく、にじゅう、私のお皿はからっぽだ」とひとり言をいう前に、靴のバックルが登場し、ある人物の失踪と、さらにいくつかの死が続く。

いち、にい、わたしの靴のバックルを締めて
さん、しい、そのドアを閉めて
ごお、ろく、薪木(たきぎ)をひろって
しち、はち、きちんと積みあげ
くう、じゅう、むっくり肥ったためん鶏さん
じゅういち、じゅうに、男衆は掘りまわる
じゅうさん、じゅうし、女中たちはくどいてる
じゅうご、じゅうろく、女中たちは台所にいて
じゅうしち、じゅうはち、女中たちは花嫁のお支度
じゅうく、にじゅう、私のお皿はからっぽだ……

（『愛国殺人』四ページ／加島祥造訳）

この長篇のメモは四冊のノートに分かれていて、もっとも分量が多いのは（七十五ページ以上）ノート35である。このノートの大半が、『愛国殺人』と『五匹の子豚』のメモに

交互に使われている。『愛国殺人』はクリスティーの長篇のなかでもっとも複雑な筋書きになっている。他人になりすますという三重のトリックと、遠い過去に端を発する複雑な殺人のプロットがその中心である。死体の身元をめぐって話が進んでいくが、『パディントン発4時50分』と違って、その謎にじれったさを感じるよりも、興味のほうが先に立つ。

この作品で納得できない唯一の点は、童謡の使い方である。わざとらしくて、説得力がなく、重大な証拠となる靴のバックルを別にすれば、各章のタイトルとして使われているだけで、童謡を登場させる意味がほとんどない。このことはノート35からの次の抜粋にも裏づけられている。クリスティーが童謡をメモして、歌詞の意味と各章の内容を合わせようと苦心している。ご覧いただけばわかるように、さほど納得できるものではなく、事実、靴のバックルを除いて、作品に使われたものはごくわずかだ。

いち、にい、わたしの靴のバックルを締めて――靴のバックル――考えてみよう――この事件の始まり

そのドアを閉めて――ドアに関して何か――部屋に鍵がかかっていた、もしくは、ドアが閉じていたため、聞こえたはずの言葉が聞こえていない

薪木(たきぎ)を拾って——手がかりを集める

きちんと積みあげ——秩序と手順

むっくり肥っためん鶏さん——遺言書——読む——死んだのは金持ちの女——殺された女——肥っていて年配——若い女が二人——金持ちの親戚の家に最近ころがりこんできた男

男衆は掘りまわる——庭を掘り返す——またまた死体——庭に埋められているのが見つかる——靴のバックルの持ち主が違っている

女中たちはくどいてる——若い女が二人——肥っためん鶏さんの相続人？　もしくは、肥っためん鶏さんの夫の親戚——メイドと衝突

女中たちは台所にいて——召使いのゴシップ

女中たちは花嫁のお支度？

私のお皿はからっぽだ

終わり

手がかり——靴のバックル

ノートのあちこちに整然たるリストが見受けられるが、次に挙げるのもその一例で、AからUまでのリストのなかのHが『愛国殺人』のプロットである。このリストは思いつくままに書いたもののようで、同じ筆跡と同じペンで、一ページに三つか四つのアイディアが書きこまれている。その大部分に細かい点が添えてあるが、Hは単純明快だ（双子やメイドのアイディアと合体させる可能性〔本書下巻〈証拠物件F〉参照〕——は採用されなかった）。

アイディア

A　ポアロの最後の事件——歴史は繰り返す——スタイルズ荘がいまではゲストハウスに〔カーテン〕

B　忘れられぬ死——ローズマリーが死ぬ〔忘られぬ死〕

C　医者の車から危険な薬が盗まれる。〔後出『ヒッコリー・ロードの殺人』の項と本書下巻〈証拠物件F〉参照〕
D　脚のない男――ときに長身――ときに小男
E　一卵性双生児（片方が列車の衝突事故で死亡）
F　一卵性双生児ではない
G　殺人犯が処刑される――そののちに、無実と判明〔『五匹の子豚』、『無実はさいなむ』〕
H　歯医者、殺人、動機？　カルテのすり替え？　EかFかJと合体させる？
I　二人の女――芸術家気取りの友達――滑稽――一人は悪女
J　ホテルのメイド、男の共犯者
K　切手――しかし、封筒に貼ってある切手〔「奇妙な冗談」〕
L　青酸
M　カプセル剤に苛性カリ
N　ハットピンで目を突き刺す
O　殺人事件の目撃者――うだつが上がらない――海外でのポストを約束される
P　四階のフラットのアイディア
Q　船首像のアイディア

R　青酸——バスルームで〝悲鳴〟
S　糖尿病のアイディア——インシュリン（ほかの何かとすり替え）（『ねじれた家』）
T　書斎の死体——ミス・マープル（『書斎の死体』）
U　保存血液のアイディア、血液型が違う

数ページあとに、プロットの芽生えが見受けられる。ただし、疑問符がついていることからわかるように、そのアイディアはまだ漠然としている。3章で見てきたように、クリスティーはプロットを練るさいに、数多くの可能性を検討していた。しかし、人名の変更を別にすれば、この短い黙想が作品の基礎になっているといっていい。


死んだ女性、女優だったはず？　ローズ・レーン——（じっさいにローズ・レーン）——しかし、死体はほかの誰かに見せかけてある——

なぜ？

なぜ？？？

なぜ？？？？？

〝バックル〟という言葉がノートに出てくる回数はわずか十三回なのに、〝歯医者〟のほうは六十五回という証拠からすると（非科学的ではあるが）、バックルという重要な手がかりや童謡を思いつくよりも先に、舞台背景が浮かんでいたのではないかと思われる。しかし、歯医者――その家族、患者、治療、そして、きわめて重大なカルテ――を、童謡と組み合わせ、歌詞に含まれている重要な手がかりと組み合わせることによって、クリスティーは、顔をつぶされた死体の身元を突き止めるシーンで捜査を混乱させるための、理想的なシチュエーションを手に入れたのである。これでようやく、プロット作りに本腰を入れる態勢が整ったわけだ。

歯医者殺し

H・P、歯医者の椅子に――歯医者、歯を削りながらしゃべる

ポイント

1　人の顔はぜったい忘れない――患者――前にどこで会ったのか思いだせない――そのうちに思いだす

2　別のアングル――娘――くだらない若い男と結婚の約束――父親は反対

3　同業者として――彼のパートナー

歯、歯という証拠が大きな鍵（歯医者の死）

歯医者が殺される――そのとき、H・Pは待合室に――患者のカルテ、持ち去り、

または、すり替え

歯医者――H・Pは待合室に――送りだされる

ジャップに電話――もしくは、ジャップから電話がある

誰が待合室にいたか、覚えていますか

クリスティーは登場人物の造形にとりかかり、名前と背景を試験的にざっとメモしながら、彼らの登場シーンを秩序立ったリストにしていく。

歯医者の最新アイディア

その日、ミスター・クレイモアのところへ行った人々についての、簡単なアウトラ

イン
1　朝食の席でのミスター・クレイモア自身
2　ミス・D――今日は休ませてほしいという、もしくは、電話が入る
3　朝食の席でのミス・コブ、もしくは、ミス・スロブ――ミス・C、うんと楽になったという――もう痛くない
4　ミスター・アムバライオティス――下宿の女将（おかみ）の話――歯のこと――慎重な英語
5　キャロライン――（若い詐欺師？）もしくは、ミスター・ベル（歯医者の娘の恋人――アメリカ人？　父親に会おうとする）
6　歯医者のパートナー――電話する――上の階へ会いに行ってもいいか――業務用エレベーター――医者らしからぬ行動
7　ミスター・マロン・リーヴィ――取締役会――いささか不機嫌――最後に白状――歯痛――ダイムラーに乗りこむ――ハーレー街二九番地
8　H・P、彼の歯――歯医者との会話――階段で出会う――真っ白な歯の女性？のちにジャップ――怪しげな外国人

ここにメモされた登場人物全員が作品に使われたわけではないし、使われることになった人物も、違う名前で登場している。殺される歯医者はクレイモアの代わりにモーリイになり、ミス・Dはグラディス・ネヴィルになり、マロン・リーヴィはアリステア・ブラントになった。ミスター・ベルはたぶん、フランク・カーター（グラディスの恋人）になったのだろう。そして、歯痛が軽くなったとミス・コブが断言する様子は、わたしたちが作品のなかで出会うミス・セインズバリイ・シールの場面に似ている。ミス・スロブとキャロラインは、このリストの作成後、反古にされている。奇妙なことに、ここには靴のバックルのことが一度も出てこないし、八番目に記されている真っ白な歯の女性はミス・セインズバリイ・シールに置き換えられている。いや、その原型といったほうがいいだろうか。メモをとるあいだじゅう、クリスティーはこの巧緻なプロットを童謡の歌詞に合わせようと工夫を続けた。

1―2

ミス・S、歯医者へ行く

ミスター・マウロ

ミス・ネズビット

ミスター・ミルトン

H・P、待合室に――靴のバックル――はずれる――不思議に思う

3―4

ジャップがくる――P、一緒に行く――パートナーの妻を尋問?――秘書などなど

5―6

死体――身元確認の手がかりが破壊されている――しかし、着衣から特定。ミセス・チャップマンのフラット――靴――バックルが消えている、もしくは、そこで見つかる

9―10

ジュリア・オリヴェイラ――愛のない結婚――ジュリアおばさん――〝娘は魅力的〟

11―12

男衆は掘りまわる――歯医者の秘書、泣いていた。若者が仕事をクビになったので。翌朝、庭で――庭師――P、茂みの向こうにまわる――フランク・カーター――土を掘っている

13―14
ミセス・アダムズ――あの会話――公園で、ジェインとハワード

15―16
女中たちは台所にいてのタッチで――上の階で働く小間使いの一人が階段を見おろす――カーターを目にする――カーターが入っていくのを見守る――歯医者の死体を発見

17―18
ミス・モントレザー――浅黒い――印象的――庭仕事――ベッドに彼女の足跡

19―20
P、事件のアウトラインを語る――おしゃれな新品のエナメル靴――足、足首のストラップ――バックルがちぎれて落ちる。のちに、女性が発見される――靴、バックルが縫いつけられている。女物のみすぼらしい靴――もう一足は新品、

しかし、どうもしっくりこない。最初の部分——靴のバックル、薪木（手がかり）を拾う、きちんと積みあげる（手がかりの意味を解釈する）——は、まあいいだろう。しかし、庭仕事の場面（〝男衆は掘りまわる〟）と、小間使いが階段の手すりから下を見る場面は、どうにも納得できない。巧緻を極めたプロットにはこのような飾りは不要で、童謡など登場させなくても、探偵小説の最高の模範例として立派に通用する。

しかしながら、アガサ・クリスティーのプロットの巧みさと発想の豊かさを示す証拠がもっと必要というのなら、ノート35のどのページでもいいので目を通せば、納得してもらえるだろう。『愛国殺人』のメモのあちこちに、次のような数々のアイディアが記されている。作品に使われたものはひとつもない。

二人の女性のアイディア——一人は犯罪者で、男と共謀、歯医者に行く——男のアリバイ作りのため

ハーヴィー——金持ち、無節操——若い妻をもらう——結婚したとき、その女は未亡人だった——最初の夫を殺した？

もしくは、男女の心中——片方は別人——殺人ではなく、自殺——歯医者が彼女の

身元を確認できたはず

M. 誰かを始末しようとする——（妻？）そこで、妻とほかの男を殺害するが、妻ではなく、別の女だったことが判明

「二十四羽の黒つぐみ」一九四一年三月（『クリスマス・プディングの冒険』収録）

老人が謎の死をとげ、ポアロはその老人が食べた料理に疑問を持って、調査にとりかかる。

〝二十四羽の黒つぐみ〟という題名が初めて登場するのは、ノート20である。

二十四羽の黒つぐみ

『メソポタミヤの殺人』に手を入れるさいのクリスティーの心覚え（加筆——レザランの職歴を簡単に書き加えること——2章）の前に、このメモがあることからすると、これが書かれたのは一九三〇年代の半ばと思われる。短篇が初めて活字になったときよりも六年は前のことだ。作品自体の内容はノート66にざっと書かれている。「砂にかかれた三角

形」のメモのすぐ前である。

老人に変装する――火曜日、いつもと違うものを食べる――それ以外のことは誰も気づかない――のちに死亡。
ミスター・P、パーカー・パイン――話をする――老人を指さす、鼈甲縁の眼鏡
片眼鏡――ゲジゲジ眉

老人、あらわれない――ウェイターの話では、心配ごとがあるような顔だった――最初に気づいたのは二週間前――いつものジャムロールを注文せず――代わりに黒いちごのタルト。死体を見る――歯――黒いちごのタルトは食べていない。一人暮らしの家――階段から落ちる――死亡――手紙を開く

ノート66のメモには、とても意外な点がひとつある――この事件をエルキュール・ポアロではなく、パーカー・パインに割り当てたことである。じっさい、パーカー・パインが選ばれた理由は容易に推測できる。緻密なプロットを持つポアロものの短篇とは違うからだ。だが結局は、売行きの点を考慮して、ベルギー人探偵への変更を余儀なくされたのだろう。おいおいわかってくることだが、登場人物の取替えが可能な例はこれひとつではな

い。

ここでひと言いっておくと、童謡との結びつきは非常に希薄である。話の展開に合わせて、童謡の黒つぐみは黒いちごに変わっている。中心となる手がかりは、被害者が死亡推定時刻のしばらく前に黒いちごのパイを食べるところを目撃されているにもかかわらず、歯が変色していなかったことである（〝死体を見る——歯——黒いちごのタルトは食べていない〟）。いささか見え透いた変装が、この物語のもうひとつの重要な要素となっている。一九四〇年十一月、この短篇がアメリカで初めて《コリアーズ・マガジン》に出たときにつけられた「常連客の事件」という題名のほうが、この作品にはふさわしい。

『五匹の子豚』 一九四三年一月十一日

この子豚はマーケットへ行った
この子豚は家にいた
この子豚はロースト・ビーフを食べた
この子豚は何も持っていなかった
この子豚は〝ウイー、ウイー、ウイー〟と鳴く

（『五匹の子豚』より／桑原千恵子訳）

カーラ・ルマルションがエルキュール・ポアロのもとを訪れ、自分の母親は十六年前に夫殺しの罪に問われて服役中に死亡した、その汚名を晴らしてほしい、と頼む。ポアロは怪しいと思われる五人の人間に会い、殺人が起きた日に至るまでの出来事をくわしく書くように依頼する。

イギリスで一九四三年一月に出版された『五匹の子豚』は（アメリカではその半年前に出版）、推理作家としてのクリスティーのキャリアの頂点に立つ作品である。探偵小説と〝普通〟小説がまさに完璧に融合している。登場人物が丹念に描きだされ、人間関係のもつれがクリスティーの他のどの作品よりも切々と伝わってくる。巧みな手がかりが用意周到にちりばめられた本格的な探偵小説であり、哀愁を帯びた恋物語であり、五人の人間が衝撃的なひとつの事件について述べるという高度なストーリーテリングの技を用いた模範例である。そして、童謡はたしかに短いが、少なくともこの作品においては、使い方に無理がない。中心となる五人の登場人物のそれぞれが、童謡の歌詞に完璧に対応している。そして、たぶん、歌詞がこれだけで終わっているため、強引にこじつけたようには見えないのだろう（これに対して『愛国殺人』のほうは強引さが感じられる）。しかし、クリスティーのノートが示しているように、わたしたちが現在知っているような形の本ができるまでの道のりは、まっすぐでもなければ、楽なものでもなかった。

テクニックの点から見ると、クリスティーがこの長篇で自分に課したハードルはまことに高いものである。犯罪と捜査のあいだに十六年の隔たりがあるのに加えて、クリスティーは殺人事件の容疑者をわずか五人に絞っている。少人数の容疑者という設定に初めて挑戦したのは、その七年前のことだった。『ひらいたトランプ』で、ブリッジをやっていた四人に容疑者を限定しているのだ。『五匹の子豚』でも、同じような挑戦をおこなっている。ただし、今回は、挑戦の条件をゆるめて、グラス、ビール瓶、粉々にされたスポイトといった物的証拠をいくつか使用している。

『五匹の子豚』はまた、クリスティーお得意の〝過去の殺人〟をテーマにした作品のなかの最高傑作である。二カ月前の殺人を調査する『もの言えぬ証人』を勘定に入れなければ、こうしたプロットを持つ最初の作品でもある。事件の舞台となるオルダベリーは、クリスティー自身が暮らしていたグリーンウェイ・ハウスをそのままモデルにしていて、作中に描かれた地形はグリーンウェイの敷地とぴったり一致する。エルサが胸壁に腰かけてポーズをとり、愛する男が死んでいくのを見守っていた砲台庭園からは、ダート川を見渡すことができるし、粉々にされたスポイトが見つかった小道をたどれば、グリーンウェイ・ハウスに戻ることができる。

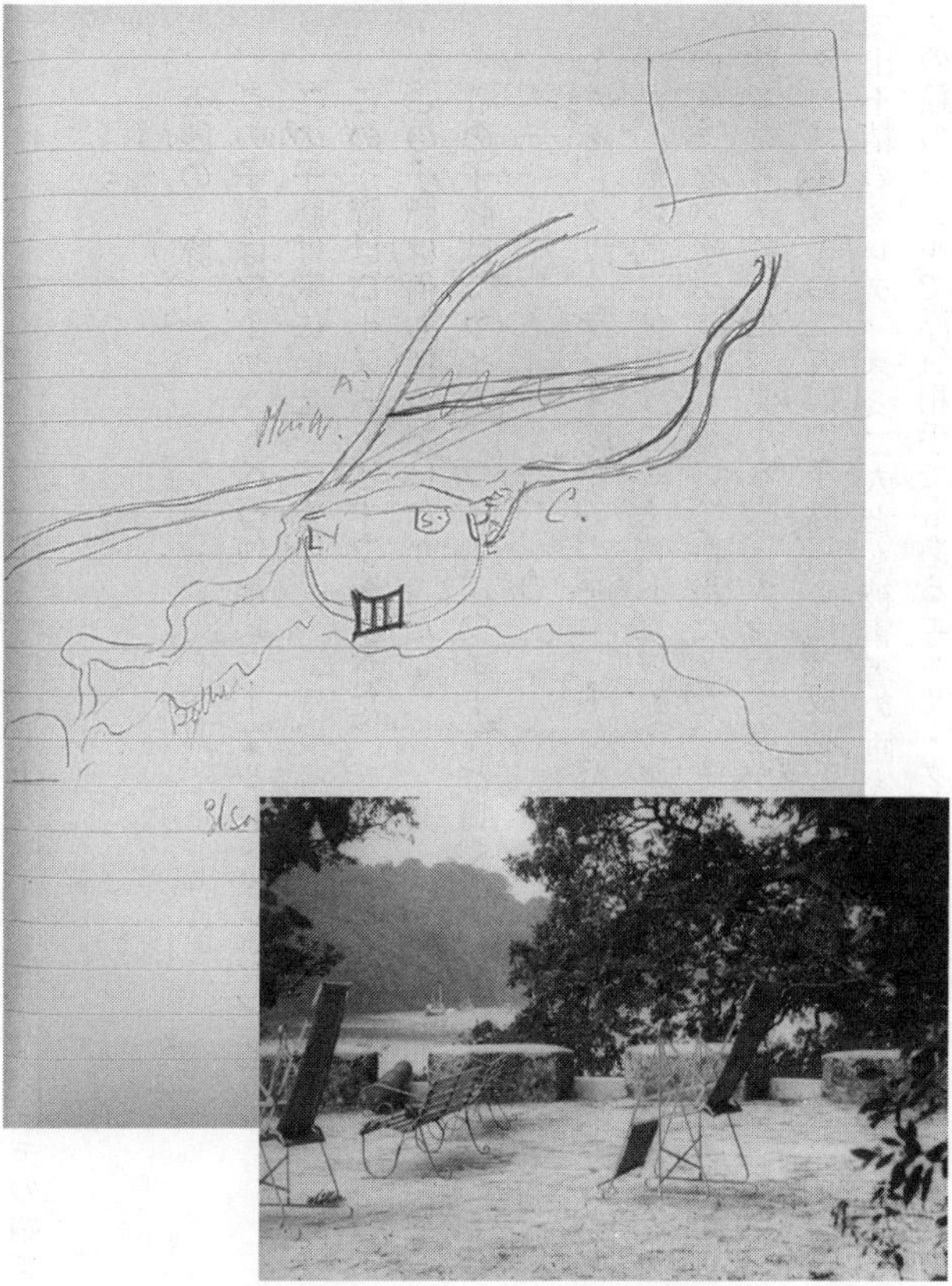

ノート35に描かれたこの地図は『五匹の子豚』の殺人現場である。左手にボートハウス（ここは『死者のあやまち』の殺人現場でもある）、右上にグリーンウェイ・ハウス、そして、ミス・ウイリアムズとカロリンのいた位置が示されている。執筆当時に撮影された砲台庭園の写真には、エルサがポーズをとっていた低い塀が写っている。

る。

童謡はノート35に完全な形で記されて、七十五ページにわたるメモの始まりを告げてい

五匹の子豚
この子豚はマーケットへ行った（マーケット・ベイジング）
この子豚は家にいた
この子豚はロースト・ビーフを食べた
この子豚は何も持っていなかった
この子豚は〝ウイー、ウイー、ウイー〟と鳴く

しかし、クリスティーが絶妙のプロットにたどり着くまでの道のりは、長く険しいものだった。最終的に使用することにしたプロットが本格的に形になってきたのは、構想のためのメモを六十ページも書いてからだった。それまでは、別の殺害方法、別の犯人、別の容疑者を考えていた。要するに、まったく違う物語だったのだ。

クリスティーの〝五匹の子豚〟とは、成功した事業家のフィリップ・ブレイク、その兄で出不精のメレディス（二人とも被害者の画家アミアス・クレイルの幼なじみ）、アミアスの絵のモデルで浮気相手でもあるエルサ・グリヤー、有罪判決を受けたカロリンの妹ア

ンジェラ・ウォレン、アンジェラの家庭教師ミス・ウイリアムズの五人である。メモの最初のほうに、作品の中心となるこの五人の原型がはっきりと見てとれる。ただし、この時点ではまだ、犯人はもちろんのこと、被害者を誰にするかも決まっていない。

若い女――（ニュージーランド）母親が殺人罪で裁判にかけられ、有罪判決を受けたことを知る――たぶん終身刑、のちに死亡

大きなショック――伯父が遺してくれた全財産を相続――婚約――相手の男に自分の本名と事実を告げる――相手の目つきが気になる――なんとかしなくてはとその場で決意――母親は有罪ではない――H・Pを訪ねる

過去――十八年前？　一九二〇～二四

有罪でないなら、犯人は誰？

家のなかには他に四人（もしくは五人）いた（ボーデン事件に少し似せる？）

母親が殺したのは

A　夫

B　愛人
C　金持ちの伯父、または、後見人
D　夫の浮気相手（嫉妬）

他の登場人物をどうするか——候補

使用人——少々のろまなアイルランド娘——エレン
家政婦——女性——控えめ——役に立つ——カーロのようなタイプ
少女——当時十五歳（いまは三十過ぎ）（ジュディ？）
男——英国紳士——ガーデニング好き、などなど
女——女優？

最初のほうのメモには、どういう展開にするかというプランが比較的正確に示されているが、小さな違いがいくつかある。カーラ・ルマルション（〝若い女〟）はニュージーランド人ではなく、カナダ人。それから、登場人物候補として挙げられた五人のうちの一人、〝使用人——少々のろまなアイルランド娘——エレン〟は完全に消えている。〝少女〟は最終的にはアンジェラ、〝男〟はメレディスになっている。〝家政婦〟はミス・ウイリア

ムズの原型だし、〝女〟はエルサ・グリヤーになっている——プロの女優ではないが、多くの点で申し分のない演技者といえよう。

説明が必要と思われる項目が三つある。〝ボーデン事件〟というのは、一八九二年八月にマサチューセッツ州フォール・リバーで悪名高きリジー・ボーデンが起こした殺人事件のこと。ボーデン夫妻が自宅で娘のリジーに斧で惨殺された事件で、そのとき、家のなかにはアイルランド人のメイド、ブリジェットがいた。リジーは残虐な殺人の罪で裁判にかけられたが、無罪となった。この事件で有罪判決を受けた者は誰もいない。リジーが有罪か無罪かは、今日に至るまで論争の的になっている。〝カーロ〟というのは、アガサ・クリスティーの個人秘書をしていたカーロ・フィッシャーで、やがて、親しい友人にもなった。一九二四年に初めてアガサ・クリスティーのもとにやってきて、リタイアするまでずっと秘書としてクリスティーの身近にいた。〝ジュディ〟というのはたぶん、アガサの友達ナン・ガードナー(旧姓コン)の娘、ジュディス・ガードナーのことだろう。

先ほど記した登場人物候補リストに大きな問題があることは、見ただけでわかる。女性四人に対して、男性が一人しかいない。最後の三人は明らかに、アンジェラ、メレディス、エルサなので、消えたのは最初の二人である。そのあとで作られたリストのほうが、最終的な設定に近くなっている。

五人の人間
ミス・ウイリアムズ、年配――カロリンに心酔
ミセス・サージェント――カロの異父姉――金のために結婚――などなど
ルーシー――夫の妹――カロに激しい敵意
A（アイディア）――カロはひどい癇癪(かんしゃく)持ちのため、子供のころ、妹もしくは弟に怪我をさせたことがある――今回の件は妹もしくは弟の犯行だと思いこむ――そこで、自分はその償いをしているのだと考え、心の平安を得る
妹もしくは弟、五人目――ウイー、ウイーと鳴く

そして、クリスティーはようやく、長篇に使う五人の容疑者を決定する。次の短いメモには、カースレイクという名前がブレイクに変更されている点を除いて、〝五匹の子豚〟と相互関係が作品どおりに記されている。

フィリップ・カースレイク――ジョージズ・ヒル――羽振りがいい――親友――アミアス――カロに敵意――父親違いの妹を怪我させた話をする――癇癪持ちの証拠――事件のときのことを書くよう説得される

メレディス――自宅――ポアロを事件のあった屋敷へ案内――（現在はユース・ホステル）亡霊――説明する――書きましょう――エルサのことで言葉を濁す――彼女を描いた絵を購入――あの人がやったのかもしれないと気づきました――あの人の娘

エルサ――金持ちの女――絵のなかの彼女に比べてずいぶん変わった――冷ややか――カロに敵意――恨み――少し話す――供述を送る。真実を知りたい？　お話しするわ（恨みを晴らすため、芝居がかったセリフ）

ミス・ウイリアムズ――年配――ロンドンで間借り――熱烈にカロを擁護――しかし、自分は知っていると告白――アンジェラのこと――P、真実を話すのがいちばんだと彼女を説得――同意――書きましょう――

ウイー、ウイーと鳴く子豚だった女性、頭脳明晰――特徴――成功した考古学者――Pの介入を歓迎――強い確信――なぜカロが犯人ではありえないかを説明――あんなにわたしを大事にしてくれた人ですもの

犯行のすべての詳細がようやく決定したのは、延々と試行錯誤を重ねたあとのことだった。殺害方法として毒殺ではなく射殺を想定しているメモがたくさんあり、結局のところ射殺は採用されなかったものの、それに付随していた細部の多くが残っているのを見ると、興味深いものがある。

Aピストル――(アミアスのもの)指紋がきれいに拭きとってあり、残っているのは彼の指紋だけ――しかし、これは偽装――また、テーブルにも血に汚れた彼女の指紋――ミス・W、アンジェラをかばう?――彼女がやったのを目撃――アンジェラは船の上?

しかし、戻ってくるところ

誰かがウイー・ウイーのふりをした?――背後から彼に近づき、彼女の声色をまねる

――彼の頭に拳銃を押しつけ、引金をひく――C、ウイー・ウイーがやったのだと思う、声をきいている――ピストルを拾って拭く

カロ、アンジェラの声をきく――アミアスの背中にリボルバーを押しつけ、話をしている――派手なふざけっこ――(アンジェラ、小口径の銃を所有)……駆けつけると、彼が死んでいる。銃を拾う――拭く――彼の手に握らせる――しかし、自殺に見せかけるのは無理、彼女の指紋のひとつが握りの部分につく

カロ、昼食時にアミアスを呼びにいく――撃たれている――しかし、アミアスのところへ行く前に――デスクの引出しから銃を盗むカロの姿が目撃されている

カロがやってくる――エルサ、さっと立ち上がり、リボルバーをつかむ――彼を撃つ――それから急いで逃げる――カロリン――彼女を見る――アンジェラだと思いこむ――恐怖――目にしたものに愕然――エルサ、屋敷のほうへ――途中でセーターを落とす――ミス・ウイリアムズがやってくる――セーターを拾う――銃声を聞く――駆けつける――カロを見る――彼の手をリボルバーに押しつけているところ

作品では、ポアロが尋問のなかでカロリンの無実を確信するきっかけとなった重大な手がかりとして、彼女がビール瓶を拭き、次にアミアスの指紋を瓶につけたことが挙げられている。ミス・ウイリアムズがこの光景を目撃する。ここに抜粋したメモのなかの四つからわかるように、ビール瓶を拭く場面は、最初は銃になるはずだった。また、カロリンが銃を盗むところを目撃される場面はそのまま残され、作品のなかで、メレディスの実験室から毒薬を盗むところを目撃されるという設定になっている。抜粋したメモのうち三つには、カロリンが犯人はアンジェラだと誤って思いこみ、逮捕後に究極の自己犠牲へ突き進んでいくという、重要な要素を見ることができる。

銃をやめて毒薬が使われたことは、驚くには当たらない。クリスティーは銃のことなどほとんど知らなかったが、毒薬に関してはプロ級の知識を持っていたからだ。ほかのどんな殺害方法より、そして、同時代のどんな作家より、毒薬を使うことが多くて、火器に頼ることはめったになかった。クリスティーがいったん毒薬と決めれば、毒薬の種類と、毒を盛る方法の両方に、またまた豊かな独創性が発揮されることになる。

中心点——ポートワインに毒——夫、自分の部屋でグラスを持つ（分析、多量の毒）

——ポートワインのデカンターを洗っているカロの姿が目撃される（メイドによって）

毒――シェリー――一人がそれを注ぎ、カロがグラスをアミアスのところへ運ぶ――のちにグラスから青酸カリが見つかる、もしくは、ベラドンナ

毒の可能性

A――毒がシェリーに入れられる、「ちょっと目を閉じてみて」などといってから――Cが彼にシェリーを運ぶ――その後、死んでいる彼を見つける（ウイー・ウイーの声を聞いたあとで）――グラスを拭く――死んだ男の指をそこに押しつける――（ミス・Wに目撃される）

B――シェリーには毒なし――青酸カリはイチゴのなかに――カロ、やはり芝居をする――殺人犯がシェリーに青酸カリを――スポイトで入れる――スポイト、見つかる

C――毒薬――HCN（青酸のこと）――カロがシェリーに入れる――すでにカプセル剤を飲んでいる

D――カプセル剤、食前から食後に変更

コニイン――カプセル剤に？

結果――彼が酔っているように見える――ふらつき――ものが二重に見える（Pの証言）――E、腰をおろし、彼が死ぬのを見守る――誰かがくる――E、立ち上がって彼に話しかける――ほかの者のところへ行く――彼、首をふる――もしくは――テーブルの向こうにすわっている姿を目撃される

デカンター――ポート？――カロリンがあとできれいに洗う

カプセル剤の箱――食前

HCNと蒼鉛の混合物――余分のHCN？　ビール？

クリスティーはコニインを使うことに決めたものの、右のリストに記されたカプセル剤が使われていないことは、注目に値する。

ほかにも、プロットの重要な箇所や手がかりが記されている。次に挙げる抜粋のうち、

最初の二つでは、漏れ聞いた言葉を誤解することの危険性が強調されている。三番目のメモに出てくる、カロリンが刑務所から妹に宛てて書いた最後の感動的な手紙もまた、誤解を招くものである。ナメクジや猫の薬の騒ぎからわかるように、アンジェラがいたずら好きだったことが、アンジェラの犯行だとカロリンが思いこむ大きな誘因となっている。そして、グラス（作品のなかではビール瓶）を拭くというきわめて重要な点が、ここにふたたび登場する。

カロリンに不利な証拠――その朝、夫と口論――「あなたを殺してやりたい。いつかきっと殺してやる」といった

心配しなくていい――ぼくがあの子の荷物を送るのを見てやるよ（あの子の荷物を送らせるよ）、カロとアミアスの会話

Aの話――刑務所に入ったCからの別れの手紙のことが含まれている。わたしは満ち足りています――アミアスのところに行きます――Cの愛人に関することも重要

――メレディス？

ミス・W——アンジェラとナメクジについて

ミス・W、カロがグラスを拭くか、リボルバーの指紋を拭きとっているところを目撃

クリスティーは試行錯誤の末に、ようやく、現在のわれわれが知っているプロットにたどり着く。

あの朝のことを再現

前夜、メレディスと夕食——薬草——吉根草——コニイン、などなど——カロリン、コニインを盗む——エルサがそれを目撃——メレディスとアミアスの会話——あと一日——アンジェラとアミアスの口論——学校——翌日、コニインが盗まれていることにメレディスが気づく——フィリップに電話——(?フィリップはどこかにいて、そばにエルサ——エルサが聞く?) エルサ、家へ行く (コニインを手に入れる) ——(カロリンとアミアス、朝食のあとで口論——エルサがそれを聞いた?——エルサ、フィリップに〝夫婦喧嘩〟だといった?) ——すわる——外に出る——

やがて、Aが出てきて、一緒にきてポーズをとるようにいう。

エルサ、彼を試す——カロリンがやってくる——エルサ、寒いという——セーターをとりにいく（コニインを手に入れる）——カロとアミアス、口論——その一部をPとMが耳にする（しかし、二人の証言——いつか殺してやる、などなど——フィリップとEが聞く）。「いっただろう。ぼくがあの子の荷物を送らせるよ」——出てくる——二人に気づき、「学校のことで」という——アンジェラ、などなど——ふたたびエルサ登場、今度はセーターを持っている——アミアス、ビールを飲みほす——いう（海のほうを見下ろしたあとで）——振り向く——そこにエルサがいる——アミアス、ビールを飲みほす——暑い、いやな味がする、という——カロ、~~立ち去る~~冷えたのを持ってこようという——冷えたビールをとりにいく——冷蔵庫のところでアンジェラを見つける——ビールに何かしている——カロ、アンジェラからビール瓶をとりあげる——それを持ってアミアスのところへ——グラスについで彼に渡す——アミアス、ビールを飲みほす

~~ミス・ウイリアムズ~~——メレディス、エルサを見る——そこにすわっている——エルサの目——一度か二度、エルサがしゃべる——（グラスに残ったビールにエルサがすでにコニインを入れた——瓶のほうではない）——わたしたち、結婚するんでしょ？——顔を上げ、メレディスに気づく——芝居を続ける。M、ドアのところ

からAを見る――奇妙な表情――何もいわない――また機嫌が悪いんだな――M、「けさ、うちにきたそうだね」という――A、イエスと答える――ほしいものがあったから――何？

カロリンとミス・Wが彼を見つける――C、ミス・Wに警察医者を呼びにいってもらう――そのあとでビール瓶を叩き割り、別の瓶にすり替える。捜査結果――グラスのビールからコニイン検出――彼の指紋が彼女の指紋の上に――しかし、指紋のつき方が不自然

妙なことに、ポアロの最後のシーン、すなわち、十六年前の事件を彼が解明し、アミアス・クレイル殺しの真犯人を名指しするシーンに関するメモは、ほとんど見当たらない。おそらく、このシーンに必要なディテールは右の引用部分に含まれているので、クリスティーには、最終章を書くのにそれ以上詳細なメモをとる必要はない、という自信があったのだろう。そして、結末はいささか曖昧なものになっている。ポアロは事件の真相にたどり着いたことを確信してはいるが、証拠がないことを悟っている……

最後の場面

PhとMがそこに――アンジェラが入ってくる――つぎにW――最後にレディ・D――M、少々困惑。カロリンには動機があった――手段もあった――ここでコニィンを盗む手を描写、カロリンが盗んだのは確実と思われる――メレディスに質問、五人の人間が部屋のなかにいても楽に盗むことができるのか――しかし、部屋を出たのは彼女が最後で、Mは部屋に背中を向けて、ドアのところに立っていた――盗んだのは彼女であることがこれで立証されたと解釈

雑学ノート

何冊ものノートのあちこちに伝承童謡が数えきれないぐらい出てくるが、ときには、アイディアを短い走り書きにしただけで終わってしまったものもある。その多くから、さすがのクリスティーの豊かな想像力も童謡には勝てなかった様子が見てとれる。ノート31に次のようなリストがある。

一九四八年、ナッシュ〔雑誌〕に依頼された短篇

A　ヒッコリー・ディッコリー・ドック
ドックという言葉に対する強迫観念──ホラーもの──危険──盗みに関わった若い女──何かを知る──（邸宅をこわしたがっていた人々）ホテルで始まる──金持ち連中──悪党たち
B　リトル・ボーイ・ブルー
どこ行くの？　うちの可愛いメイドのところ？
C　旦那さまが馬に乗りゃ
リトル・ブラウン・ジャグ──（うちの奥さんコーヒーが好き、わたしはお茶が好き、奥さんわたしが大好きだってさ）
D　ディン・ドン、鐘が鳴る
E　子ネコちゃん、子ネコちゃん、どこ行ってきたの？
F　町のネズミと田舎のネズミ
G　ルーシー・ロケット

これはページに日付が入っているごく稀な例のひとつである。といっても、残念ながら、書いてあるのは年代だけで、その年のいつごろ書かれたものかを知る手がかりはない。クリスティーはたぶん、童謡のリストをいっきに作って、暗号めいたメモを走り書きで手早くくっつけ、あとでゆっくり検討するつもりでいたのだろう。〝ナッシュ〟と書かれているのが謎である。一九三三年にパーカー・パインものの短篇六篇が掲載されたあと、クリスティーはこの雑誌には一度も寄稿していない。童謡をベースにした話を作ろうとして、アイディアを練っていた様子だが、本書をお読みいただければわかるように、アイディアの大部分は実を結ばずに終わってしまった。もしかすると、クリスティーか《ナッシュ》のどちらかが心変わりをして、その後、クリスティーがアイディアを捨ててしまったのかもしれない。

作品にじっさいに使われた童謡は最初の二つだけで、しかも、もとの唄とかなり違う形になっている。リストにメモされた「ヒッコリー・ディッコリー・ドック」は、童謡とほとんど関係がないようだ。強迫観念というのは興味をそそるアイディアだが、『スリーピング・マーダー』のヘレンと、〈マルフィ公爵夫人〉の舞台を見た彼女の恐怖に満ちた連想を別にすれば、クリスティー作品に〝強迫観念〟が使われた例はひとつもない。わたしたちが知っている『ヒッコリー・ロードの殺人』は、前述のリストに書かれたアイディアとはずいぶん違う。最後の三つの項目（ホテルで始まる――金持ち連中――悪党たち）はたぶん、『バートラム・ホテルにて』の原型だろう。〈リトル・ボーイ・ブルー〉は、結局『満潮に乗って』に使われた。ただし、ずいぶん形が変えられ、とても短くなっている。交霊術に凝っているクロード家のケイシイが、霊媒から〝リトル・ボーイ・ブルー〟というお告げを受ける。ケイシイはそれを聞いて、ロバート・アンダーヘイはいまも生きているに違いないと解釈する。この理解しがたい論法は、童謡の最後の歌詞——〝わらの下でぐっすり眠ってる〟から生まれたものである。ポアロは当然のことながら、霊媒はなぜそれを直接伝えることができなかったのかと首をひねる。

〈ディン・ドン・デル〉はノート18に記され、ノート35にもメモつきで登場しているが、使われないまま終わってしまった。また、『自伝』の最後のページに〝子ネコちゃん、子ネコちゃん、どこ行ってきたの？〟という短い一行があるのを別にすれば、リストに出ている残りの童謡はひとつも使われていない。

童謡が出てくる次の三つのメモは、あちこちのノートに散らばっている。

ワン、ツー、3-4-5 魚をみんな生け捕りに

ディン・ドン、鐘が鳴る——子猫ちゃんは井戸のなか——？ オールドミスが殺される

コールの王さま？

ちらっと見たかぎりでは、三つとも使われたことがないような感じだが、最後の童謡を念入りにチェックしてみると、歌詞の最後の部分がクリスティーの最後の戯曲〈詐欺師三人組〉の題名になっていることがわかる。この最後の戯曲の誕生に関するややこしい経緯については、本書の9章で論じることにしよう。

〈ねずみとり〉

（ラジオドラマ／一九四七年五月三十日、短篇（『愛の探偵たち』収録）／一九四八年十二月三十一日、戯曲／一九五二年十一月二十五日）

三匹の盲目のねずみ
三匹の盲目のねずみ
ごらんよ、あの走りっぷり
ごらんよ、あの走りっぷり
三匹そろって農夫のおかみさんのあとを走っていったら
おかみさんに肉切り包丁で尻尾を切り落とされた

見たことあるかい、そんなもの　（「三匹の盲目のねずみ」八ページ／宇佐川晶子訳）

民宿マンクスウェル山荘が初めての泊り客を歓迎する。性格のきついミセス・ボイル、怪しげなミスター・パラビチーニ、それから、ひょうきんなクリストファー・レン、得体の知れないミス・ケースウェルなど。ところが、トロッター刑事が到着し、彼らのなかに殺人犯が紛れこんでいると警告する。そして、その直後に、泊り客の一人が殺される。

例によって、クリスティーの『自伝』は日付がひどく曖昧なので、「そのころのこと、BBC放送からの電話で、メアリ皇太后が関係しておられる何かの機関のための番組に、短いラジオ・ドラマを書いてくれないかといってきた」（『アガサ・クリスティー自伝（下）』四八三ページ／乾信一郎訳）という部分についても、こちらで年代を推測するしかないが、これは一九四六年のことと思われる。メアリ皇太后が一九四七年五月三十日に八十歳の誕生日を迎えるのを祝うためだったのだ。クリスティーは依頼に応じて、〈三匹の盲目のネズミ〉という三十分のラジオドラマを書いた。続いて十月二十一日には、同じタイトルと脚本で、テレビの三十分ドラマとして放映された。クリスティーはその後、これを中篇に作りなおし、一九四八年にアメリカの雑誌に、一九四九年一月上旬にはイギリスの雑誌に掲載された。一九五〇年には、短篇集『愛の探偵たち』に収録された（ただし、これは米版のみ）。のちにイギリスで『クリスマス・プディングの冒険』として出版されることになる短篇集がまだ企画の段階だったときに、クリスティーは、「三匹の盲目のネズミ」は除外してほしい、と申し入れている。この芝居をまだ見ていない人がたくさんいるので、そうした人々の楽しみを奪いたくないから、というのがその理由だった。

『自伝』には、次にこう書かれている。「〈三匹の盲目のネズミ〉のことを考えれば考えるほど、二十分のラジオ・ドラマを三幕もののスリラーに拡大できそうに思えてきた……」（『アガサ・クリスティー自伝（下）』四八四ページ／乾信一郎訳）そこで、クリスティーは舞台劇として書き直したが、〈三匹の盲目のネズミ〉という題名の芝居がすでにあったため、いざ上演の運びになったところで、新しい題名を考えなくてはならなかった。クリスティーの娘婿の博学なアンソニー・ヒックスが、〈ねずみとり〉（〈ハムレット〉第二幕第二場より）という題名を思いつき、一九五二年十一月二十五日、ロンドンで初演を迎えた。

ラジオ版、テレビ版、劇場版、小説版の大きな違いは、幕開けの部分にある。ラジオ版とテレビ版は、最初の殺人の場面、すなわち、カルヴァー通りでミセス・ライアンが殺された場面で始まるが、劇場版のほうは、舞台を暗くして、効果音だけでそれを示している。戯曲の初期の草案は、労働者二人が金属製火鉢のそばにすわっていて、通りかかった男に

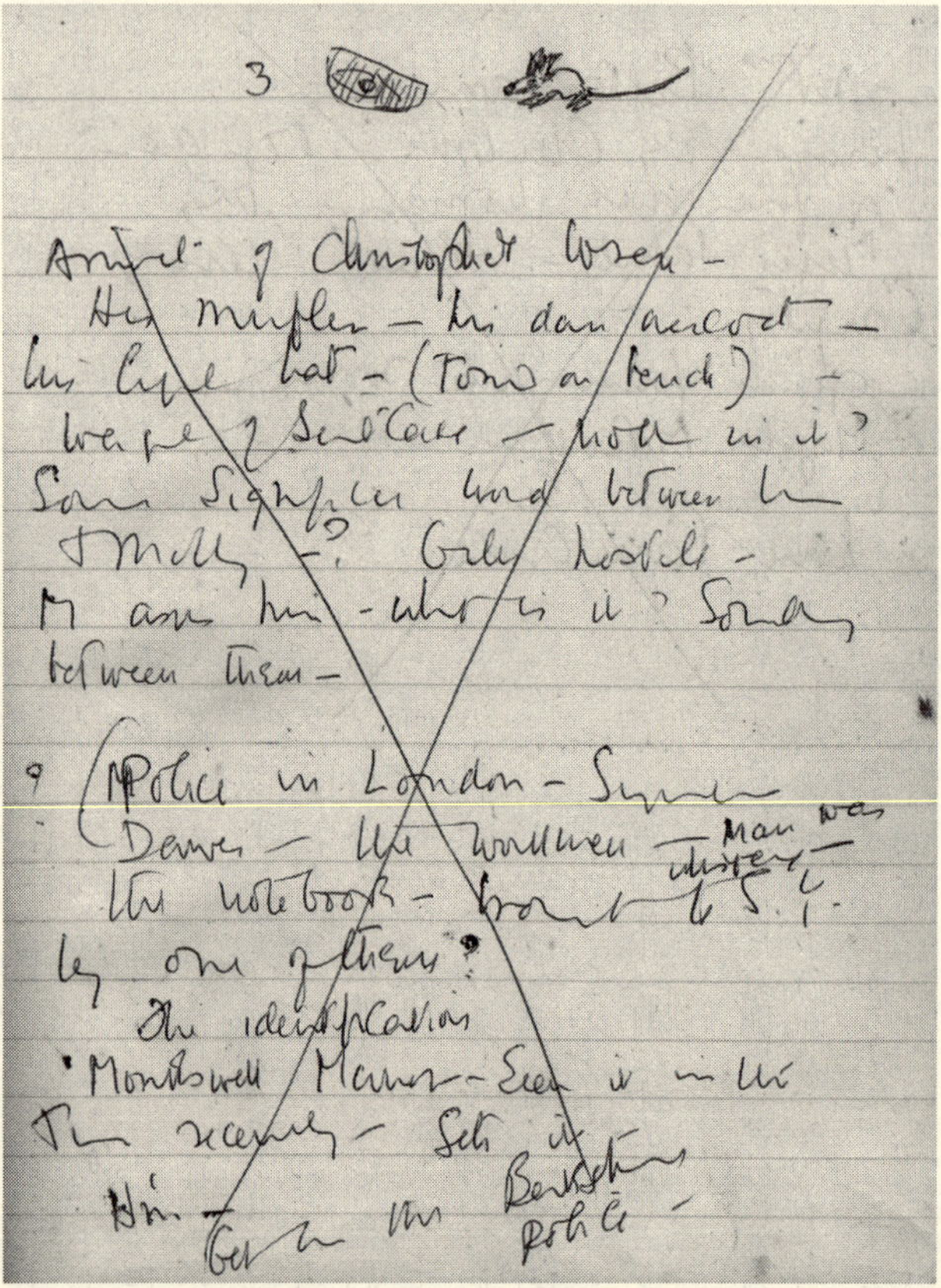

ノート56に、世界でもっとも有名な芝居〈三匹の盲目のねずみ〉（のちに〈ねずみとり〉と改題）のメモがわずか二ページだけ入っていて、最初のページのてっぺんに、判じもののような絵がついている。

マッチをねだる、という場面で始まっていた。通りかかったこの男は、じつをいうと、近くのカルヴァー通りでミセス・ライアンを殺して逃げてきた犯人で、この場面で、マンクスウェル山荘の住所が書かれた手帳を落とすのである。小説版（中篇）では、この場面の代わりにロンドン警視庁の場面が描かれ、労働者がその夜の出来事を説明する形になっている。

とても有名なこの作品がラジオドラマとして誕生した当時のことを示すメモは、ほとんどない。ただ、ノート56を見ると、おもしろいことに、いちばん上に〝3、消された目、ネズミ〟の絵が描かれているページが二つある。次を読んでいただければわかるように、このわずかなメモは、小説版か、もしくは、劇場版を示している。

クリストファー・レン、到着――マフラー――黒っぽいオーバー――ソフト帽（ベンチに放る）――スーツケースの重さ――なかは空っぽ？　レンとモリーのあいだで意味ありげな言葉のやりとり。ロンドンの警察――ドーズ部長刑事――労働者――男の姿ははっきりしなかった。手帳――労働者の一人が警視庁に届ける？　確認――マンクスウェル山荘。ええと――バークシャー警察につないでくれ。ミセス・ボルトン、到着――やれやれ、恐るべき女性――お高くとまっているクリストファー・レンの怪しげなスーツケースは、小説版に登場するし、〝バークシャー警察につないでくれ〟のセリフも登場する。この二つの組み合わせからすると、メモが示しているのは小説版であるという説のほうが有力そうだ。もうひとつ気になるのは、ラジオ版もテレビ版も劇場版もミセス・ボイルなのに、このメモでは、奇妙にもミセス・ボルトンになっていることだ。

『ねじれた家』 一九四九年五月二十三日

チャールズ・ヘイワードは戦時中にソフィア・レオニデスと恋に落ち、彼女の家族に興味を持つ。一族みんなが、裕福な祖父の支配するねじれた家で暮らしているという。その祖父が殺されたとき、家族のなかに、ねじれた心を持つ犯罪者のいることが明らかになる。

『ねじれた家』は、いまなお、衝撃の結末を持つクリスティーの傑作のひとつとされている。あまりに衝撃的だったため、コリンズ社では結末の変更を望んだが（一九六六年二月二十七日の《サンデー・タイムズ》のインタビューより）、クリスティーは拒絶した。故に、この結末が『ねじれた家』の存在理由（レゾンデートル）だったとみなすのが、筋の通ったことといえよう。ところが、手もとにあるノートから判断するかぎりでは、じつはまったく違っていたようだ。3章で見たように、クリスティーが完璧な解決法に到達するまでに、殺人犯の候補として何人かの登場人物が考えられていた。

ペンギン・ブックスが〝クリスティー作品百万部刊行〟という記念企画を立てたとき、アガサ・クリスティーは『ねじれた家』のために書き下ろした序文でこう述べている。

〝この本はわたし自身がとくに気に入っているもののひとつです。何年間もしまいこみ、あれこれ考え、構想を練り、「いつか、充分な時間ができて、心から楽しく過ごしたいと思ったときに――この作品の執筆にとりかかろう」と、自分にいいきかせてきました。作家が生みだした作品というのは、仕事のために書いたものと、本当の楽しみのために書いたものの比率が、五対一ぐらいといっていいでしょう〟

クリスティーが何年もかけてあれこれ考え、構想を練ってきたのが事実だとしても、そうしたメモはいっさい残っていない。この作品のメモの大部分が記されたノート14にはまた、きわめて異例のことだが、二カ所に日付が入っている。『ねじれた家』のアウトラインの数ページ前に、〝一九四七年九月〟、〝十月二十日〔一九四七年〕〟と書いてある。この長篇が初めて活字になったのはアメリカで、一九四八年十月から雑誌に連載され、英国では一九四九年五月に出版された。作中の証拠（アリスタイドの遺言書は一九四六年十一月に、つまり、〝昨年〟書かれたというコメント）と、つぎにお見せするノートのなかの証拠からすると、『ねじれた家』の原稿が完成したのは一九四七年の終わりか、一九四八年の初めごろと思われる。〝あれこれ考え、構想を練る〟のに費やした年月というのは、たぶん、ペンを紙に走らせる前にまず、頭のなかの作業に費やした年月を指しているのだろう。二十ページ以上に及ぶメモに、この長篇全体の流れが示されている。ノート14の一ページ目の最初に、〝ねじれた家〟と書いてあるところを見ると、クリスティーは最初からこの題名に決めていたのだろう。たしかに、これ以上いい題名を考えつくのはむずかしい。しかし（この章の最初のほうで見たように）、ノート56の最初のページを見ると、『ポケットにライ麦を』のアイディアがメモされていて、〝ねじれた家〟という言葉がそこにはっきり書かれている――もっとも、ねじれた（＝悪辣な）実業家を登場させることを意図しただけであり、同じ題名の長篇とは無関係だった可能性もある。

六ペンスのうたをうたおう――ねじれた六ペンス銀貨が見つかる
（ねじれた男、ねじれた妻、ねじれた家）
帰郷――メイド――メイドと息子――衝突――口封じのためにメイドが殺される

この作品のプロット作りが本格的に始まる二ページ前のところに、〝ねじれた家〟という言葉が二回出てくる。

ねじれた家

障害を負った兵士――傷跡のある顔――老人、兵士の戦傷を治療している――だが、戦傷ではない――本当は殺人者

プラン、一九四七年九月

ねじれた家（手直し）。完了

この〝障害を負った兵士〟のシナリオはクリスティーのどの作品にも使われていないため、最初のメモの日付を特定するのは無理だが、そのとなりのページにある二番目のメモには明確な日付がついていて、作品全体とまではいかなくとも大半がこのときまでに完成し、あとは手直しを残すだけだったことがわかる。3章で見たように、単語が線で消してあるのは、何かが完了したことを示すためにクリスティーがいつも使っていた方法である。ここでは、〝完了〟という単語が同じインクで書き加えられている。

この二ページあとから、プロット作りが始まる。家族のことがくわしく説明される。ソフィアとチャールズの関係についても同じく。

アリスタイド・クリストン老人――醜い小男だが魅力的――バイタリティ――レストラン経営者――やがて大地主の娘と結婚――美人――金髪でいかにもイギリス的。

ロジャー——ギリシャ的——利口——父親を心から愛している
クレメンシイ——女性科学者
レオ——端整な顔立ち〔おそらくフィリップの原型〕
ピネロペ——気さく——意欲的〔おそらくマグダの原型〕
ソフィア
後妻——ドーカス（タビサ）〔ブレンダ〕
ローレンス——障害がある家庭教師

〔語り手〕一人称——チャールズ（？）外務省——ソフィア・アレグザンダーが彼と同じ部署に——彼女の話——惹きつけられる——そうね、わたしたちみんな、小さなねじれた家に住んでるんだわ——彼は童謡を調べてみる——ロンドンで彼女に会う——もしくは、そうなるよう仕組む——祖父が殺される。ソフィア、彼との結婚を拒む——殺人事件のせい——わたしたちのなかの誰が犯人なのか、わからないから？——誰もが怪しい。彼の父親は警察の副総監——チャールズ、くわしい事情を知る——老人——その結婚

メモの二ページ目に、〝ハリエットが老人を殺す〟という当初のアイディアが明瞭に記

されている。しかし、その後、犯人候補として他の五人の登場人物が検討される――ブレンダ（後妻）、クレメンシイ（ロジャーの妻）、ローレンス（家庭教師）、手強いエディス・デ・ハヴィランド（アリスタイドの義姉）、ソフィア――最終的にはやはり、〝子供が犯人〟の線でいくことにする。〝ローレンス――本当は脚がない〟というアイディアは、クリスティーがこのトリックに惹かれていたにもかかわらず（本書下巻〈証拠物件F〉参照）採用に至らず、ローレンスの障害は感情的な面だけにとどめられることとなった。また、犯人の名前は最終的にジョセフィンに決まるのだが、この名前がようやく登場するのはメモの十三ページ目になってからである。最初のころは（右のメモにあるように）ハリエット、または、エマという名前になっていた。

ドーカス――ノー〔ブレンダ〕
クレメンシイ？　イエス、動機――狂信的――いささか異常
本当にクレメンシイでいい？――得るものなし――夫婦で家を出るつもり
ローレンスにしようか――障害者――ローレンス――本当は脚がない――なので、つねに身長が変わる
ソフィア、道徳心に欠けるとか？

クリスティーは誰を犯人にするかをさらに考える。ただし、最初の抜粋に出てくる〝ええ——おもしろそう〟と、二番目の抜粋（ノートでは五ページあと）に出てくる〝（もしJなら）〟から推測するに、犯人をジョセフィン（最終的にはこの名前に決定）にすることは、この段階ではまだ確定していなかったようだ。

エマ〔ジョセフィン〕——ええ——おもしろそう——正常ではない——権力志向——何か特別な理由があって祖父を憎んでいた（バレエを習うのを許してくれなかった、早いうちに始めなくてはならないのに？）動機——自分の思いどおりにするため——異常に高い知能。もしそうなら、二番目の殺人あり？——そう——ばあや（もしエマなら）

ドアの上に石（もしJなら）確実に死ぬ——小さな黒いノートが行方不明

子供の証言——最高の証言——よくとり上げる——法廷では通用しない——子供というのは、直接的な質問をされるのが好きではない。あの子はおまえに頭の良さをひけらかそうとしてたんだ。

チャールズとジョセフィン——手紙のことを尋ねる——あれはつくり話よ——あなたにはなんにもいいたくない——警察に告げ口なんかしないでよ

ジョセフィン、ノートにあれこれ書いている。副総監がいう——あの子に気をつけてやれ——毒殺犯が野放しになっている

最初のほうのページには、ジョセフィンのことはまったく出てこないが、出てきてからは、ジョセフィン自身とその探偵活動のことが一ページにわたって書かれている。作品全体を通して、ジョセフィンの病的な好奇心、立ち聞きの癖、探偵小説の知識、そして、探偵ごっこの成果をメモしていると思われる小さな黒いノートのことが語られる。

ロジャー伯父がこれをやってきたことを、ハリエットは知っている？
可愛げのない子供で、何が起きているかをつねに知っている
ジョセフィン——残忍——知っている——あたし、探偵をやってたのよ
ロジャーが出ていくつもりでいたことを探りだす——だって、伯父さん、お金を使いこんでたんだと思うの
それから、エディスはブレンダを憎んでるのよ——手紙を書きあってたの——手紙がどこに隠してあるか、あたし、知ってるもん
おじいさまのこと、好きじゃなかったわ——バレエ——踊りなんかだめだって。

『ねじれた家』はクリスティー作品のなかでも重要なものだが、その衝撃的な結末のせいで、手がかりをちりばめた本格的な探偵小説にはなっていない。読み終わってから考えてみれば、答えは明々白々だ——犯人を知っているというジョセフィンの自信たっぷりの言葉、怖いもの知らずの態度、大理石のドアストッパーで実験したために洗濯小屋の床に残されたいくつものへこみ——しかし、論理的推理によって真相にたどり着くのは不可能だ。とはいえ、作家になって三十年たってもなお、読者を驚かせ、楽しませる力をクリスティーが持ちつづけていたことを、この長篇は示している。

『ポケットにライ麦を』 一九五三年十一月九日

レックス・フォテスキューが彼の経営する投資信託会社で毒殺される。その妻が蜂蜜を塗ったスコーンと一緒に午後のお茶を飲んでいて毒殺される。そして、洗濯物をとりこみにいったメイドが絞殺される。童謡を不気味になぞったこの事件を知って、ミス・マープルは水松荘(いちい)に出向き、くろつぐみの存在を調査することになる。

この長篇のメモは五冊のノートに分散していて、その大半はノート53に記され、あとの四冊に短いメモが入っている。メモの記述から推測すると、このプロットはクリスティーが長篇に仕上げる前に、しばらくのあいだ温められていたように思われる。『ポケットにライ麦を』が初めて活字になったのは十月で、《デイリー・エクスプレス》紙に連載された。コリンズ社のリーディング担当者が提出した一九五三年四月付けの報告書には、〝とても読みやすい。刺激的。読者を幻惑。知的。このプロットとトリックにつぎこまれた技に比べれば、現代の探偵小説の大半が不器用な素人の作品のように見えてしまう〟。この担当者は、第一の殺人の手段が不自然すぎるという意見だったが、総合的には〝すぐれた〟クリスティー作品だと評価している。大仰な賞賛の言葉を並べておきながら、この程度の評価では、いささか煮えきらないような気もするが。

ノート56に見られる次のような謎めいたメモは、最初に書かれた短篇のプロットの源を示すものである。この短篇は「火曜クラブ」で、『ポケットにライ麦を』より二十五年も前の一九二七年十二月に刊行された短篇集『火曜クラブ』に収録されている。

ハンドレッズ・アンド・サウザンズのような一般的パターン

この短篇では、一人のメイドが、彼女と浮気をしている男に頼まれて、邪魔な妻を厄介払いするために、砒素をたっぷり混ぜた〝ハンドレッズ・アンド・サウザンズ〟（色とりどりの飾り砂糖。トライフルや小さなスポンジケーキのトッピングに使う）をデザートにふりかける。ダメ押しをするかのように、短篇も、長篇も、メイドの名前がグラディスになっている。

ノート14に記された次のメモからわかるように、『ポケットにライ麦を』と『魔術の殺人』は、プロット作りの初期の段階でそのプロットどうしがからみ合っている（ここに挙げたメモは、『ねじれた家』のメモと一緒に書かれていることから判断して、一九四〇年代後半のものと思われる）。

魔術の殺人

パーシヴァルとランスロットの兄弟――Pいい子――L悪い子――二人のあいだに激しい反目――じっさいには二人で共謀して父親と若い後妻を始末？トリック――PとL、偽の口論――階下の者に聞こえる（じつはPが上の階で一人芝居）L、戻ってきて彼を気絶させる――助けを呼ぶ

偽の口論が『魔術の殺人』の中心トリックとなり、一方、ランスロットとパーシヴァルの兄弟は『ポケットにライ麦を』のほうに残ることとなった。

数ページあとに、クリスティーがプロットをざっとまとめている。

王様お庫で宝をかぞえ

尊大なワンマン社長が死亡、（a）会社で（b）郊外の自宅で——くろつぐみ鉱山
孝行息子のパーシヴァル——放蕩息子のランス——不倶戴天の敵（じつは共謀？）
動機——息子の一人が使いこみ？　使用人（NAAFI勤務の少女）、ランスの共犯者——彼女ならすべての時計の針を動かせる。少女、父親のコーヒーを書斎へ運ぶ——悲鳴を上げて出てくる？　ランスが真っ先に駆けつける（そのときに父親を殺す）ほかの連中も飛んでくる。父親、薬を盛られていた——夕食の席のことに違いない（ランスはいなかった）。少女が疑われる——薬を盛り、刺し殺し、ポケットにライ麦を入れておくことができたはず。議論——少女、死体となって発見——洗濯ばさみをつけて

これはクリスティーが最終的に選んだプロットにきわめて近い。ただし、ディテールの多くが変更されている——例えば、完成本には、時計の針を動かす場面も、刺殺の場面も出てこないし、兄弟は〝共謀関係〟にはない。また、くろつぐみ鉱山の名前が出てくるのは、このメモが最初である。なんの価値もない廃鉱と思われていたこの鉱山にウラニウムの鉱床があることがわかり、それが犯行の動機となる。プロットのこの部分は、『ポアロのクリスマス』で殺されるシメオン・リーがパートナーに働いた詐欺を彷彿させる。〝NAAFI〟というのは一九二一年に創設された陸海空軍厚生機関のことで、軍に必要な娯

楽施設を運営し、軍人とその家族に商品販売をおこなうところだった。

しかし、『ポケットにライ麦を』のプロットの大部分が書かれているのはノート53である。完成本のあらすじとほぼ一致しているが、目を通してみると、ほかにもさまざまな可能性が検討され、そののちに退けられたことがわかる。パーシヴァルとその妻、ランスとアディール――この二組も犯人候補に挙げられていた。ランスを〝いい子〟にするか、〝悪い子〟にするかは、まだ決まっていなかった。そして、使用する毒物として、タキシンではなく、ストリキニーネか砒素が考えられていた。

パーシヴァル、外国で若い女（悪女）と結婚。女はもう一人の息子ランスロットのところにころがりこむ――妻になりすます――女とパーシヴァルが殺人をおこなう

ランスとアディールが共犯者――アディールは父親と婚約中――ランスが彼女をそそのかして父親を殺させる――そのあと、タイミングを計って帰宅し、彼女のお茶に毒を入れる

ランスは東洋から帰国する飛行機のなか。孝行息子――妻はルビー・マッケンジー

孝行息子のパーシヴァル――放蕩息子のランス――不倶戴天の敵（じつは共謀？）
ストリキニーネと砒素が廊下の戸棚のいちばん上の棚から、もしくは、ダイニングルームのアルコーブのいちばん上の棚に置かれたスープ鉢から、あとで見つかる

こうしたさまざまな考察ののちに、プロットが形をなしはじめる。次の抜粋に記されたもの（すべてノート53より）は長篇に登場している。

ランス（悪い子）飛行機で帰国――父親が彼を呼び寄せた。ランスが家に着く前に父親は死亡――〔パーシ〕ヴァルの妻はルビー・マッケンジー――ランス、海辺の行楽地でマーリーンに近づく。粉薬を渡して、朝のお茶に入れるよう指示する――それを飲むと父親の具合が悪くなる、といって――彼を呼び寄せるはず――マーリーン、パニック状態――ランス、家に到着――すぐさまアデレードを毒殺――（お茶に毒？）それから、毒を蜂蜜に加える

1章
十一時のお茶――新参者のタイピストがお茶当番

社長室――金髪の秘書――社長のお茶を運ぶ

「フォテスキューさんはただいま会議中で――」

悲鳴――具合が悪くなる――金髪、駆けこむ――飛びだしてくる――医者を呼ぶ――電話――病院

お茶――アディール、蜂蜜を食べる――息子、お茶に毒を入れて彼女に渡す――死ぬ。もしくは、表向きはまだ帰宅していないことになっているあいだに、料理に毒を入れ、彼女を殺す――少女、外で彼に会う

メイド、庭に――洗濯バサミで鼻をつまれて。ミス・Mがあとで指摘、「あんな時間に洗濯物を干しに外へ出るわけがないでしょ？　でも、若い男が待ってるなら、会いにいくでしょうね」

少女グラディスが死んだあとで――ミス・M、玄関に到着――部長刑事、困惑――警部は彼女を覚えている――ミス・M、グラディスをとても可愛がっていた――死亡――ぜひとも犯人をつかまえなくては――鼻と洗濯バサミ――人間の尊厳

『ヒッコリー・ロードの殺人』一九五五年十月三十一日

ミス・レモンの姉が寮母をしているヒッコリー・ロードの学生寮で、奇妙な盗難が相次ぎ、ついには、学生の一人が死亡する事件が起きる。盗まれた品々が支離滅裂であることに、エルキュール・ポアロは興味を覚え、学生寮を訪ねる──最初の死亡事件が起きる直前に。

ヒッコリー・ディッコリー・ドック
ねずみが時計を駆けのぼる
時計が一つ鳴り
ねずみが駆けおりる
ヒッコリー・ディッコリー・ドック

『ヒッコリー・ロードの殺人』のメモは、ノート12に五十ページ以上にわたって散らばっている。さらに、あと二冊のノートでも、この童謡を使おうとする短い試みが（失敗に終わったが）二回なされている（本書二一三ページ〈雑学ノート〉参照──六年前に書かれたメモ）。クリスティーはこれらのアイディアを退けたものの、この童謡を使いたいという思いは捨てきれなかった。もっとも、作品の題名に使われただけで、それもごく控えめ。

住所（ギレスピー・ロードからこちらに変更）を別にすれば、童謡を活かそうとする姿勢はまったく見られず、最後の場面でポアロがこの歌を口ずさんでいる程度だ。ノート12に見られる次のメモからは、刊行の前年の早い時期に本が大部分完成していたことがわかる。

『ヒッコリー・ロードの殺人』をもう少し長くして、手直しを加えてはどうかという提案。一九五四年五月

これ以前の長篇に見られるいくつかのモチーフが、再び使われている。ミセス・ニコレティスが名前のわからない殺人者と会話をする場面は、『予告殺人』のエミー・マーガトロイドと同じである。また、パトリシア・レインがナイジェルに電話している最中に殺人者に襲われる場面からは、『葬儀を終えて』のヘレン・アバネシーや、『エッジウェア卿の死』のドナルド・ロスが連想される。それから、物語の終わり近くで、必要もないのに、思いがけないカップルの成立が明かされる。『パディントン発4時50分』『鏡は横にひび割れて』と似たような趣向である。一九六〇年代初めに『ヒッコリー・ロードの殺人』のミュージカル化の企画があったことを、ジャネット・モーガンとチャールズ・オズボーンの二人が明かしている。本当とは思えないような話だが、曲がいくつか書かれ、〈死のビ

ート〈Death Beat〉という題名も決まっていたという。しかし、この企画は結局流れてしまった。

盗まれた品々の支離滅裂さが、ポアロにとって、そして読者にとって、興味深いパズルとなっているし、それについての説明も満足できるものだ。ただ、登場人物が多すぎるように思われるし、外国からの留学生の一部は紋切り型の描写に終わっている。

この本のために書かれたメモを見てみると、最初の五ページのそれぞれが〝休暇中の仕事〟という言葉で始まっている。つまり、クリスティーはのんびり休暇を楽しむべき時期にメモをとっていたわけだ。並べ替えが果てしなく続き、同じ繰り返しが何度もあるところを見ると、プロット作りはそう楽ではなかったようだ。メモをとりはじめたとき、どんなプロットにするのかは、クリスティー自身にもはっきりしていなかったように思われる。メモの一ページ目にプロットが漠然と記されていて、その多くが作品に使用されている。ただし、クリスティーが満足するまでには、かなりの手直しが必要だった。一ページ目が終わる前に、クリスティーは出発点にできそうなアイディアを思いついている——必要なのはひとつだけ、あとはカムフラージュ——『ABC殺人事件』と同じ趣向だ。

品物が次々と消える——少々頭の悪い女〝シリー〟(シーリア、もしくは、セシリアの愛称)——陰気な学生に夢中——心理学専攻——彼女など眼中にない。ヴァレリ、利口な女、シリーに盗みをそそのかす。「くだらないものをたくさん盗むか、すごく高価なものをひとつ盗めば、あなたのことに気づいてくれるわ」盗み――品物が次々と消える――必要なのはひとつだけ、あとはカムフラージュ

初期のいくつかのアイディアは、ありがたいことに、立ち消えになった……

ヒッコリー・ディコリー・ドック

ドックという言葉に対する強迫観念――ホラーもの――危険――盗みに関わった若い女――何かを知る

H・P、列車のなか――若い女が彼をそそのかして盗みをさせる

休暇中の仕事（続き）ギレスピー・ロード二三番地

ミス・レモン、寮母に応募しようと決意？　引退生活に飽き飽き――ポアロのアドバイスを求める

……そして、期待の持てそうなアイディアがさらにいくつか出ているが、これらも捨て

られた。

~~ヒッコリー・ディッコリー・ドック~~
最初の死が一時に——二番目が二時に

重要——二件の殺人
〔最初の殺人は〕Pの講演のしばらくあとで起きる
1　ミセス・ニコレティス？　なぜ？　脅迫？　密輸団の一人、秘密を洩らした？
2　ジョンストン？——訓練された頭脳が推理をおこなった——などなど——おそらく、あとになってその推理の重要性に気づく——よけいなことはしゃべるなとの警告——
3　アカ・ボンボ？
4　ナイジェル？
5　パトリシア

犯人を最終的に誰にするかについて、クリスティーは他の登場人物も候補に挙げているが、最有力候補はつねにヴァレリで、単独犯行、もしくは、他の学生との共犯が幾通りか考えられていた。

1 ヴァレリ——密輸組織の首謀者——学生たちを利用——Cをひきずりこむ——ナイジェルも仲間？ もしくは、彼女を脅迫、もしくは、のちにNも被害者の一人に

2 ナイジェル——密輸のことを知る——もしくは、ヴァレリの仲間——子供っぽい興奮

プロットの土台となっているのは、毒薬を入手できるかどうかという賭けで、作中で示された方法の一部が少なくとも一九五〇年代半ばだったら実行可能であったことは、認めざるをえない。〝医者の車〟のアイディアはノートに何回か登場しているし、病院の薬品棚に近づくためのカムフラージュとして作中で使われている白衣は、明らかに、第二次大戦中にユニバーシティ・カレッジ病院で働いていたクリスティーの個人体験から出たものである。

四通りの方法——賭けがおこなわれる——議論

ナイジェル
ヴァレリ
レン
アンガス
持ち帰る
DD〔危険な薬（デンジャラス・ドラッグ）のこと〕車から盗む――チューブ入りモルヒネ
病院、患者――フェノバルビタール
劇薬棚――ストリキ、もしくは、ジギ？

重曹の瓶に粉を入れておく――重曹と粉をすり替え？
次に薬を処分するが、一種類だけ処分せず――病院から盗んだ薬？

ノート12のメモが五十ページ目にくるころには、クリスティーの頭のなかですでにプロットができあがっていたようで、以下の抜粋を見ると、最終的なプロットに使われた要素がほとんど含まれている。

主な概略

V、学生を利用して密輸入（宝石？）（麻薬？）をおこなう組織の首謀者。ミセス・Nもその仲間――学生寮用の家を何軒か購入――通りの角にある近所の店舗も購入――そこでリュックサックが売られている――あげ底（宝石を接着剤で固定、もしくは、カンバス地の袋に入れた粉末ヘロイン）

警察はVを疑う――彼女がナイジェルに何かを渡す――浴用塩（バスソルト）――ナイジェル、調べる――ヘロインを見つける――重曹とすりかえる――彼の重曹の瓶にヘロインを入れる。

警察が学生寮にやってくる――V、リュックサックをずたずたに切る――その後、シーリアをそそのかして盗みをやらせる

そして、クリスティーは数ページあとで、いくつかの手直しを考えている（サッカリンとリュックサックのアイディアは、のちに廃棄）。

解決すべき点

モルヒネ（酢酸塩？）、ホウ酸とすり替え――ホウ酸は燃やすと緑色の炎が上がる

（シーリアが気づく？）〔それ故〕ホウ酸が盗まれてモルヒネとすり替えられたことを、シーリアは知っている。

パト、モルヒネを見つけた——バスルームからB・A〔ホウ酸〕をとってきた

サッカリン？　Cがコーヒーに使っていた？　モルヒネの錠剤をサッカリンとすり替える

ヴァレリ、密輸組織を運営（Cを殺した？）

E〔エリザベス〕J〔ジョンストン〕、ヴァレリの密輸に加担

アキボンボ——見た——何を？　ホウ酸に関係したこと？——リュックサックに関係したこと？

宝石を密輸？　麻薬？　ミセス・ニコ、Vの母親？　ただの表看板？

そして、もちろん、ナイジェルの過去――彼が母親を死に至らしめたのであり、父親は自分の死後に開封してほしいという指示を添えて一通の手紙を残した――が、プロットのなかで重要な役割りを果たしている。ただし、クリスティーのメモにこうしたことが登場するのは、ようやく終わり近くになってからである。

概略

N、悪人――金が必要――母親から金を巻き上げようとする――母親の署名を偽造――もしくは母親に睡眠薬を飲ませる――母親、死亡――彼が遺産を相続――検死審問――睡眠薬の飲みすぎ――過失。しかし、父親は彼を追いだす――彼は母親の遺産を元手にして金儲け（使い果たす？）ヴァレリと組む――密輸――このときすでに、別の名前を名乗っていた――考古学好きな外交官――学生たちと仲良くなる、などなど。警察がやってくる――自分を逮捕しにきたのだと思いこむ――父親は死亡？――手紙が弁護士に託される――電球をはずす――（もしくは、複数の電球）――新品――盗まれる――廊下の電球一個がはずされる

ナイジェル、母親に毒を飲ませる（金目当て）――父親は化学者――検査してみる、

もしくは発見する——ナイジェルを追いだす——宣誓証言書に署名——自分が死んだときのために銀行に預ける——もしくは、ナイジェルが悪事に走ったときのために——N、名前を変える

この作品を〝もう少し長くして、手直しを加えてはどうか〟という前出の提案によって生まれたアイディアのひとつが、パトリシア殺しである。

ナイジェル、警察署へ行く……パト(?)から電話——ナイジェルと話す——あえぐような怯(おび)えた声——ナイジェル——わかったわ——誰がモルヒネを持ち去ったのか。だって、あの夜、あそこにあったことはわかってるんですもの……いえないわ……いまは……ナイジェルと警官、駆けつける——パト、死んでいる。ナイジェル、子供のように泣きじゃくる

ただ、作品の終盤に入ってからの事件なので、とってつけたような感があり、手直しというより、長たらしくしただけのアイディアのように感じられる。じつをいうと、このアイディアはすでに十ページ前に記されている。

結末部分
ナイジェルとパトの場面のあと、ナイジェルは警察へ出向く。パト（表向きは）——じつはヴァレリ——電話してくる——誰が盗んだかわかった。ナイジェルたち、駆けつける——パト、死んでいる——ナイジェルの嘆き——本物——H・P到着

この殺人は、翌々年に出た『パディントン発4時50分』と、さらにその翌年に出た『無実はさいなむ』の終盤の殺人とよく似ている。『ひらいたトランプ』の8章で、ミセス・オリヴァがこんなことをいっている。「もっと大切なのは、人をうんと殺すことね。小説が少しだれてきたら、だらっと血を流させれば引き締まりますよ。誰かが何かを打ち明けようとする——すると、まずその人が殺される。この手はいつもうまくいくわ。これ、あたしのどの小説にもあるのよ……」（『ひらいたトランプ』一〇六ページ／加島祥造訳）それから17章では、「これで書き終えた、六万語くらいかなと思って、数えてみると、三万語くらいしか書いていないのはしょっちゅうなのよ。そこで、殺人をもう一つふやし……」（『ひらいたトランプ』二二一ページ／加島祥造訳）といっている。冗談半分のコメントではあるが、『ヒッコリー・ロードの殺人』を読んでいると、思わずこの言葉が浮かんでくる。

証拠物件C　ノートのなかのアガサ・クリスティー

「それからだね——常に変わらぬなつかしい愛読書がある」
（『複数の時計』二三六ページ／橋本福夫訳）

クリスティーはノートのなかで何度か、自分自身と自分の作品に触れている。どういうわけか、自分の作品のリストを二回作っている。ただし、大々的なものではないし、リストアップされた作品にどんな共通点があるのかもはっきりしない。また、急いで参照できるよう、過去の作品がメモされていることもしばしばある。

＊これまでの作品の分析
ホテル——『書斎の死体』『白昼の悪魔』
列車、飛行機——『青列車の秘密』『オリエント急行の殺人』『雲をつかむ死』『ナイルに死す』

個人生活

（田舎）『ゼロ時間へ』『ホロー荘の殺人』『ポアロのクリスマス』『三幕の殺人』『杉の柩』

（村）『牧師館の殺人』『動く指』

旅行『死との約束』

このリストは『マギンティ夫人は死んだ』のメモのすぐあとに出てくる。『満潮に乗って』が含まれていないところを見ると、リストの作成は『ホロー荘の殺人』が出たあとの一九四六年の終わりか、もしくは、『満潮に乗って』が完成する前の一九四七年の初めだったのかもしれない。リストの表題から判断するに、クリスティーはどうやら、それまでの作品に使った背景のことを考えていたようだ。

＊『アクロイド殺し』

『ナイルに死す』

『雲をつかむ死』

『メソポタミヤの殺人』

『オリエント急行の殺人』

『死との約束』
『三幕の殺人』
「死人の鏡」

そして、右のリストは『白昼の悪魔』のプロット構想中にページの片隅に書きこまれたもので、前のリスト以上に不可解だ。すべてポアロものという点を別にすれば、どこに共通点があるのかわからない。
次の黙想は『ゼロ時間へ』のメモのなかに出てくる。賢明にも、クリスティーはこの案を捨てることにした。わずか三年前の長篇と同じホテルを舞台にして謎の死を描くのは、オスカー・ワイルドの名言を借りるなら、〝軽率に見えかねない〟というのが、その理由だった。

＊『白昼の悪魔』と同じホテルにしようかしら——満潮のため、N〔ネヴィル〕は手押し車（トロリー）で渡らなくてはならない

以前の作品に登場した殺人犯についての、奇妙な不正確な次の言及は、『象は忘れない』のメモのなかに出てくる。妙なことだ。ポアロはあの事件に登場していないから、ジ

ョセフィンのことなど知らないはずなのに。

＊ポアロへの電話——ジョセフィンのことを尋ねる（『ねじれた家』）

これは最後のメモのなかに入っていた分。『運命の裏木戸』が出版される直前に書かれたものである。

＊一九七三年十一月二日　短篇集

ホワイト・ホース・ストーリーズ

一作目——「ホワイト・ホース・パーティ」（ジェーン・マープルの「火曜クラブ」にちょっと似た感じ）

『パディントン発4時50分』の25章には、『予告殺人』に関する短い謎めいた言及がある。ただし、題名は出ていない……

＊貪欲な人物——レティ・ブラックロックのことを少々

……一方、次のメモは『第三の女』のプロットを練っている途中に出てくる。

＊ポアロ、落ち着かない——旧友が（『マギンティ夫人は死んだ』と同じように）お茶にやってくる

最後に、『予告殺人』のフレッチャー巡査部長を再登場させようかという考えが、『ポケットにライ麦を』のプロットを練っているときに、ちらっと浮かんでいる。

＊2章——クロスウェイズ——ハーウェル警部——もしくは、『予告殺人』の若い警官

5　目隠しごっこ　殺人ゲーム

二つの弾丸が空気をかすめる音は、部屋に充ちていた満足感を一挙に粉砕してしまった。不意に遊びが遊びでなくなったのだ。誰かの叫び声……

（『予告殺人』六一ページ／田村隆一訳）

ネタばれ注意！
「マン島の黄金」『なぜ、エヴァンズに頼まなかったのか？』「動機対機会」『ABC殺人事件』『邪悪の家』『愛国殺人』『予告殺人』『鏡は横にひび割れて』「奇妙な冗談」〈蜘蛛の巣〉『カリブ海の秘密』『水晶の栓』（モーリス・ルブラン）

〝満足感を一挙に粉砕〟――これこそが、この章で取り上げるクリスティーの長篇三作に描かれた、ゲームに手違いが生じた瞬間の劇的なインパクトである。あとの二つの短篇は本物のゲームをテーマにしている。片方は頭脳を使うゲーム、もう一方は体力を使うゲーム。三つの長篇のなかでもっとも物騒なゲームを描いているのは『ABC殺人事件』、また、『死者のあやまち』と『予告殺人』には本物のゲームが登場し、殺人が起きてゲームがめちゃめちゃにされるという設定になっている。「奇妙な冗談」と「マン島の黄金」は登場人物たちが挑戦する知的なパズルで、その先に褒賞が待っている。「マン島の黄金」は一九三〇年にマン島でじっさいに開催された宝探しの話で、「奇妙な冗談」のほうは遺言書の解釈がポイントになっている。また、〈蜘蛛の巣〉でクラリサがやるゲームは、さすがの彼女にも予測できなかったほど危険なものになる。クリスティーの作品全体を見渡した場合、ゲームに手違いが生じるという設定は主要なモチーフにはなっていないが、『予告殺人』に描かれたリトル・パドックスの客間のシーンの劇的なインパクトは否定できない。

「マン島の黄金」 一九三〇年五月（『マン島の黄金』収録）

いとこ同士のジュアンとフェネラは宝探しに急行し、亡くなった伯父と――そして、殺人者と――知恵比べをする。

この短篇が誕生した経緯は、一九九七年刊の短篇集『マン島の黄金』のまえがきにくわしく書いてある。編者トニー・メダウォーのみごとな探偵仕事の賜物だ。簡単に述べておくと、一九二九年の終わりごろ、マン島の観光委員会の委員長が観光客誘致を狙って、島の宝探しを盛りこんだ推理小説の執筆をクリスティーに依頼した。クリスティーは一九三〇年四月にマン島を訪れたあと、六十五ポンド（現在の貨幣価値にして約千三百ポンド）の原稿料で「マン島の黄金」を書き上げ、この短篇は同年五月の第三週に、手がかりをすべてつけて、《マンチェスター・デイリー・ディスパッチ》紙に五日間連載され、また、小冊子になって島じゅうに配布された。〝宝物〟というのは四個の嗅ぎタバコ入れで、島のあちこちに隠されていた（『ひらいたトランプ』でエルキュール・ポアロがミスター・シャイタナに出会うのも、嗅ぎタバコ入れの展示会のときである）。

ノート59に、この珍しい依頼に応じるためのメモが二十ページある。残念ながら、すべてのノートのなかでもっとも判読の困難なページがいくつかあり、取り消し線や、いたずら書きや、おおざっぱな図がたくさん含まれている。クリスティーの作品としては、あまり出来のいいほうではないが、誕生の経緯がユニークだったのと、ここで使われた数多くのアイディアが四年後の作品に再登場するという点が、注目に値する。『なぜ、エヴァンズに頼まなかったのか？』のなかで、スナップ写真、瀕死の男の最期の言葉、悪徳医者のすべてが、重要な役割りを果たすことになる。また、力を合わせて謎解きをするカップルのジュアンとフェネラは、同長篇のボビイ・ジョーンズとレディ・フランシス・ダーウェントの原型といってもいいだろう（奇妙なことに、ジュアンとフェネラはいとこ同士であると同時に婚約者でもある）。見えないインクのアイディアは、その二年前に「動機対機会」のなかで使われ、『秘密機関』の20章でも、プロット上の小さな要素として使われている。

次のメモにはストーリーの展開が正確に記されている。ただし、名前の変更がいくつかある――ロナルドとシーリアはジュアンとフェネラに変わり、ロバートはイーワンに変わっている。崖からの転落とカフスボタンの手がかりは、最終的に廃棄された。

ストーリー
ロナルドとシーリア――いとこ同士――亡くなった伯父からの手紙。シーリア、伯父に困惑――到着――家政婦――嗅ぎタバコ入れ四個が紛失。手紙が残されている――書かれているのは下手くそな詩――弁護士たちに電話。それから出発――宝を手に入れる――帰り道――他の者たちに会う――ドクター・クルック〔クルックオール〕は観光委員会の委員長の名前だった！〕
マクレイ――アラン――ロバート・バクショー……笑みが気に食わない。
他の者にも手がかりを見せようと決心。翌日――手がかり――家政婦がとりにいく

——盗まれている——家政婦、渡すように頼まれたが拒絶したことを告白——カフスボタン——ロバートのもの
二人は飛びだす——地面に倒れているRを見つける——瀕死——殺人——頭を殴られて、もしくは、病院のなかで——崖から転落。二人は彼のそばに身をかがめる——最後に意識が戻る——目をあけて「知って(ディー)いる(・)かね(ケン)——?」という——死ぬ

メモのなかの〝下手くそな詩〟というのは、ノート59に二種類書かれている。ひとつは短篇にじっさいに使われたもの。次のは初めに作られて、未使用に終わったもの。

羅針盤の四つの方位、つまりは
南と西、北と東
Sが二つ——わたしだったら東はいやだ
旅に出て、おまえがどんなに利口か見せてくれ

ほかの二つの手がかりもメモされている。
〔冗漫さを詫びる——あれこれ、なやんでいたのです(シックスィズ・アンド・セヴンズ)

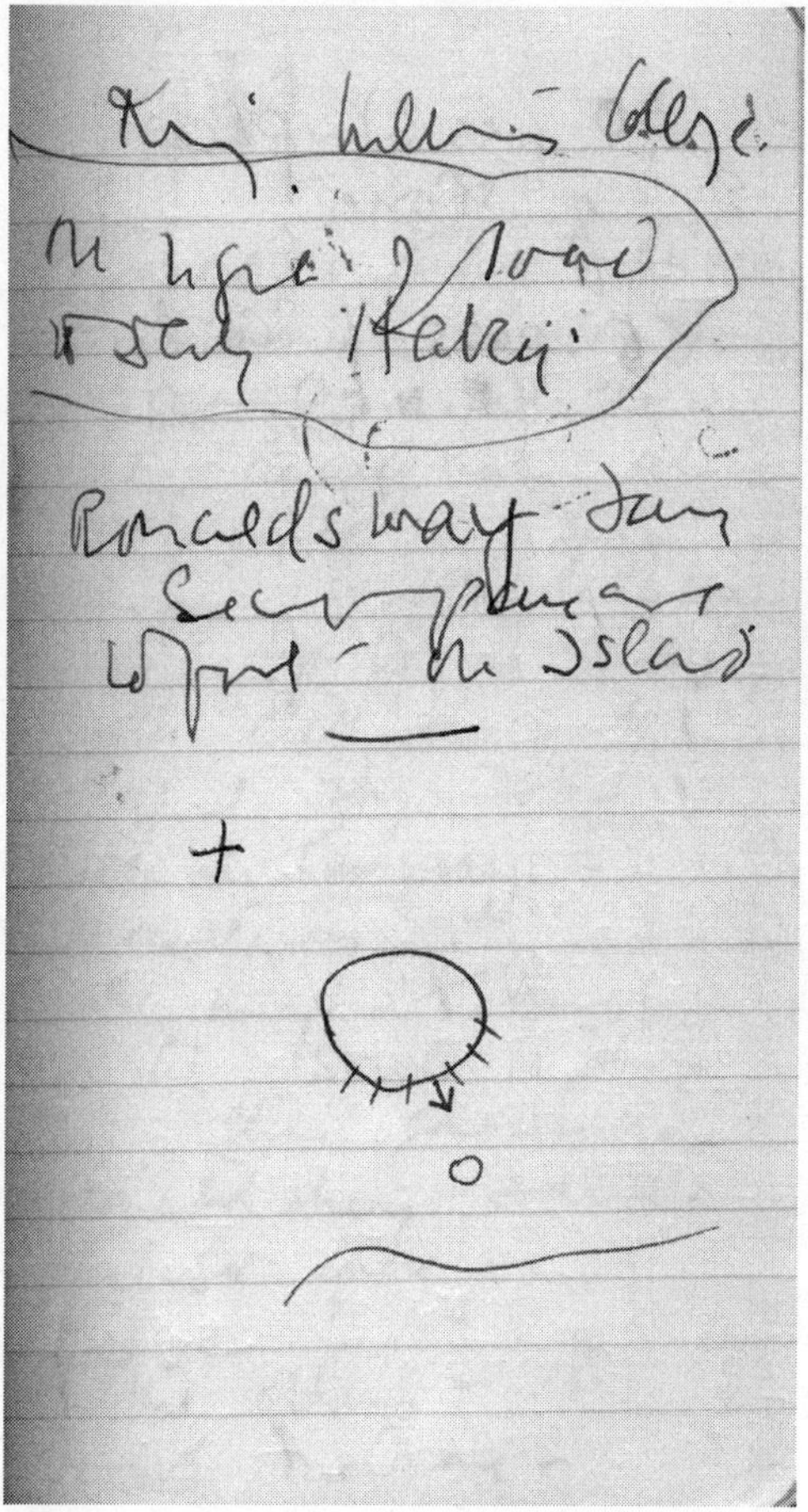

「マン島の黄金」の宝探しの手がかりを示した粗雑なスケッチ（そして、さらに粗雑な手書き文字！）。ノート 59。

熱を加えると浮かび上がる言葉

このノートでもうひとつ興味深いのは、島の地図に入っていない手がかりをおおざっぱなイラストにしていることだ——十字、輪、矢印、それから、フェネラが気づいたように、輪の片側に入っている短い線も。

『ＡＢＣ殺人事件』一九三六年一月六日

エルキュール・ポアロのもとに続けざまに手紙が届き、死のゲームを挑んでくる。こうして事前の警告をよこして、手紙の主はアンドーヴァーでアリス・アッシャーを、ベクスヒルでベティ・バーナードを、チャーストンでカーマイケル・クラーク卿をまんまと殺害する。国中が見守るなかで、ポアロは果たしてＤの殺人を阻止できるだろうか。

ノート13のおかげで、われわれはこの長篇の執筆が始まった正確な日付を知ることができる。十五ページにわたる旅行記のあいだに、次のようなメモが入っている。ただし、残念ながら、長篇の進み具合に触れた箇所は、旅行記のなかにはそれ以上出てこない。

十一月六日火曜日〔一九三四年〕『ＡＢＣ殺人事件』をスタート

『ABC殺人事件』は、殺人の被害者と現場の両方がアルファベット順になっていて、犯人がそれを適当に選んだように見えるという、すばらしい想像力にあふれた設定を軸に据え、申し分のない技巧と大胆さを駆使して書き上げられた作品で、これがクリスティーのベスト・スリーに入るのは最初から決まっていたようなものだった。そして、現代の本棚とスクリーンに欠かすことのできない〝シリアルキラー〟ものとしては、これがもっとも初期の作品のひとつなのだが、それもいまではすっかり忘れられている。この本が書かれた当時は、シリアルキラーという言葉は存在すらしていなかったが、これはやはり、クリスティーが自分では意識しないままに、のちの世のミステリ界を席巻することになるモチーフを先取りした例といっていいだろう（先取りのもうひとつの大きな例は、古代エジプトを舞台にした『死が最後にやってくる』で、過去のさまざまな時代を舞台にしたミステリという現代のトレンドの先駆けとなっている）。

それゆえ、『ABC殺人事件』のメモが十五ページ分しか残っていないのは、なんとも残念なことだ。しかも、それが三冊のノートに分散している。もしかしたら、それ以前にもっとおおざっぱなメモがあって、途中で消失してしまったのかもしれない。なぜなら、この作品の入り組んだ構造には念入りな下準備が必要なはずなのに、現在残っているメモは比較的すっきりと整理されているからだ。

凝ったプロットと登場人物の多さのせいで、キャラクター作りがいつもより薄っぺらになっている。三つの別個の殺人事件の捜査がおこなわれ、容疑者も三組いるため、性格描写がいささかおざなりになるのは仕方のないことだ。くっきりと描写されているのは、ポアロのもとで探偵団を結成した面々だけである。

いちばん早い時期のメモはノート66に入っているようだ。「船上の怪事件」「夢」『雲をつかむ死』『もの言えぬ証人』『杉の柩』のプロットのアウトラインと、二十年近くたってから『ポケットにライ麦を』に変身することになるアイディアの芽が含まれたリストに、項目Eとして記されている。

一連の殺人――P、異常者とおぼしき人物の手紙を受けとる。

一人目――ヨークシャーの老女――二人目――ビジネスマン――三人目――若い女（行楽客？）――四人目――マクリントック・マーシュ卿（殺されずにすむ――逃げる）――五人目――ミュリエル・レイヴァリー

彼のハウスパーティの分析――一人が若い女の知り合いだが、鉄壁のアリバイあり

アリバイ崩しが作品のテーマと見せかけて、じつはM・M卿が――彼自身の理由から三番目の被害者を殺害――鉄壁のアリバイの男に罪をなすりつける

この初期のメモのなかにさえ、完成本との類似点がいくつか見られるのは、興味深いことだ。そのひとつとして、最初の被害者を〝老女〟にするというアイディアがそのまま使われている。長篇のなかで二人目の被害者になるのは若い女——〝行楽客？〟——で、場所は海辺のリゾート地。三人目の被害者候補を、長篇では二人目に持ってきたわけだ。最初の二つの殺人は三番目をカムフラージュするため——〝彼自身の理由から〟——という設定も、そのまま残されている。それから、〝鉄壁のアリバイの持ち主〟というのは、アレグザンダー・ボナパート・カストの原型と思われる。もっとも、鉄壁のアリバイが彼の抗弁を支えるわけではないのだが。

それとは対照的に、完成本とのもっとも驚くべき相違は、常軌を逸した殺人鬼の四人目の〝被害者〟だと思われていた人物の正体が暴かれて、犯人だったことが判明する点である。〝被害者が犯人〟というのは、ここで初めて使われたアイディアではない。すでに『邪悪の家』で使われて大きな効果を上げているし、その後、『愛国殺人』『予告殺人』『鏡は横にひび割れて』でも再び使われ、これに劣らぬ驚きをもたらしている。クリスティーが今回なぜそれを捨てることにしたのか、わたしたちには永遠にわからない。彼女の作品全体を見ても、けっして使いすぎのトリックではないのだが。

〝彼のハウスパーティ〟というメモもわけがわからない。『ＡＢＣ殺人事件』のどこにもハウスパーティの場面はない。もっとも、『三幕の殺人』でサー・バーソロミュー・ストレンジの死のハウスパーティの分析をする場面に、このアイディアが使われているようだが。そして、もちろん、この長篇の存在理由(レゾンデートル)のすべてともいうべき〝アルファベット順〟のことは、ここにはひと言も書かれていない。五人目の被害者がミュリエル・レイヴァリーなら、事件がアルファベット順でないことは明らかだ。

ノート20にもプロットのアウトラインが短く書かれていて、ここではすでに、アルファベット順にすることが確定している。物語の鍵となる〝C〟の殺人のディテールも、完成本のものに近くなっている。しかし、それでもまだ大きな違いがいくつかあり、とくにメモの最後の違いが目立っている。

アベリストウィス――老女ミセス・エイムズ――夫に容疑

ベクスヒル――ジャネット・キイラー――ブライズ

コッターズマーチ――モートン・カー――マイケルクラーク卿――大金持ち――弟ルドルフ――協力を熱心に申してる――ジャネット・テイラーの友人もしくは姉も同じく

ドンカスター――ジェームズ・ドン――映画館で殺される

P、電報を受けとる――E――自分で自分に打ったもの――男、釈放される――R

〔ルドルフ〕、次の殺人予告に違いないという

最初の四つの殺人のディテールが作品にそのまま使われている。Aの殺人は老女が被害者で、その夫に容疑がかかる。ただし、場所が変わっている（アベリストウィス〔Aberystwyth〕よりアンドーヴァー〔Andover〕のほうが、綴りも発音も簡単だからだろう！）。Bの殺人は、場所は同じだが被害者の名前が違う。イニシャルがBに変更されていることに注目してほしい。ただし、最終的に選ばれた苗字はバーナード。Cの殺人は設定が同じ——裕福なモートン・クラーク卿（本に出てくるカーマイケルという名前が、興味深いことに、ここでは消されていることに注目してほしい）。被害者二人の兄弟姉妹が協力を熱心に申してる。このアイディアはポアロの協力グループという形で作品に使われている。Dの殺人が起きるのはドンカスターで、映画館がその現場。ただし、本のなかでは、殺される人物の苗字のイニシャルがEになっている。

しかし、ひどく意外なのは、そして、残念ながらいまだに解明されていないのは、Eの殺人に関するメモである。僭越ながら、わたしはこんな推測をしてみた——ポアロが自分自身にABCの手紙を送ったのは、無実であることを彼が確信している容疑者（たぶん、アレグザンダー・ボナパート・カスト）の釈放をかちとるための工作だったのかもしれない。ポアロが犯人を強引に犯行に走らせ、最終章で犯人の正体を暴き立てる場面をさらに

劇的にする、という展開になっていたかもしれない。
ノート66に話を戻すと、さきほど挙げた最初のメモの五十ページほどあとで、この長篇が再び顔を出し、まずは、殺人が起きる場所のリストアップからスタートする。次に、二通りのプロットの検討に移る。その両方に、クリスティーが最終的に採用する要素がいくつか入っている――例えば、〝カムフラージュ用〟の被害者のなかに、強欲な相続人のいる〝本物の〟被害者を交ぜる、といった感じで。最後に、完成本の32章でポアロが五人の協力者に対しておこなう質問がリストになっている。

ABC殺人事件

ポアロ、手紙を受けとる
アベリストウィスへ
ブリクサム、または、ベクスヒル
~~キードル~~、または、クロイドン
~~ダートマス~~ディンズヒル

プロットA
本命の被害者、ルーカス・オスカー・デイン卿——
大きな混乱——遺産は弟のルイス・デインに

プロットB
本命の被害者、ジャネット・キング
三人目の被害者、オスカー・デイン卿——しかし、刺されただけ——致命傷ではない——彼女の遺言書では、全財産をいとこのヴェラに譲るとなっている、ヴェラはオスカーの世話をしている看護婦——ヴェラとオスカー、惹かれ合っている

P、全員に質問をする
ミーガン——真実を熱狂的に求めている——真実を望みますか?——いいえ——あなたは真実を望まないかもしれないが、それをはっきりいうことができる方だ!
ソーラ——C卿の夫人が亡くなった場合、あなたは卿と結婚していましたか
F〔フランクリン〕、飛行機で戻ってこられた日の新聞のニュースを覚えていますか、もしくは、アスコット競馬場の帽子〔についての質問〕
J、若い男の友達はいますか

D〔ドナルド〕、いつ休暇をとりましたか

リストアップされた場所のうち、本のなかでじっさいに使われたのは、ベクスヒルだけである。クリスティーは近くのダートマスを退け、Cの殺人の候補地二つも退けて、最終的に、彼女がよく知っている別の場所（チャーストン）を使うことにした。ポアロとヘイスティングズがやったように、チャーストンまで列車で行くことはいまでも可能で、そこからグリーンウェイ・ハウスまで歩いていける。もっとも、一九三四年の時点では、アガサ・クリスティーはこの家をまだ所有していなかったが。

最終的には、プロットAがメインプロットとして選ばれたが、Bのほうにも、興味深い可能性がいくつか含まれていた。オスカー・ディン卿が命を狙われたように見せかけて、別の人間を殺し、その遺産を相続する女性と結婚して財産を手に入れるというのは、いかにもクリスティーらしい設定で、サプライズ・エンディングになったであろうことは間違いない。この二年前に出版された『邪悪の家』とそっくりなので（こちらでは、ニック・バックリーがいとこを殺して財産を横どりするために、自分自身が襲われたように見せかける）、それがたぶん、退けられた理由だろう。

この時点でもっとも驚かされるのは、クリスティーが数ページ前で、ブリクサム／チードル／ダートマスというリストを作っているにもかかわらず、被害者がアルファベット順

になっていないことである。被害者のあいだに何かつながりを持たせる必要を感じて、そこでアルファベット順が閃いたのかもしれない。閃きの多くがそうであるように、これもみごとなまでにシンプルだ。残念ながら、誰が、もしくは、何がこの閃きをもたらしたのかは、永遠にわからないだろう。ひょっとすると、クリスティーは『ABC殺人事件』の執筆にとりかかる二カ月前の一九三四年九月に出版された『なぜ、エヴァンズに頼まなかったのか?』を思いだしたのかもしれない。この本の24章に、ページを開いたABC鉄道案内のことが出てきて、それが登場人物の居所を突き止める手がかりに使われているのだ。

最後に、『ABC殺人事件』の32章に登場する五つの質問に関しては、ノートのメモのほうもすべて、本と同じ内容になっている。ただし、メアリ・ドラウアーへの質問に異なるイニシャル(〝J〟)が使われている点と、フランクリン・クラークへの〝アスコット競馬場の帽子〟に関する質問が短い曖昧な形になっている点が、本とは違っている。

32章と35章のメインテーマ、つまり、殺人者がキツネのように追われるというテーマは、最後の謎めいたメモに示されている。

キツネのことを少々

「奇妙な冗談」一九四四年七月(『愛の探偵たち』収録)

金持ちのマシューおじさんが死んだとき、遺された財産がほとんどなかったため、二人の相続人は失われた財産のありかを突き止めようとして、ミス・マープルのもとを訪れる。

ミス・マープルものの短篇「奇妙な冗談」がアメリカで初めて雑誌に掲載されたのは、一九四一年十一月だったが、イギリスでの掲載は、その後三年近くたってからだった。犯罪とは無縁の軽い短篇で、失われた宝の手がかりを見つけるという、ただひとつの趣向を中心にしている。わずか二十五ページほどの短いものなので、判じ絵や文字遊びに似た雰囲気を持っている。

遺言書の解釈というテーマは、クリスティーの短篇のいくつかに見られる。ポアロは「謎の遺言書」を扱い、トミーとタペンスは「牧師の娘」（別題「赤色館」）でとりくんでいる。「奇妙な冗談」はミス・マープルもののひとつ。『火曜クラブ』に入っている「動機対機会」もやはり、遺言書にからんだミス・マープルもの。

ノート62の〝マープルもの短篇〟と書かれたページでは、さまざまなアイディアがリストになっていて、それらはいずれ、「申し分のないメイド」「管理人事件」「昔ながらの殺人事件」『動く指』、そして妙なことに、『終りなき夜に生れつく』で使われることになる。その一方で、何度もメモされている二つ――双子、メイド〈本書下巻〈証拠物件F〉参照〉――を含めて、使われずに終わったアイディアもいくつかある。その数ページあとに、「奇妙な冗談」のためのメモが、アウトライン全体も含めて、三ページにわたって続いている。

外国から届いたラブレターが見つかる――手紙が暗号？
違う――貼ってある切手
高齢のヘンリーおじ――死亡――大金を持っていたが、どこかに隠した――黄金？ダイヤ？ 有価証券？ 最期の言葉――片目を軽く叩く――（アルセーヌ・ルパンのような義眼）。デスクのなかを調べる――秘密の引出し、家具職人が見つける――ベティ・マーティンという署名が入ったシエラレオネからのラブレターが何通か

見たことのない高価な切手が封筒に貼ってあるというアイディアは、十五年近くたってから、〈蜘蛛の巣〉で再び使われている。短篇のなかで主要な手がかりとなる〝わたしの片目とベティ・マーティン〟というフレーズは、『火曜クラブ』の「四人の容疑者」の主要な手がかりとまったく同じ使い方である。アルセーヌ・ルパンへの言及は、フランスのこの怪盗紳士を主人公にした、モーリス・ルブランの『水晶の栓』を意味している。
もうひとつ注目すべきは、ガラスの義眼のアイディアそのものである。クリスティーはこの短篇では義眼のアイディアを使わないことにし、代わりに、ヘンリーおじさん（本で

はマシューに変更）が片目を軽く叩くという形にした。ガラスの義眼は、二十五年近くたってから『カリブ海の秘密』で中心的トリックとなるのだが、その原点がここにあることは充分に考えられる。

『予告殺人』 一九五〇年六月五日

地元新聞に殺人を予告する広告が出たため、チッピング・クレグホーンの住人の多くがリトル・パドックスにやってくる。ここはミス・ブラックロックの住まいで、そのあとに続いた殺人ゲームで本当に死者が出てしまう。村の牧師のところに滞在していたミス・マープルが三件の殺人事件を調査する。

『予告殺人』はアガサ・クリスティーの五十作目で（もっとも、この意義ある数字に到達するためには、一九三九年にアメリカだけで出版された短篇集『黄色いアイリス』を含めなくてはならなかった）、これを記念して、一九五〇年六月にロンドンのサヴォイ・ホテルで出版祝賀パーティが開かれた。クリスティーは砂糖衣でカバーデザインを描いたケーキのところにサー・ウィリアム・コリンズと並んで立ち、カメラの前でにこやかにポーズをとった。招待客のなかには、作家仲間のナイオ・マーシュや、当時ウェストエンドで上演中だった〈牧師館の殺人〉でミス・マープルを演じていた女優のバーバラ・マリンが含まれていた。

『予告殺人』はいまなお、クリスティーが書いた探偵小説のなかで最高の作品のひとつとされている。無条件でベストテン入りする資格があるし、ミス・マープルものとしては文句なしにベストワンだ。巧妙なプロットと大胆な手がかりと申し分のないペースを備えた探偵小説として最後の作品であり、五十作目にふさわしい傑作で、中心となるトリックが『火曜クラブ』の「二人の老嬢」、『パーカー・パイン登場』の「シーラーズにある家」（本書下巻8章参照）と共通している。『予告殺人』には大量のメモは残っていないが――合計してわずか十ページ分――最終的なプロットが決定するまでに検討された興味深いアイディアがいくつも書きこまれている。次にお見せするメモはノート35のもので、一九四七年に作成されたアルファベット順リストのJの項目である。

J　殺人が起きる（Hと組み合わせる）
人々がカントリーハウスに集まる　~~もしくはロンドンの晩餐会~~――『そして誰もいなくなった』と同じ――一人一人が前もって考えている――六人について――全員がある人物を殺す動機を持っている――招待された理由はそれ――被害者が最後にやってくる――ホストとホステス（ミセス・ノースのような女性）――しばしば貸しだされている――パーティに、もしくはロンドンの家――番地のところ、塗り直

し

死のお知らせを申し上げます、二月六日月曜日、エナリー・パーク・ガーデンズ二〇番地にて――お知り合いの方のお越しをお待ちします。右ご通知まで――ご供花はご辞退申し上げます

あとでわかるように、作品の舞台がチッピング・クレグホーンに決まるまでに、二、三度変更があったし、招待状の文面にも変更があった。また、完成本には、田舎の家にやってくる人々の一団がたしかに登場するが、全員が殺人の動機を持っているわけではないし、彼らが招かれた理由はこのメモとは大きく異なっている。〝ミセス・ノース〟というのは、おそらく、クリスティーの友人ドロシー・ノースのことだろう(『愛国殺人』で献辞を捧げられている女性)。〝Hと組み合わせる〟という部分は、プロットに関するそれ以前のメモを指していて、作品には使われずに終わってしまったが、二人の娘を持つ離婚した母親がいて、その最初の夫は莫大な財産を相続、という設定だった。娘たちの名前はプリムローズとラヴェンダー、殺人が起きるたびに死体のそばに花が置かれる。そのため、〝ご供花はご辞退申し上げます〟となるわけだ。

ノート31を見ると、われわれの知っているプロットが形作られていく様子がわかる。こ

れらのメモは『バグダッドの秘密』の大量のメモのあいだに、四ページにわたって割りこんでいる。〝五月二十四日〟という日付の数ページ前である。これはたぶん、一九四八年のことだろう。一九四八年十月八日、イギリスでクリスティーのエージェントをしていたエドマンド・コークがアメリカのエージェントに手紙を書き、クリスティーは今年になってからまだ一語も書いていないが、もうじきミス・マープルものの短篇にとりかかる予定でいる、といって安心させている。じつをいうと、クリスティーが執筆に入ったのは一九四九年になってからだった。

以下のメモのなかにある〝要旨I〟というのは、われわれがよく知っているプロットだ。ただし、いくらか微調整が必要とされた――ハリー（本のなかではパトリック・シモンズ）は被害者ではないし、ミス・ブラックロックにとって危険な情報を握っているわけでもない。他の人々の名前が変更されたのを別にすれば、最終的に活字になったプロットがここにそのままメモされている。

しかしながら、本当に興味深い部分は〝要旨II〟である。こちらはプロットも犯人もまったく違っていて、レティシァは犯人ではなく、被害者になっている。

殺人が計画される

レティシィア・ベイリー、朝食の席で新聞を声に出して読む〔レティシィア・ブラックロック〕
エイミー・バッター――彼女をロティと呼ぶ〔ドラ・バンナー〕
青年ハリー・クレッグ――学校時代の旧友の息子か甥？〔パトリック・シモンズ〕
フィリッパ・ロッジズ、下宿人〔フィリッパ・ヘイムズ〕
スタンディッシュ大佐夫妻〔イースターブルック大佐夫妻〕
〝ピンチ〟と〝ポッツ〟〔ヒンチクリフとマーガトロイド〕
エドマンド・ダーリーとその母親〔エドマンド・スウェッテナムとミセス・スウェッテナム〕
ミッチー――メイド？

出来事

要旨I
L〔レティシィア〕、〝機械仕掛けの神〟――妹の〝シャーロット〟、本当は彼女……
妹は〝肺結核〟、レティシィアになりすます

手がかり

1　ベルがこのことを打ち明ける

2　エイミーから、レティではなく、ロティと呼ばれる

〔そのため〕Lは殺しを決意——ハリーを？　スナップ写真で彼は気づいている——（アルバムで見た？）——（ついでに、アルバムが消えるという設定にする？）——（もしくは、写真がはがされる）あとで——表向きはPとEの写真——もしくは二人の母親——フィリッパは〝ピップ〟、Lが気づく。しかし、彼女に対して深い情愛、ピップはHだと推測。L、~~ピップ~~Hを撃つ——のちに毒を盛る——彼女の代わりにエイミーが死ぬ——捜査の輪が狭まり、エンマ、もしくは、エンマの夫を捜すことに——もしくは、フィリッパの夫（行方不明）——ポイント、〝ピップ〟からベルに送られた匿名の手紙（書いたのはL）。

三つ目の騒ぎは、何かを見つけた誰かに迫る危険（フィリッパ？）彼女のボーイフレンド（恋がテーマ？）

エドマンド、もしくは、エドマンドの謎めいた友達

要旨Ⅱ

ミッチーが犯人――彼女が〝エンマ〟――射殺された若者は彼女の夫――これはのちに明らかになる――隠しつづける――ハリーとフィリッパ、二人で不意打ちを計画――二番目の殺人はレティシィア――（ミッチー、ひどく具合が悪い？）毒を飲まされた――ミッチー、疑われる――迫害を受けたポーランドの娘――無愛想――被害妄想――のちに殺されかける――レティシィア、新しい遺言書を作る？

ハリーとフィリッパの計画した不意打ちがどんな働きをするかについて、くわしい記述はない。これを殺人ゲームの一部にする予定だったなら、記述が残っていてもいいはずだが。われわれには永遠にわからないだろう。

コリンズ社に宛てた日付のない手紙のなかで、クリスティーはゲラのことと、〝Lotty〟、〝enquiries〟の綴りのことをとりあげ、ときには不正確な綴りのままで活字にすることが重要なのだと念を押している――〝プロットの鍵になるのはここなのです〟。これに関するメモは、ノートに一回しか出てこない。ノート30に次のような形で出ている。

アイディア

inquire と enquire——両方が同じ手紙のなかに（手紙の一部は偽造）

クリスティーがこのアイディアを『予告殺人』にどのように組み込んだかを見てみると、単なる偽造よりはるかに巧妙な形をとっていることがわかる。18章のほぼ連続するページに、同一人物が書いたはずの手紙とメモを登場させ、それぞれに異なる綴りを入れることによって、クリスティーは読者に挑戦している——おかしな点を見つけてごらんなさい、それが殺人犯の正体を示す大きな手がかりなのよ、と。これは現在に至るまで、クリスティーのもっとも大胆不敵な手がかりのひとつとされている。両方の綴りを同じ手紙のなかで使ったとしたら、いささか大胆すぎたかもしれない。クリスティーが採用した手法のほうがはるかに狡猾だ。

クリスティーのノートには、『予告殺人』のディテールに関するメモが少ししかないが、幸いなことに、夥（おびただ）しい数の手書きメモが入ったタイプ原稿の現物——その存在が知られているごくわずかな原稿のひとつ——が残っている。原稿にはさみこまれた手書きの紙もあって、そこでは名前の変更があれこれ検討されている。村の名前は、もとのチッピング・バーネットの代わりに〝チッピング・バートン？　チッピング・ウェントワース？〟、警部の名前は、もとのハドソンの代わりに〝ケアリー？　クラドック？〟、そして、被害者の名前は、もとのルネ・デュシャンの代わりに〝ヴィーナー？〟。広告のもとの文面である〝殺人お知らせ申し上げます、十月十三日金曜日、午後六時より、リトル・パドックスにて。お知り合いの方のお越しをお待ちします。右ご通知まで〟にも修正が加えられている。それから、このタイプ原稿についている題名は〝A Murder has been Arranged〟(殺人の手配完了)という、少々野暮ったいものである。作品全体に〝レティシィア〟という名前が出てくるが、妙なことに、ひとつ残らず手で修正されて、シンプルかつ正確な〝ミス・ブラックロック〟に変わっている。ここから推測するに、前出のメモに「妹の〝シャーロット〟本当は彼女」という項目が含まれてはいるが、この入れ替わりはあとで閃いたアイディアだったのではないだろうか。クリスティーはおそらく、本当はシャーロットである人物を〝レティシィア〟と呼ぶのは公正さを欠くことだと考えて、正確ではあるが曖昧なミス・ブラックロックという呼び方に修正したのだろう。

ほぼ完璧に近いこの探偵小説のなかで、ひとつだけ違和感を覚えるのは、リトル・パドックスのキッチンで迎える不自然な大詰めの場面である。ミス・マープルがこの場面で、それまで知られていなかった腹話術の才能を披露している。ミス・マープルもののほとんどに共通する特徴を挙げると、それは劇的な最終章である。『予告殺人』『牧師館の殺人』『動く指』『魔術の殺人』『パディントン発4時50分』『カリブ海の秘密』『バートラム・ホテルにて』『復讐の女神』『スリーピング・マーダー』——そのすべてが芝居がかったアクション・シーンで山場を迎え、たいてい、犯人が無謀にもさらなる殺人に走ろうとして正体をあらわしてしまう、という展開になっている。その理由は、ほとんどの作品において、ミス・マープルの推理はややもすると立証困難で、直感に頼っている部分が大きいことにある。直感がいくら的中しようとも、法的証拠と同じではない。奇妙なことに、『予告殺人』は他のどの作品よりも証拠が豊富だし、ミス・マープルのずば抜けた洞察力を補完する手がかりも無数にある。デイム・アガサについてのすぐれた研究書『欺しの天才』のなかで、ロバート・バーナードが指摘しているように、『予告殺人』のクライマックス・シーンでミス・マープルが掃除道具の戸棚からあらわれるのは、偉大な探偵という彼女の名声にとってプラスになることではない。この難点を消そうと思えば、わずか二ページの短いシーンぐらい、簡単に訂正できただろうに。

ネタばれ注意！

『予告殺人』『動く指』『殺人は容易だ』『エッジウェア卿の死』〈ねずみたち〉〈三匹の盲目のねずみ〉

『予告殺人』は探偵小説としての卓越したプロットに加えて、戦後の窮乏からようやく抜けだしつつあるイングランドが説得力のある筆致で描きだされている。そこはも

はや、執事やカクテルパーティの世界ではない。晩餐のために正装することも、メイドを尋問することもない。週末の招待客はいないいし、オペラ鑑賞の夜がアリバイを提供してくれることもない。配給と物々交換、脱走兵と外国からの〝援助〟、配給手帳と身分証明書といったものの影が作品全体を覆っている。それどころか、手がかりのいくつかはまさにこうした環境から生まれている――ずいぶんと贅沢に思われるセントラル・ヒーティングの使い方、犯人の正体を暴露する綴りの入ったメモ、物々交換をするために近所の家への出入りが自由であること。10章の4でも、ミス・マープルとクラドック警部のあいだで、古い秩序の変化について意味深長な会話がかわされる。

「十五年も前だったら、誰だって住んでいる人をよく知っていましたわ……だけど、もうそんなわけにはまいりません……だから、もう誰が誰であるのか、さっぱりわかりません……」（『予告殺人』二二一～二二二ページ／田村隆一訳）そして、これもまた、クリスティーのいつもの巧妙な技によって、プロットに組みこまれている。

この長篇で注目すべきもうひとつの点は、控えめな描写ではあるが、ミス・ヒンチクリフとミス・マーガトロイドというレズビアンのカップルが出てくることだ。クリスティーの長篇には、これまでも同性愛者がわずかながら登場していたが、いずれも、滑稽な人物（『動く指』のミスター・パイや、『殺人は容易だ』のミスター・エルズワージー）か、危険な人物（『エッジウェア卿の死』のギリシャ神のごとき執事や、その数年後に〈ねずみたち〉に登場したアレック・クレグホーンのカップルはごく自然な感じに描かれていて、村人たちの目には平凡な二人として映っている。マーガトロイドが殺されたあとの場面は感動的だ。この三年前に書かれた〈三匹の盲目のねずみ〉に出てくるクリストファー・レンの描き方に比べると、格段によくなっている。レンはクリスティー作品に登場する人物のなかでもっともホモセクシャルっぽいタイプで、オリジナルの脚本には〝なよなよした声〟の持ち主と書かれている。『予告殺人』の二年後に書かれた劇場版の戯曲のほうも、「警官っていうのは、みんなすごくハンサムだな」（第一幕第二場）というセリフがあったりして、まったくトーンダウンしていない。『予告殺人』の出版後ほどなく、『マギンティ夫人は死んだ』の構想を練りはじめたクリスティーは、容疑者のうち二人を〝一緒に住んでいる若者二人〟にするつもりでいた。もっとも、このアイディアは捨ててしまったが。

〈蜘蛛の巣〉 初演一九五四年十二月十四日

外交官の夫が政府高官を連れて帰宅する予定時刻の少し前に、客間で他殺死体を見つけたクラリサは、警察を欺くための計画を立てる。屋敷に滞在中の三人の客に助けを求める。

殺人犯が思ったより身近にいることには気づきもせずに。

〈蜘蛛の巣〉のメモは二十ページ分あって、すべてノート12に入っている。クラリサという登場人物は、女優マーガレット・ロックウッドに頼まれて特別に書いたもので、クリスティーが創りだしたコメディタッチの人物のなかで最高のキャラクターだ。芝居そのものもコメディタッチのスリラーで、両方の要素が豊かに含まれて、魅力ある組み合わせになっている。同時に、〝誰がやったのか(フーダニット)〟と〝うまく窮地を抜けだせるか〟をみごとに融合させている。最後の数分になって、意外な犯人の正体が暴かれて、衝撃の暴露の名手というクリスティーの名声を確固たるものにしているし、サブプロットにも予想外のものが多数用意されている。〝うまく窮地を抜けだせるか〟はクリスティー作品に頻繁に登場するテーマではなかったが、〈招かれざる客〉〈評決〉〈ねずみたち〉の三つの戯曲も、程度の差はあれ、これがテーマになっている。

メモの最初のページはこう始まっている。

〈蜘蛛の巣〉第三幕　ローラ、死体を見つける？

クリスティーはいつもの方式で、そのあとに続くさまざまなプロット上のポイントにアルファベットをつけているが、最初に〝第三幕〟と書いてあるにもかかわらず、すべてが第三幕で使われているわけではない。そのいくつかは、わたしが注をつけたように、第二幕第二場に顔を出している。このことから、幕の並べ替えがおこなわれ（たぶん、舞台化の途中で）、先ほどのシーンはもともと第三幕に入っていたのだろう、という推測が成り立つわけだ。メモのなかには、意外な点はひとつもないし、予想外のプロットの展開もない。芝居の筋が正確に書き記されている。サー・ローランド・デラヘイがメモでは〝サー・M〟となっているのを別にすれば、登場人物の名前までが一致している。第一幕と第二幕のメモが見当たらないのは、やはり歳月がもたらした損失であろう。

ポイント

A　ミス・ピーク、空いている部屋のベッドに

B　ミス・ピーク、あらわれる――「死体がなくなったんです」――ウィンクする

C　サー・Mがいう――「発育不全なんじゃないか」〔第一幕〕

D　警部とサー・M――後者が麻薬の可能性を持ちだす〔第二幕第二場〕

E　警部、デスクのなかで現実に何かを見つけたことをほのめかす〔第二幕第二場〕

F　クラリサ（サー・Mに）あなたたちの誰かが動かしたの？　いいや――みんな、ダイニング・ルームに集まっていた

G　Cーがサー・M（もしくはヒューゴー）に骨董屋の名前を尋ねる

H　本――サー・Mがいう「警部が目を通しているのは何か――紳士録」〔第二幕第二場〕

I　サー・M、友達と切手にまつわる話を、もしくは、サインの入った封筒にまつわる話をする

J　クラリサ、エルジンに身元保証書のことを尋ねる〔第二幕第二場〕

K　ピパが入ってくる――大あくび――空腹

L　クラリサ、ミス・ピークに「あなたがブラウンさんなんでしょ」と詰め寄る

ピパの登場シーンでもっとも重要なのは、その場にジェレミーがいるかいないかという点だ。あとで考えてみれば、その理由は明らかなはず。次のシーンは第一幕に出てくる。

ピパのシーン

1　秘伝の本、ロウソク、食べられる？　その場にいる者（サー・M、ジェレミー？　クラリサ？）

2　秘密の隠れ家――死体を隠すのに便利な場所。その場にいる者、ジェレミーと？？？〔原文のまま〕

3 サイン――ピパ、それらを見せる――貝殻をちりばめた箱にしまう
4 次に切手の話をする――その場にジェレミーはいない――他の者については適当に

クリスティーの書類のなかから、おもしろいものがひとつ見つかっている。一九六五年と書いてあり、この戯曲を映画化するならどんな形がいいかについて論じている。クリスティー自身が書いたという確証はないが、見たところ、〝非公式〟のもののようだ。つまり、一九六〇年の映画化に直接関わっていない者が書いたように思われる。芝居の幕開け場面より前の出来事がいくつか描かれている――クラリサとヘンリーの出会い、麻薬を必死に求めるミランダ、ついには離婚、そして再婚、クラリサを受け入れるピパ。また、切手を貼った封筒がミスター・セロンに売却されるシーンも入っている。

〈蜘蛛の巣〉では、それ以前の作品のアイディアがたくさん使われている。

ネタばれ注意！

〈蜘蛛の巣〉「16号だった男」「クラブのキング」「奇妙な冗談」『白昼の悪魔』

『五匹の子豚』「安アパート事件」『予告殺人』『マギンティ夫人は死んだ』『邪悪の家』

＊空いている部屋のベッドの頭のほうに、ミス・ピークが死体を真横に置いて隠す。『おしどり探偵』の最後に登場する短篇「16号だった男」でも、悪漢が同じことをしている。

＊紛失したトランプのカードは「クラブのキング」で使われたトリックである。

＊莫大な価値を持つ切手が封筒に貼ってあるというアイディアは「奇妙な冗談」にも出てくる。

＊ピパが蠟人形を作るのは、『白昼の悪魔』でリンダ・マーシャルがやったことと同じ。

＊ピパが犯人だと思いこんで、クラリサが殺人の罪をかぶろうとするのは、『五匹の子豚』でカロリン・クレイルが妹アンジェラのためにとった行動を思わせる。

＊「安アパート事件」でも、然るべき相手に格安で不動産を貸すという策略が使われている。

＊名前を含む手がかりをさらに巧妙に変化させたものもある（『予告殺人』『マギンティ夫人は死んだ』『邪悪の家』の項参照）。

＊第二幕第二場に『そして誰もいなくなった』への、そして、第一幕に『書斎の死体』への、ひそかな言及がある。

『死者のあやまち』一九五六年十一月五日

ミセス・オリヴァが、ナス屋敷の敷地でおこなわれる〝犯人探し〟の催しのお膳立てをする。〝死体役〟が本物の死体になってしまったとき、その場に居合わせたエルキュール・ポアロは、誰が女学生のマーリン・タッカーを殺したのか、レディ・フォリアットの身に何が起きたのかを突き止める。

『死者のあやまち』が出版されたのは一九五六年十一月だが、出版に至るまでに二年間のややこしい事情があった。一九五四年十一月、クリスティーのエージェントがエクセターの教区財政委員会に手紙を出し、自分のところのクライアントがチャーストン・フェラーズ教会（クリスティーの地元の教会）の内陣にあるステンドグラス窓を見たがっている、その謝礼として、専用の基金を作り、そこへ短篇一篇の印税を寄付したいといっている、と伝えた。この申し出に、教区委員会も教会も大喜びだったので、エージェントは一九五四年十二月三日付けの手紙のなかで、〝「The Greenshore Folly（未刊）」という題の中篇に対して雑誌社から支払われる印税を、ミセス・マローワンが基金に寄付するつもりでいる〟ことを確約した。印税額は約千ポンド（現在の貨幣価値にして一万八千ポンド）と見積もられていた。

一九五五年の三月に入ると、教区委員会では、原稿が首尾よく売れたのかどうかを気にしはじめた。ところが、誰もが困惑したことに、三十五年間で初めて、原稿を雑誌社に売るのが不可能になった。問題は作品の長さにあった。これは中篇、雑誌のマーケットからすれば、長篇でもなく、短篇でもない作品というのは、扱いがむずかしかったのだ。一九五五年六月中旬、その作品を売るのは中止と決まった。〝いい素材がたくさん詰まっているから、次の長篇に使うことができそう、とアガサが判断した〟ためだった。埋め合わせとして、教会のために別の短篇を書くことで話がまとまった。題名は、法的な理由によって、前回と同じ「The Greenshore Folly」。〝ただし、出版のさいには別の題名になるはず〟だった。というわけで、雑誌社に買いとりを拒まれたオリジナルの中篇「The Greenshore Folly」は装いを新たにして『死者のあやまち』に生まれ変わり、クリスティーは教会の財源を豊かにするために、「グリーンショウ氏の阿房宮（Greenshaw's Folly）」という似たような題名で、もっと短い作品を書き上げた。「グリーンショウ氏の阿房宮」が初めて雑誌に掲載されたのは一九五六年で、その後一九六〇年に、短篇集『クリスマス・プディングの冒険』に収録された。

『死者のあやまち』関係のメモはノート45と47に入っている。誕生までの経緯からして、メモが中篇のものか、それとも、長篇のものかをノートから判断するのはむずかしいが、どうやら、ノート47のメモがオリジナルの中篇のもので、ノート45が手直しされたバージョンのようだ――ノート47では基本的な点が検討されている。作品がすでに書き上がっているのなら、その必要はなかったはずだ。クリスティーは十五ページにわたって「The Greenshore Folly」のプロットの概略を書き記していたので、それを膨らませるさいには、出来上がっている場面に手を加えていくだけでよかった――中篇バージョンのおかげで、プロットはすでに出来上がっていた。

ノート47には基本的なシチュエーションがざっと記され、いくつかのアイディアも出ている。そのすべてが、多少変更を加えたうえで(自然保護協会主催のお祭は園遊会に変更、被害者はボーイスカウトからガールガイドの子に変更)新しい作品に使われることになった。

ミセス・オリヴァ、ポアロを呼び寄せる――グリーンウェイに滞在中――仕事で――ここで開催される予定の自然保護協会主催のお祭の余興として、宝探しか犯人探しのお膳立てをする――

〝死体役〟はボーイスカウト、ボートハウスのなか――ボートハウスの鍵を見つけるには、犯人探しクイズの〝手がかり〟を追わなくてはならない
もしくは、大木が根もとから掘り起こされて阿房宮が建てられた場所に、本物の死体が埋まっている

いくつかのアイディア
ハイカー（若い女？）となりのホステルに宿泊――じつは、レディ・バナーマン〔スタッブス〕

この作品が最初からグリーンウェイを舞台にすることになっていたのは、意義深いことである。クリスティーが個人的に企画したものであり、個人的に崇拝する場所に捧げようとして書いた作品だったため、ローカル色を出すことに心を砕いている。以前『五匹の子豚』ですでにグリーンウェイを使い、二年後には『無実はさいなむ』で庭園の先にある舟着場を使うことになるが、『死者のあやまち』では、クリスティーの愛するグリーンウェイのことが広範囲にわたって詳細に語られている。屋敷そのものや、ミセス・フォリアットが語る歴史のほかにも、番小屋、舟着場、ボートハウス、砲台庭園、テニスコート、と

なりのユース・ホステルが登場する。そして、邸内の間取りは、ポアロが泊まった部屋や廊下の向かいのバスルームに至るまで、現実の屋敷そのままである。ミセス・フォリアットとハティが立ち話をする玄関近くのマグノリアの木、大きな鉄の門までカーブを描いて続く車寄せ、砲台庭園とボートハウスを結ぶ曲がりくねった急な小道――どれもみな、いまだに実在している。

次のメモはすべてノート47のもので、『死者のあやまち』の土台になっている。犯罪の動機として、クリスティーはバージョンBを使うことに決めた。また、レストレイドという名の人物は、長篇にも中篇にも登場しない。

誰が誰を殺そうとするのか

A　妻、金持ちのP・レストレイドを殺そうとする、愛人がいる――どちらも貧乏

B　若妻、彼女がすでに結婚していたことを知っている誰かに気づかれる――脅迫?

C　P・レストレイド――前妻、死んでいない――（南米?）――妻の妹が彼に気づく

ホステルにチェコの娘?　〝不法侵入してきた〟ホステルの娘に出会ったことを、Pが話す――二人の口論する姿が誰かに目撃される（だが、声は聞かれていない）

──彼は彼女を殺そうと決意

Dミセス・フォリアット──薄ぼんやり──それとも、若いほうのフォリアットがホステルに？

ミセス・フォリアット、屋敷を建てた一族の人間──屋敷は現在、サー・ジョージ・スタッブスのもの、若い美人の妻あり──チリ出身？──母親はイタリア人──クレオール？──サトウキビ畑を持っていた裕福な一族──娘は頭が鈍い。サー・G、軍との契約で財をなしたとの噂──じつをいうと、サー・G（貧乏）は妻を殺して遺産を手に入れようと企んでいる

次のメモにある〝グリーンショア〟への言及も、ノート47に入っているのが中篇用に書かれたオリジナルのメモであることを裏づけているように思われる。

サー・ジョージ、ハティ・デローランと結婚──彼女は精神に欠陥──彼は〝グリーンショア〟の屋敷を購入、妻とともに越してくる──阿房宮の建設が計画中だった夜──彼女が埋められる。翌日から建設が始まる──別の女がレディ・デニスン〔スタッブス〕になりすます──使用人たちは気づかない──二人は散歩に出る──

―別の少女が戻ってくる（ボートハウスから）。その後一年間、サー・ジョージとレディ・デニスン夫妻は招待客のあいだで有名に。やがて、レディ・Dが姿を消すときがくる――ロンドンとこちらを行ったりきたり――学生に化けて一人二役

サリイ・レッグは長篇に残っている。名前がペギーからサリイに変わった理由については、左のメモのなかでクリスティー自身がはっきりさせている。変えて正解だった！

決めるべき点

A　最初に被害者に選ばれるのは誰？　ペギー・レッグ？　〝義足の人（ペグ・レッグ）〟を連想しそう？

B　モーリーン〔マーリン〕は何を見たのか、もしくは、やったのか――祖父が死体の話をし、サー・ジョージは本当はジェイムズではないのか、といっているのを聞いた？

それとも

こそこそと嗅ぎまわる？　いろいろな出来事を嗅ぎまわるつもり？　レディ・Sがハイカーの服に着替えるところを目にする？

それとも

サー・ジョージとパートナーが一緒にいるところを見る?

モーリーンは漫画に何を書くのか
ミセス・Oの手がかり?

ボートハウス?

ハウスボート?

漫画に残されたモーリーンの走り書き――G〔ジョージ〕S〔スタッブス〕YHAの女の子と出かける

ノート45から抜粋した次のメモには、ページ番号が入っている。たぶん、「The Greenshore Folly」のゲラのページを示しているのだろう。そこに出ているコメントは、オリジナル中篇を膨らませるに当たってのクリスティー自身の覚書である。クリスティーはまた、ミセス・オリヴァの犯人探しゲームに使う細かい点を検討し、犯行の午後の時間の流れを自分のために整理している。

P119――ミセス・Fの思い出話を入念に
P21――お茶の時間の客間の場面、もっともっと入念に
P24――〝ハティ〟のあとでレッグ夫妻に移る

次の出来事の順序を変える
P38　朝食会の描写を入念に――
P47　マイケル・ウエイマンへの事情聴取はたぶん、テニスコートの休憩所で
運勢占いのテントについてのポイントをはっきりさせること
P61　死体発見後のくわしい描写をもっとふやす
ミセス・オリヴァのプラン
凶器
リボルバー
ナイフ
物干しロープ
足跡（コンクリートに）
バラかグラジオラスか球根のカタログ？　印をつける？
靴が片方

スナップ写真

誰？　被害者
なぜ？　凶器
どうやって？　動機
どこ？　時間
いつ？　場所

午後の概要

四時　P・L〔ペギー・レッグ〕、テントを出る

四時五分　H〔ハティ〕、お茶を持っていくようミス・Bにいう

四時十分　H、テントに入る――裏から出てあずまやに入る――若い女の服に着替える――ボートハウスへ行く

四時二十分　マーリンに声をかける――絞殺し、それから屋敷に戻って、イタリア人の若い女として姿を見せる――亀の若者〔亀の模様のアロハシャツを着た若者で、犯人探しゲームの参加者〕

四時三十分　オランダ人の若い女と一緒に立ち去る、リュックを背負って。もしく

は、亀と一緒に立ち去る——オランダ人の女はダートマスへ——イタリア人の女—
—プリマスへ

証拠物件D　ノートのなかの実話犯罪

「最近は、現実のいろんな未解決な事件を読んでみることを仕事にしている。自分の解決法をそれらの事件に適用してみるわけだ」
（『複数の時計』二三九ページ／橋本福夫訳）

アガサ・クリスティーは現実に起きた二件の殺人事件について記事を書いている。両方ともクリスティー自身の作品によく似た事件である。一九二九年八月十一日の《サンデー・クロニクル》紙に掲載された〝クロイドンの悲劇の一家〟では、その当時に起きて、いまなお解決していないクロイドン毒殺事件をとりあげている。シドニー家の三人が数カ月のうちに次々と殺された事件で、犯人が家族の誰かであることはほぼ間違いない。そして、一九六八年十月には、チャールズ・ブラヴォ殺害事件について書かれたクリスティーの短い記事が《サンデー・タイムズ》紙に掲載された。これもまた、家庭内で起きた毒殺事件である。クリスティーのノートには、架空の犯罪とその犯人たち以外に、現実に起きた殺人事件のこともいくつか記されている。その一部はとても有名だが、あとはほとんど知られていない。

リジー・ボーデン

ノート5、17、35に、悪名高きリジー・ボーデンの名前が出てくる。最初から順に、『象は忘れない』『魔術の殺人』『五匹の子豚』のプロットを練っているときのものだ。一八九二年、マサチューセッツ州フォール・リヴァーの自宅で、アンドリュー・ボーデン夫妻が惨殺された。娘のリジーが殺人罪で裁判にかけられたが、無罪放免となった。現在に至るまで、有罪か無罪かが論争の的になっている。次のメモを見ればわかるように、クリスティーを惹きつけているのは、ボーデン事件（家庭内の殺人で、犯人は十中八九家族の一人と思われる事件）に似た設定を使うというアイディアなのだろう。

もしくはリジー・ボーデンの一家――父親と母親が殺される――娘二人――献身的な義理の姉――少年（甥）――ハリエット、アイルランド人メイド

野心的な女――金持ち（本当はリジー・ボーデンのタイプ）三回目の結婚

有罪でないなら、犯人は誰？　家のなかには他に四人（もしくは五人）いた（ボーデン事件に少し似せる？）

コンスタンス・ケント

ノート5と6を見ると、『象は忘れない』『復讐の女神』のプロットを考えている途中で、この悪名高き事件に触れた箇所がある。コンスタンス・ケントは一八六〇年六月十三日に母親違いの三歳の弟を殺し、二十年間服役した。一八八五年に釈放されている。

コンスタンス・ケントのようなタイプの話――少女エマ――家庭教師が大好き――母親死亡――エマを溺愛しているように見えた家庭教師が今度は辛く当たる

コンスタンス・ケント事件――大好きな家庭教師がいた――母親が死ぬ。家庭教師、父親と結婚。男の子ができる――コンスタンス、とても可愛がる――男の子、屋外便所で発見――殺されて

クリッペンとル・ニーヴ

ノート43を見ると、『マギンティ夫人は死んだ』に登場するエヴァ・ケインが、悪名高

きドクター・クリッペンの愛人だったエセル・ル・ニーヴに例えられている。ノート56のクリッペン自身に関するメモは、犯行から数年後に死体が発見されるという設定だけ考えて、結局書かずに終わった作品を準備していたときのものである。クリッペンは妻のコーラを殺害した罪で、一九一〇年に絞首刑に処せられた。自宅地下室に埋められていたコーラの死体が発見されたのである。もっとも、最近の法医学の発達によって、この判決に疑問が投げかけられている。

ジャニス〔本ではエヴァ〕・ケイン——かつてのエセル・ル・ニーヴ——夫——ケインは彼女が熱愛する冷酷な弁護士

のちに殺人が発覚する——（五年）（二年）クリッペンのように？

チャールズ・ブラヴォ

ノート27と36に、『第三の女』と『親指のうずき』のプロットを考えている途中で、迷宮入りとなったこの殺人事件に触れている箇所がある。一八七六年四月、チャールズ・ブラヴォはフロレンス・リカルドと結婚した四カ月後に、アンチモンの毒で苦悶の死に至った。その後の検死審問では、証拠不足のため犯人の特定ができなかった。クリスティーはここでもまた、事件の基本的な状況を出発点にしている。

アーサー（お人好しの夫）――カトリーナ――疑り深い、金に執着――夫の世話　愛人がいる……薬品を調べる――もしくは医者――ブラヴォを骨組みに

ブラヴォのアイディア――女（未亡人）が医者と浮気するという設定が必要。女は医者と別れる――医者は妻のところに戻る――女は再婚

最後に、ノート2に入っている『カリブ海の秘密』のメモのなかに、本には使われることのなかったミス・マープルとパルグレイヴ少佐の会話がある。少佐が自分の知っている殺人者たちを話題にし、世間の注目を浴びた英国の殺人事件のなかから四人の殺人者を挙げる。

いや、いや――ちゃんとパターンがある――スミス――アームストロング――バック――ヘイグ――最初の殺人が露見せずにすんだため、自分はとても頭がいいから何をやってもうまくいくと思ってしまう

三人の〝妻〟を溺死させたジョゼフ・スミスは、有名な〝浴槽の花嫁〟事件の犯人で、一九一五年八月に絞首刑になった。ハーバート・ラウス・アームストロング少佐は、一九二二年五月、妻を殺した罪で有罪判決を受けた。もっとも、逮捕されたときの容疑は仕事上のライバルに対する殺人未遂だった。一九三五年九月、ドクター・バック・ラクストンは妻とメイドを殺害して、死体をバラバラにした。彼の有罪判決は革新的な法医学に負うところが大きかった。ジョン・ヘイグ――硫酸風呂殺人鬼――は六人を殺した罪で一九四九年に絞首刑になった。

6　車中の娘　乗物の殺人

「汽車をお信じなさい、マドモアゼル。汽車を走らせているのは神（ル・ボン・デュ）ですからね」

（『青列車の秘密』四四一ページ／青木久恵訳）

ネタばれ注意！
「ナイル河の殺人」「コーンウォールの毒殺事件」『雲をつかむ死』『ヒッコリー・ロードの殺人』「グリーンショウ氏の阿房宮」「船上の怪事件」『ナイルに死す』『もの言えぬ証人』『死との約束』『パディントン発4時50分』

作家生活全体を通じて、さまざまな乗物がクリスティーに魅力的な舞台を提供した。早くも二作目の『秘密機関』で、ルシタニア号の沈没が複雑なプロットの出発点になっているし、二年後の一九二四年に出版された『茶色の服の男』は、主に船上で物語が進んでいく。もっとも有名なクリスティー作品のいくつかは乗物を舞台にしている——列車（『オリエント急行の殺人』）、船（『ナイルに死す』）、飛行機（『雲をつかむ死』）。このタイプの舞台装置を使う利点は明白だ。容疑者を限定するのにもってこいの手法である。スコットランド・ヤードと、プロットをだめにしかねない場合もある捜査上のノウハウを締めだすことができる。そして、アガサ・クリスティーにとっては、個人的経験を存分に活かすことができる。また、当時はカントリーハウスやオフィスや村が使われることの多かった舞台背景に変化をもたらすのにも役立っている。

「ナイル河の殺人」一九三三年七月（『パーカー・パイン登場』収録）

蒸気船〈ファユーム〉号の船上で、レディ・グレイルがパーカー・パインに近づき、夫に毒殺されかけていると訴える。だが、それは作り話にすぎないのだろうか？

「ナイル河の殺人」のメモはノート63に入っている。

妻、P（……もしくは牧師）に打ち明け話をする

夫が自分を毒殺する気ではないかと疑っている。彼女には財産がある——夫とPが対決——本当は夫が被害者——妻は犯罪の道具——姪に関心を寄せている青年の

企み――叔母に言い寄る

この短篇の死の場面は『スタイルズ荘の怪事件』を彷彿させるし、全体のプロットは「コーンウォールの毒殺事件」と酷似している。あまりによく似ているので、右のメモも「コーンウォールの毒殺事件」のものではないかと思いたくなるほどだ。しかし、「ナイル河の殺人」の妻が金持ちなのに対して、「コーンウォール……」のミセス・ペンジェリーには財産がないので、わたしはこのメモが異国を舞台にしたバージョンのものに違いないと信じている。

このメモには、注目すべき事柄がひとつ含まれている。クリスティーがこの短篇をエルキュール・ポアロものにするつもりでいたことだ(パーカー・パインの場合は、〝P・P〟という略語を使っていた)。結局は、パーカー・パインものとして出版された。ポアロを使うのをやめたのは、たぶん、十年近く前の「コーンウォールの毒殺事件」に彼が登場しているからだろう。

また、ノート63のさらに二ページ分のメモからは、クリスティーがこの作品の舞台化を考えていたことが窺える。

戯曲　PPもの、「ナイル河の殺人」

レディ・グレイル——きつい性格——四十五歳
サー・ジョージ——五十歳、温厚——スポーツマン
ミス・マクノートン——付添い看護婦
パム——愛らしい、姪
マイクル——サー・Gの秘書
クロウソーン医師

第二幕
彼女が毒殺される——ミス・M、サー・Gのしわざだと思う——医者が主導権をとる——サー・Gの服からストリキニーネが見つかる——ミス・M、大きなショック

第三幕
若い人々——パムがミス・Mの犯行だという——医者に知らせる——医者、パムをなだめようとする——マイクルと医者

このメモには、短篇のあらすじがそのまま書かれているだけで、三十ページ足らずの短い作品を戯曲化するのに必要な脚色はいっさいなされていない。その理由はノートの前後

のメモから推測できそうだ。クリスティーは戯曲のシナリオを他にもいくつか考えていたのだ。このメモの前後に、『三幕の殺人』「砂にかかれた三角形」「シーラーズにある家」、それから、オリジナル戯曲〈Command Performance〉の舞台化のための、同じような短いアウトラインが記されている（どれも実現しなかったが）。そして、同じノートの前のほうと、後のほうに、『ナイルに死す』の舞台化のために作られた詳細なメモがある。おもしろいことに、『三幕の殺人』以外はすべて、作品の舞台が外国だ。

『雲をつかむ死』 一九三五年七月一日

英仏海峡の上空を飛ぶパリ発の旅客機の機内で、マダム・ジゼルが誰も知らないうちに謎の死を遂げ、ポアロはこの事件に立ち向かうことになる。なんと、容疑者にされてしまったのだから。ポアロの調査には、パリ訪問、吹矢筒、探偵作家、黄蜂がからんでくる。

この作品のメモはすべてノート66に入っていて、分量は三十ページ、魅力的な見取図もついている。メモの内容は長篇の展開とほぼ同じだが、次に示すように、多少異なった点もいくつかある。妙なことに、この作品の最大の手がかりであり、ポアロの注意を犯人に向けるきっかけとなった、きわめて重要な乗客の所持品リストが、このメモには含まれていない。

一ページ目には、プロットが簡潔に書いてある。

機内の殺人――細く尖った刃のついた特別製のナイフ。男が立ち上がる――洗面所に入る（ブルーのセーター）白衣で出てくる――スチュワードのようにせかせか歩く――身をかがめ、メニュー表のことで話しかけ、男を刺す――同時に小さくくしゃみをする――洗面所に戻る――ブルーのセーターに着替えて席に戻り、再び腰をおろす

メモの最初から犯人は男となっていて、たぶん驚くべきことだと思うが、彼が着ているブルーのセーターまでが作品にそのまま使われている。しかし、小さなくしゃみ（『牧師館の殺人』に使用）は退けられ、被害者は女性に変更された。

あとのほうのページには、さらに詳細なプロットが記されている。

2章

スチュワード――死体発見――医者はいないかと尋ねる。B〔ブライアント〕が名乗りでる

彼の肘のところにH・P――殺害手段――デュポン父子が指摘――ミスター・ライダー同意――P、針を拾う――ミスター・クランシイ――吹矢筒――矢毒
クロイドン空港着陸――全員、ファーストクラスに足止め――警部――私服――もう一人の警部――ジャップ――
おお、エルキュール・ポアロさん――もしくは、「あれは誰だ?」とスチュワードに尋ねる――身覚えのある人だ、などなど、という。

数ページ前で、吹矢筒、もしくは、矢が凶器として検討されている。しかし、典型的なクリスティー流の創意工夫により、それぞれ別の作品で刺殺の凶器として使われることになる。

矢が刺さる
吹矢筒から放たれた針(毒)が刺さる

これはプロットのアイディアを記したリストのCの項に出ている。同リストのHの項は〝機内の殺人〟となっている。クリスティーは『雲をつかむ死』のプロット作りにとりかかったとき、吹矢の針のアイディアを使うことにした。一方、矢のほうは何年もたってか

ら「グリーンショウ氏の阿房宮」で使われている。『マギンティ夫人は死んだ』のなかで、ミセス・オリヴァは、作中の間違いを指摘するために手紙をよこす物知り顔の読者のことを痛烈にぼやいている。彼女の長篇『猫は知らなかった』のなかで使われた吹矢を例に挙げてみせる。「吹矢の筒が一フィートだなんて書いてしまったけど、ほんとの長さは六フィートだったの……」（『マギンティ夫人は死んだ』二一〇ページ／田村隆一訳）まさに文句たらたらのクリスティーの口調そのままだ！

登場人物も大部分が最初から決まっていた。ただし、ほとんどの作品と同じく、名前は最終的に変更されている。完全に消し去られて、新しい名前になっているものもある。変更されたと思われるものを次に挙げてみた。

旅客機の乗客

ミスター・サルヴィーとミスター・ライダー――仕事仲間〔ジェームズ・ライダーと、たぶん、ダニエル・クランシイ〕

ミスター・ライダー・ロング――歯科医〔ノーマン・ゲイル〕

レディ・カーンフォース――賭博好き――夫は妻の借金を払うのを拒む〔ホーバリ伯爵夫人〕

ジェーン・ホルト――退屈な仕事をしている娘、アイリッシュ・スイープで賞金獲得〔ジェーン・グレイ〕

ムッシュー・デュヴァル――父と息子?――考古学者〔デュポン父子〕

ヴェネチア・カー（カーンフォース伯爵との結婚を望んでいる）〔ヴェネチア・カー〕（カーの綴りがCarrからKerrに変わっている）

ジェームズ・レスリー、カーンフォースの弟〔たぶん、ドクター・ブライアントに置き換え〕

マドレーヌ・アルノー――レディ・カーンフォースのメイド〔〝マドレーヌ〟〕

そして、事件につづいて調査が始まり、プロットが展開していく。ただし、これは最終的に採用されたバージョンではない。

レディ・カーンフォース――ジャップとP――Pはあとに居残り。彼女のほうからそう頼むように仕向ける――P、本当のことを話して、彼女を怯えさせる〔19章〕

ヴェネチア・カー――PとJ?――P、レディ・Cに対する彼女の反感を利用する〔ヴェネチア・カーは12章にちらっと登場するだけで、以後二度と出てこない〕

ミスター・ライダー――なかなか率直――仕事が不調、などなど〔18章〕

デュポン父子――ムッシュー・デュポン、古美術協会で講演の予定だが、たぶん、パリでまた会えるだろう〔22章〕

ブライアント――ジャップが事情聴取――P、患者として出向く――麻薬の横流しをしているかも――もしくは、違法手術をしたことがある――もしくは、医師免許なしで診療している〔20～23章〕

クランシイ――小男を大歓迎――おしゃべり好き〔15章〕

目撃者の事情聴取に関して腑に落ちないのは、ヴェネチア・カーだけがポアロからも捜査関係者の誰からも質問を受けていない点である。彼女の住所に注目してほしい――リトル・パドックス、十五年後の『予告殺人』で劇的な殺人の現場となる場所だ。それから、ホーバリ伯爵夫人がコカインを隠すために用いる手段（小瓶に〝硼酸粉末〟というラベルを貼る）は、この二十年後に『ヒッコリー・ロードの殺人』で犯罪者が用いるのと同じものである。
クリスティーはいつものようにプロット作りの豊かな才能を発揮して、ゲイルの共犯者を数通り考えだしている。

動機

娘のアンを通じて遺産を手に入れる

A アンはジェーン・ホルト——ジェーン・ホルトとエンジェル〔ノーマン・ゲイル〕が殺人を計画

B アンはジェーン・ホルト——本人は気づいていない——しかし、エンジェルが彼女との結婚を決意

C アンはアンジェル・モリソー——エンジェルの共犯者——殺人の瞬間、キャビンに入ってきて騒ぎを起こし、女主人に声をかける——女主人に罪をなすりつけるための証拠を置く

D アンはアンジェル・モリソー——しかし、罪なし——エンジェルと婚約しているが、機内では会っていない。彼は偽名で婚約——ジェームズ・クレア——小説家

――ロンドンにフラット所有
E　ほんものの偽のアンジェル・モリソーが、財産を奪うために自分の身元を完璧に証明する（ほんとうはジェーン）

もっとも注目に値するのは、ジェーン・グレイが共犯者というアイディアだ。これならさぞ魅力的なサプライズになったことだろう。しかし、メイドを使うことになって、この案は捨てられ、アイディアCが採用された。

メモは16章で終わっている。もっとも、メモに記された章も、完成した長篇の章とぴったり一致しているわけではない。そして不思議なことに、どこを探しても、犯人としてノーマン・ゲイルの名前を挙げているメモはひとつもない。

『雲をつかむ死』のメモには、乗客の座席の配置をスケッチしたものがついている。それらの図と長篇全体の両方から、一九三〇年代の機内は現代の旅客機とずいぶん違っていたことが見てとれる。座席は十八しかなくて、乗客はたったの十一人、通路側の九席のうち、埋まっているのは二席だけだ。そして、三つのスケッチすべてに共通しているのは、ジェーンとエンジェル（この段階ではまだ、ノーマン・ゲイルの名前はエンジェル）の座席配置である。プロットに定められたとおり、どのスケッチでも、二人は通路からひっこんだ窓側の席に向かい合ってすわっている。犯行の前と後に機内を大胆不敵に歩いたところで、

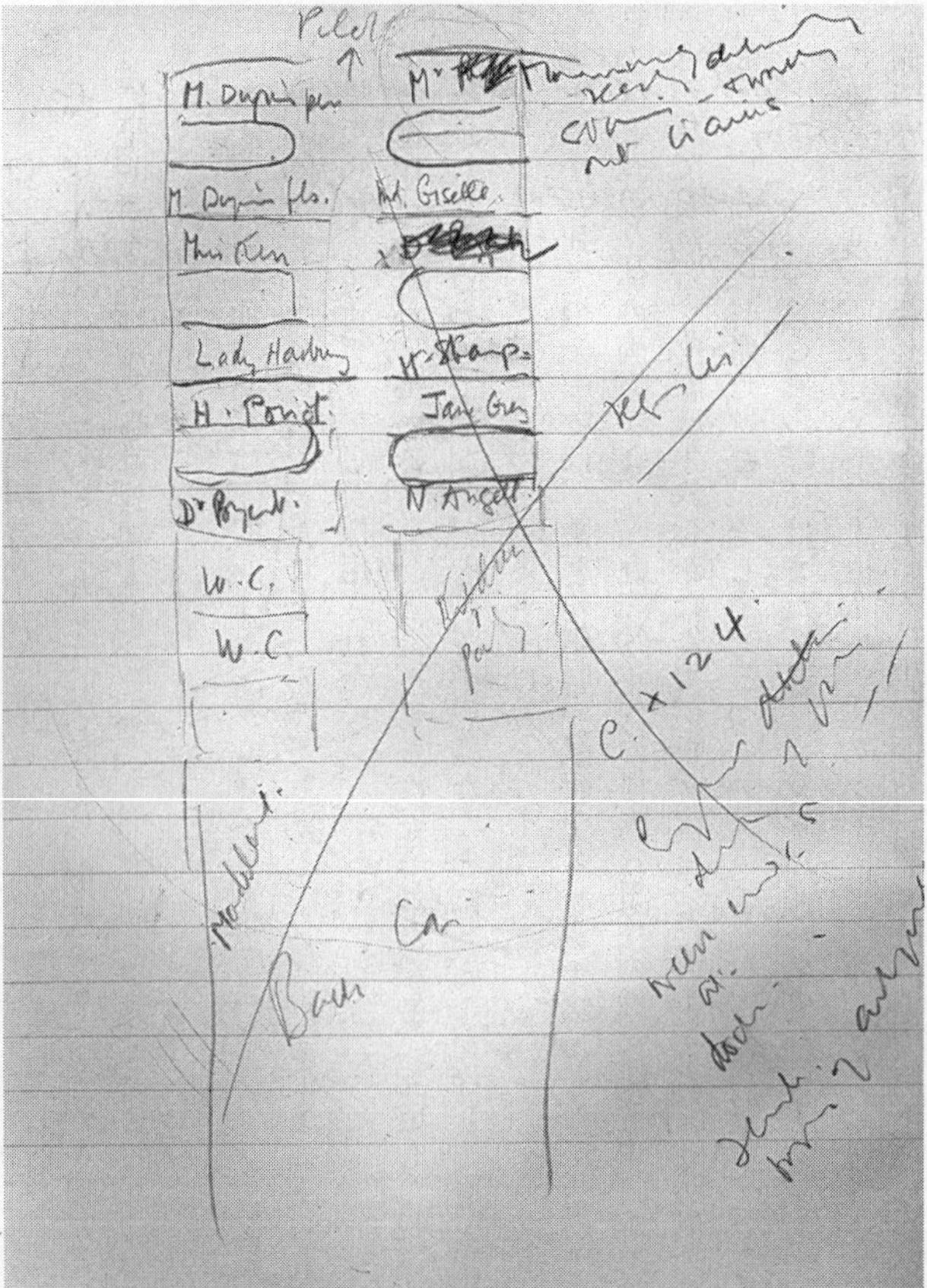

ノート 66 の連続するページに描かれたこれらのスケッチからは、『雲をつかむ死』のプロット作りのときに、細かい点まで神経を配っていたことが窺える。重要な点として、初めの二つのスケッチでは、ノーマン・エンジェルの席が洗面所のそばになっている……

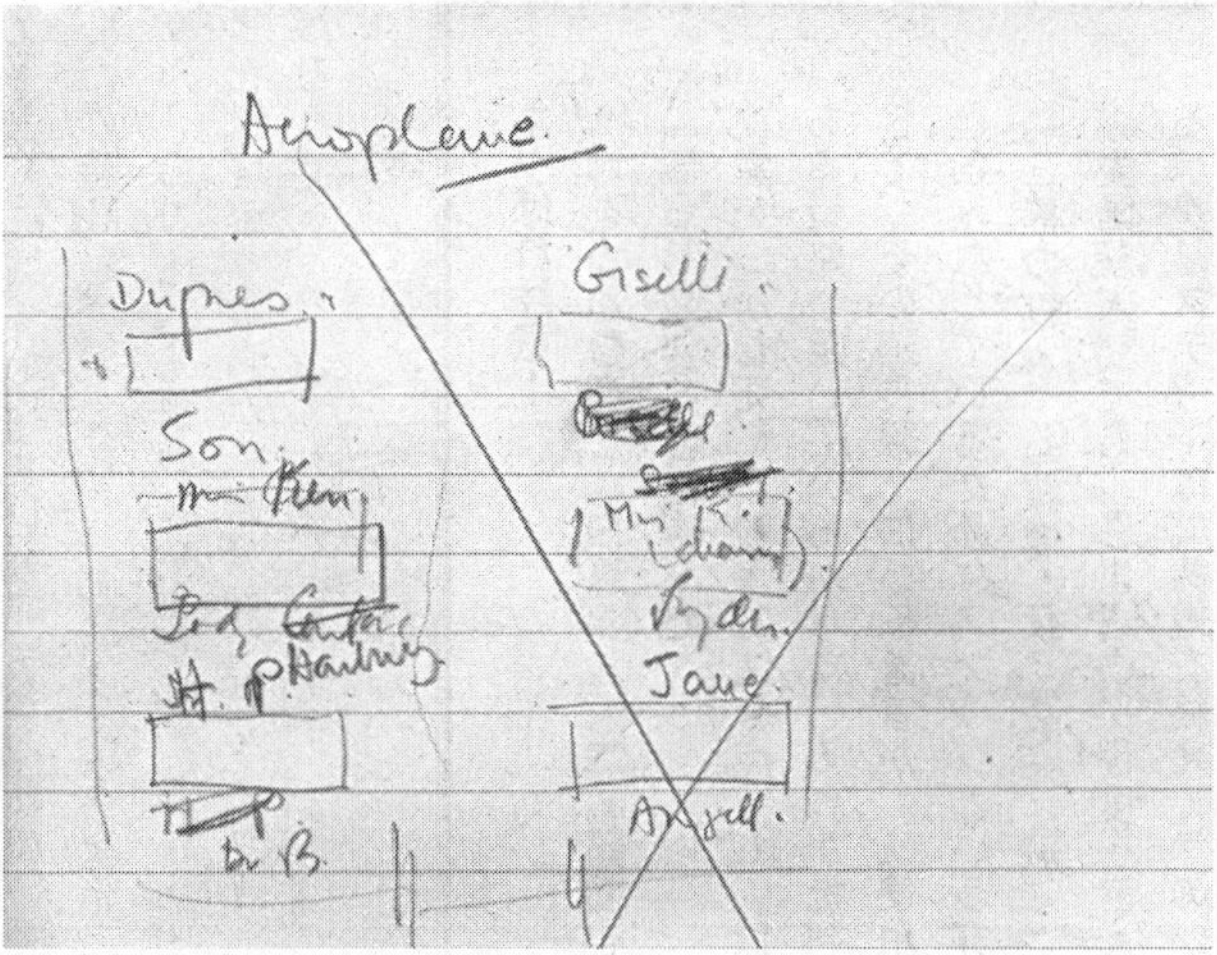

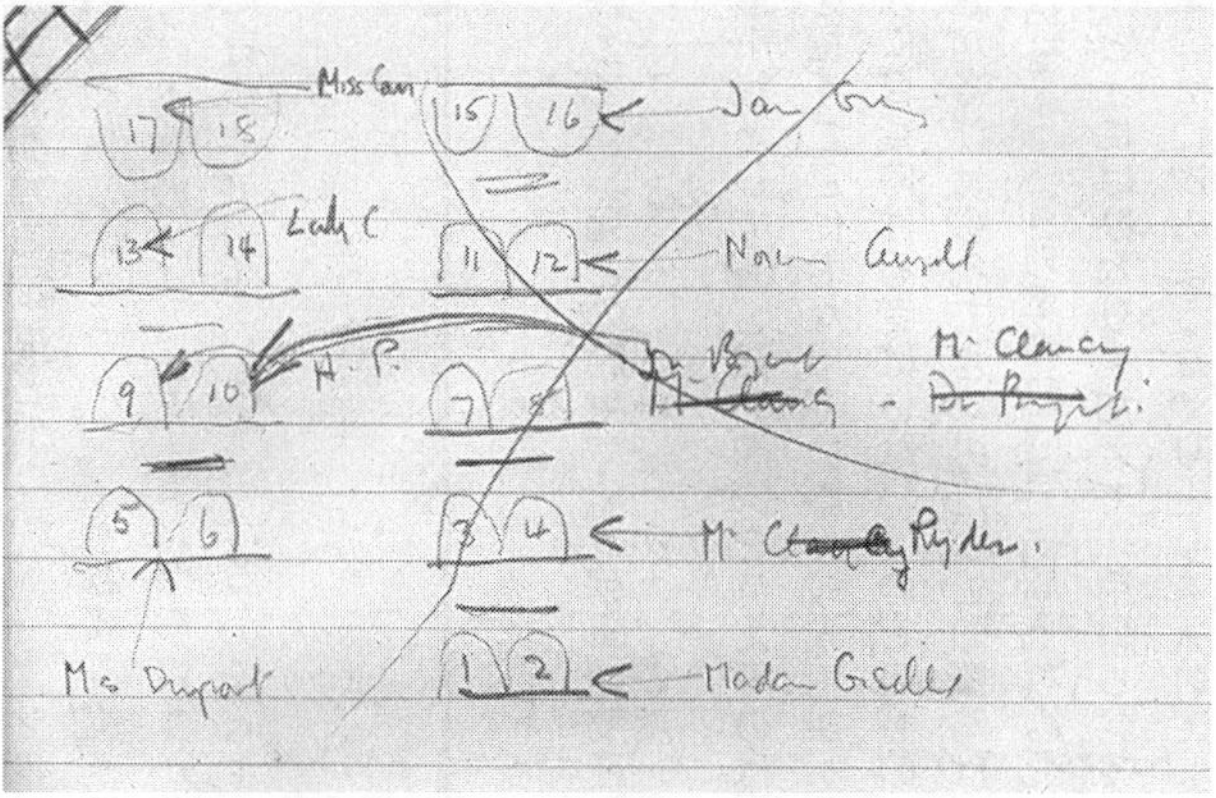

……しかし、彼はその後、プロットに従って、客室の反対側の端に移されている。スケッチのなかに、操縦席、キッチン、パントリー、洗面所が含まれていることと、座席の一部が向かい合っていることに注目。

ジェーンに気づかれる心配はほとんどない。彼の賢明なる推測どおり、ジェーンはそのあいだの時間を、おそらく、身だしなみを整えるのに使うだろうから。それよりも、クリスティーはひと言も触れていないが、彼にとっては本物のスチュワードたちのほうが危険だったはずだ。彼らが〝余分の〟スチュワードに気づく可能性のほうがはるかに大きかっただろう。

ネタばれ注意！

『雲をつかむ死』『三幕の殺人』『葬儀を終えて』『死との約束』『青列車の秘密』『忘られぬ死』『愛国殺人』

『雲をつかむ死』が殺害方法の点でも、探偵小説としても、強い印象を与えるのは、ある策略を用いているからで、それが批判を招くことにもなっている。殺人犯が、そして、その延長線上にいる著者が、〝使用人に目を向ける者はいない〟のを当然のこととみなしているため、スノッブという非難が浴びせられてきたのだ。この策略は、『三幕の殺人』『葬儀を終えて』『死との約束』『青列車の秘密』『忘られぬ死』『愛国殺人』でも、さまざまに程度を変え、ときにはひねりを加えて、用いられている。クリスティーは『葬儀を終えて』の24章の2に次のようなやりとりを入れて、この批判をいくらか鎮めている。

「もっと早く気がつくべきだった。なんとなくどこかで見た人だなあと漠然と感じてたんだが……もちろんあんまり気をつけて見なかったから……」

「ええそうでしょうとも、付き添い家政婦など誰も見向きもしませんわ……ただ毎日あくせくと働く人間、単なる家事労働者！　使用人ですもの……」

（『葬儀を終えて』四六一ページ／加島祥造訳）

「船上の怪事件」一九三六年二月（『黄色いアイリス』収録）

船旅のあいだに、ミセス・クラパートンが船室で死体となって発見され、ポアロはなんとも風変わりな証人を使って事件を解決する。

この短篇の最初のメモが記されているのはノート66、一九三五年一月という日付が入っている。活字になる一年前だ。同じノートのあとのほうに詳細なメモがあり、完成した短篇のディテールの多くがそこに含まれている。

腹話術師――船上……C大佐、みごとなカードさばき――ミュージック・ホールに出ていたことがある、などなどという。妻が船室で死亡、だが、殺されたあとで、船室から妻の声がきこえていた

夫、船室のドアに鍵をかけておくよう、スチュワードに命じる――室内にはすでに死体――しばらくしてから戻ってきて、船室の鍵妻に声をかける――妻が返事（じつは腹話術）。妻の横に注射器――むきだしの腕に針の跡

メモと完成した短篇との唯一の違いは殺害手段で、注射器が短剣に変更されている点である。腹話術師のアイディアは秀逸だが、長篇には無理だっただろう。短篇だけにとどめておいたクリスティーの判断は正しかった。

『ナイルに死す』一九三七年十一月一日

サイモン・ドイルがジャクリーン・ド・ベルフォールを捨てて、財産家のリネット・リッジウェイと結婚し、そこから一連の出来事がひき起こされて、ナイル河を行く豪華客船で起きた三件の殺人事件でクライマックスを迎える。同じ客船〈カルナク〉号に乗り合わせていたエルキュール・ポアロは悲劇が広がっていくのを見守り、彼が扱ったなかでもっ

とも有名な事件のひとつの調査に乗りだす。

出版は一九三七年の末だが、ポアロのこのクラシック作品が書き上げられたのはその二年ほど前のことだった。エドマンド・コークが一九三六年四月二十九日に出した手紙に、クリスティーから『ナイルに死す』を脱稿したという知らせを受けて喜んでいる様子が見られる。残念ながら、この有名な作品のプロットをメモしたノートは一冊も見当たらない。しかし、ノート30に、登場人物候補のリスト（きわめて重要な人物が一人含まれている）と、可能性のありそうなプロット展開を示した短いメモがある。ここで使うつもりだったアイディアの大半が、他の作品にまわされている。

プラン

ナイルに死す

ミス・マープル？

ミセス・P（アメリカの刑務所の元看守）

マシュー・P、息子――善人

ミセス・マシュー・P――善人
ミス・P、神経質でヒステリックな少女
マスター・P、二十歳の若者――激しやすい
ドクター・ファイファー――医者、毒物学者
ミセス・ファイファー――結婚したばかり――三十五歳――魅力的――過去あり
マーク・ティアニー――考古学者――他の人々と少し距離を置いている
ミセス・ヴァン・スカイラー――退屈なアメリカ女性、年配、スノッブ
ミセス・プーパー――三文小説家
ミス・ハームズワース――ミス・ヴァン・スカイラーのコンパニオン
ミス・マープル
ロザリー・カーティス――病身の娘
ミセス・ギブソン――おしゃべり女

このリストを見てまず仰天するのは、ミス・マープルの名前が（二回も）出てくることだ――最初は疑問符つき、あとのほうは疑問符なし――エルキュール・ポアロの名前はない。それまでに出版されたミス・マープルものは『牧師館の殺人』（一九三〇）だけだし、次の『書斎の死体』が登場するのは一九四二年、まだ五年も先のことだ。短篇集『火曜ク

ラブ』(一九三二)が出版されてはいたが、セント・メアリ・ミード村の家々の客間だけが舞台なので、これを異国情緒にあふれるエジプトでの冒険の下準備とみなすのはとうてい無理なことだった。一九三七年当時のナイル河は、クリスティーの読者の大半にとって、現代の読者にとっての火星と同じぐらい異次元の存在だった。当時の人々は休暇をとったとしても、海外旅行に出かけることはほとんどなかったし、パッケージツアーの時代などというのはまだまだ遠い幻だった。なので、比較的安全な(はずの)セント・メアリ・ミード村からナイル河の河畔へミス・マープルを移動させ、続いて、カルナク寺院、アブ・シンベル、ワディ・ハイファへ行かせるのは、あまりにも遠すぎる旅に思えたのかもしれない――そこでポアロがピンチヒッターになったわけだ。いずれはミス・マープルも海外で事件の謎解きをすることになるが、それは三十年近くたってからで、甥のレイモンドに勧められてサン・トノレという架空の島で休暇を過ごすときの話である。ミス・マープルはその島で、海外における彼女の唯一の事件である『カリブ海の秘密』を解決する。

それに比べれば、ポアロはこの段階ですでにずいぶん旅行をしていたし、いうまでもなく、そもそも彼自身が外国人だった。英国で暮らすようになって以来、さまざまな遠くの土地で事件を解決してきた――フランス(『ゴルフ場殺人事件』『青列車の秘密』『雲をつかむ死』)、ユーゴスラヴィア(『オリエント急行の殺人』)、そして、イタリア(『ビッグ4』「砂にかかれた三角形」)。ポアロが手がけた最新の事件は『メソポタミヤの殺人』だった。さらに、一九二三年の「エジプト墳墓の謎」を解いたときに、エジプトと王家の谷を訪れた経験もある。すべてを考慮した結果、蒸気客船〈カルナク〉号に乗って血に染まったナイル河クルーズに出かける探偵としては、ポアロのほうがふさわしいということになった。

メモに出てくる名前の一部は、推測の材料ともなっている。

ミセス・P（アメリカの刑務所の元看守）
マシュー・P、息子――善人
ミセス・マシュー・P――善人
ミス・P、神経質でヒステリックな少女
マスター・P、二十歳の若者――激しやすい

この五人の登場人物のなかに、一九三八年の『死との約束』（本書下巻8章参照）のボイントン一家の原型を見ることができる。ミセス・Pはアメリカの刑務所の看守と書かれているが、この二年後、怪物のごときミセス・ボイントンもまさに同じ設定になっている。〝善人〟のマシューとその妻はレノックス・ボイントンと妻のネイディーン、〝神経質でヒステリック〟なミス・Pはジネヴラに該当する。レイモンドはボイントン家に残された

唯一の男性。ただし、どう見ても〝激しやすい若者〟とは思えない。『ナイルに死す』では、この一家を登場させるのを中止しているが、あらためて使うことに決めたとき、その作品がやはり海外（今度はペトラ）を舞台にしたものだったのは興味深いことだ。

ミセス・ヴァン・スカイラー――退屈なアメリカ女性、年配、スノッブ

そして、あとのほうのメモにはこう書かれている。

ミセス・ヴァン・スカイラー――有名な詐欺師

ミス・ハームズワース――ミス・ヴァン・スカイラーのコンパニオン

リストの名前のままで残されたのは、ミセスからミスへの修正はあるが、ミセス・ヴァン・スカイラーただ一人。ただし、その病癖が詐欺から窃盗に変更されている。ミス・ハームズワースはコーネリア・ロブスンに変わっている。不愉快でスノッブな女に付き添う不運な姪という設定。

ミセス・プーパー――三文小説家

ブーパー尻などという気の毒な名前をつけられたミセス・プーパーは、本のなかでは、愛とセックスをテーマにした扇情的な小説ばかり書いているサロメ・オッタボーンになっている。著書のひとつ『砂漠に降る雪』は、アガサ・クリスティー自身が若いころに書いた未刊のノンクライム小説『砂漠の雪』とほぼ同じ題名である。これはたぶん、家族を喜ばせようとしてクリスティーが挿入した個人的なジョークだったのだろう。

ロザリー・カーティス――病身の娘

ロザリー・カーティスはロザリー・オッタボーンに変わったものと思われる。悲運に見舞われるサロメの娘である。

登場人物リストに続くページには、使えそうなプロットがいくつか簡単に記されている。ミス・マープルではなく、すでに〝P（ポアロのこと）〟が使われていることに注目してほしい（例えば、〝しかし、Pは……証明する〟というような使い方）。

ドクター・ファイファーの妻の顔に気づいた者がいる――彼はミセス・オーガーを始末しようと決意

（ドクター・ファイファーの）妻は泥棒、もしくは殺人者、などなど――指輪、もしくは毒薬、などなど、を盗まれたという作り話、そして、鏡に映ったA・Mのブローチを見たという。A・Mが他の者と一緒にラウンジにいることを、彼女は知っている。しかし、Pは、本当のイニシャルはM・Aであることを証明する

もしくは

M・Aのアイディアと黄色いドレス、M・Aは黄色いドレスを持っていない――黄色いドレスを持っているのは、イニシャルがA・Mの女ではない

ドクター・エルブズ――重病の男――セント・ジョン刑務所で彼女を知っていたファイファー、トウゴマの研究をしているという

さて　A.　誰が彼女を殺したのか

　　　B.　なぜ？

ファイファー夫妻というのは、クリスティーのどの作品にも出てこないが、これらのアイディアの一部は他の本であらためて使われることになる――盗まれた指輪は『ヒッコリー・ロードの殺人』で、刑務所の女看守は『死との約束』で。

しかし、アイディアの中心となっているのは、左右対称のアルファベット文字と、それを直接見たか、鏡に映ったのを見たかによって生じる混乱である。ノート30ではページの半分を使って、左右対称の文字〝HMAWIOTVY〟が書きだされ、それぞれの文字で始まる女性の名前がリストアップされている（Xが除外してあるのは、たぶん、Xで始まる名前がめったにないせいだろう）。クリスティーは最後に、イザベル・オーガーという名前を使うことに決めた。だから、先ほどミセス・オーガーという名前が出てきたのだ。このアイディアは最終的に、同じく一九三七年に出版された『もの言えぬ証人』に使われることとなった。ただし、使われた名前はまったく違う。『ナイルに死す』に関してクリスティーがざっと書き記したプロットに、登場人物候補のリストに名を連ねるファイファー夫妻が出てくるのは事実だが、これが本当に『ナイルに死す』のために考えられたプロットだったのかどうかは、議論の余地がある。この疑問をさらに強めているのは、登場人物リストに、イニシャルがA・Mの人物も、M・Aの人物も含まれていないという事実だ。

プラン

ネリーがこういっているのがきこえる。「彼女が死んでくれればいいのに──あの人が死ぬまで、わたしはけっして自由になれない。」

ネリーというのは、左右対称のイニシャルを持つ人名リストに出ている名前のひとつ（〝ヘレン、ウィルミーナ〟）だが、彼女が口にする言葉は『死との約束』の冒頭でポアロが耳にするものとそっくりだ。「いいかい、彼女を殺してしまわなきゃいけないんだよ」（『死との約束』九ページ／高橋豊訳）このことと、ミセス・Pの以前の職業と家族構成を考え合わせると、これが『死との約束』の土台になっているとみなしてもいいだろう。

『パディントン発4時50分』 一九五七年十一月四日

エルスペス・マギリカディは友達のミス・マープルを訪問するために汽車で出かける途中、並行して走る汽車のなかで人が殺されるところを目撃する。死体を捜すうちに、クラッケンソープ家の住まいであるラザフォード・ホールに注意が向く。ミス・マープルと彼女のスパイ役を務めるルーシー・アイルズバロウが調査に乗りだす。

この作品のメモは四冊のノート（3、22、45、47）に分かれていて、ページ数の合計が四十ページになる。『パディントン発4時50分』の原稿がコリンズ社に渡されたのは、一九五七年の二月下旬だった。作品のなかの時期と執筆時期が同時進行している。物語は十二月二十日（一九五六年）に始まる――「もう暗くて、たいしてなにも見えない。陰気にかすんだ十二月のある日――クリスマスまであとわずか五日だった……」（『パディントンン発4時50分』八ページ／松下祥子訳）しかし、ミス・マープルがクリスマスのディナーに牧師館に招かれ、そこで、ある地域の地図について牧師の息子レナード・クレメントと話をする場面を別にすると、ホリデー・シーズンの描写や雰囲気はもうどこにも出てこない。

この本は、題名を変更した回数が他のクリスティー作品のどれよりも多かった。4時15分、4時30分、4時54分など、さまざまに変更され、結局、『パディントン発4時50分』として出版された。原稿の表紙には、〝パディントン発四・五四〟と書いてある。その主な理由は、クリスティーが四月八日（一九五七年）の手紙でエドマンド・コークに説明しているように、現実にその時刻に出る列車がないからだった。結局は、『パディントン発4時50分』か『パディントン発5時』のほうがいいという意見に、クリスティーも同意した。

ノート47からとった次の抜粋は、ミス・マープルを除いて人名がまったく入っていないので、他の似たようなメモより先に書かれたのではないかと思われるが、基本的なアイディアは、完成した作品のなかで使われているものと同じである。ブラックユーモアに満ちた最後の質問は、いかにもプロット作りの名手クリスティーの心に浮かびそうなものだ。その二、三ページあとで、メモは「グリーンショウ氏の阿房宮」と〈招かれざる客〉のものに変わっていて、汽車のアイディアは棚上げとなっている。「グリーンショウ氏の阿房宮」が初めて新聞に掲載されたのは一九五六年十二月だから、『パディントン発4時50分』のメモをとったのは執筆よりそれほど前のことではないという説を、これが裏づけている。

汽車——汽車から見る？　家の窓から。もしくはその逆？

汽車のアイディア

汽車でセント・メアリ・ミードへ向かう娘、並行して走る汽車のなかの殺人を目撃——女が絞め殺される。家に着く——ミス・マープルに話す——警察？　絞め殺された者はいない——死体は見つからない

なぜ——可能性のある汽車は二つ、ひとつはマンチェスター行き——ひとつは鈍行。死体を汽車から捨てるとしたらどこがいいか

ノート3に基本的アイディアがざっと書いてあるが（ミセス・マギリカディの代わりにミセス・バントリー）、ノート45のほうは、長篇の冒頭部分が簡潔に正確にメモされている。

汽車

ミセス・マギリカディ――ミス・マープルの友人――泊まりにいく――パディントン発の汽車――となりの線路に別の汽車――進行方向が同じ――追いついてくる――しばらく並走、コンパートメントの窓から――金髪の若い女を絞め殺そうとしている男――やがて――汽車は離れていく

ミセス・MG、ひどく狼狽(ろうばい)――車掌に話す――駅長？ ああ！ ジェーン、わたし、人殺しを見たの

クリスティーの本にしては珍しく、『パディントン発4時50分』の冒頭から、犯人が男であることが明かされる。1章のわずか六ページ目で、読者はこう告げられる。〝「窓際に、こちらに背を向けて、男が立っていた。その両手は向き合った女の喉にかかり、男はゆっくり、容赦(ようしゃ)なく、彼女の首を絞めていた……」(『パディントン発4時50分』一〇ページ／松下祥子訳)ここまで明確な文章を突きつけられたら、目撃された人影が女性である可能性を真剣に考慮する者はいないだろうし、クリスティーには自分の読者のことがよくわかっていたから、そのような結末にすれば読者からひどい裏切りだと思われるだろうという予測もついていた。そこで、エマ・クラッケンソープ(犯罪の動機となる女性)とルーシー・アイルズバロウ(探偵役)を除いて、主要な登場人物はすべて男性にした。こ

こで生じる問題は、外見的特徴をほぼ同じにする一方で、いかにして性格面の違いを際立たせるかということだった。クリスティーはノート22のなかで、自分にいいきかせている。

男性陣をはっきり描き分けること

浅黒い男性三人――全員、五フィート十インチから六フィートぐらい、しまりのない身体つき

人々　セドリックが最年長？
ハロルド、既婚、子供なし
アルフレッド
ブライアン・イーストリー、元戦闘機乗り――イーディス（すでに死亡）の夫
アリステアの実父、もしくは継父？

老人の息子二人――いい息子（銀行）、画家――もしくは、舞台装置家か演出家
セドリック――ロバート・グレイヴズみたいなタイプ――転職ばかり、自由気まま

――（最後にルーシー・アイルズバロウと結婚）

サー・ハロルド・クラッケンソープ――多忙な男――クラッケンソープ社の社長。裕福――本当は違う？　破産？

ブライアン？　空軍中佐？　いまは定職なし

アルフ〔レッド〕浅黒い、ほっそり――悪人――戦時中、闇商売に関係――軍需省

ロバート・グレイヴズ云々というのは、クリスティーの実生活における友人にして隣人を指している。作家で、代表作に『この私、クラウディウス』がある。批評精神に満ちたファンでもあり、『ゼロ時間へ』でクリスティーから献辞を贈られている。このメモはまた、作品では最後まで答えのなかった〝ルーシーは結局誰と結婚するのか〟という疑問の解答ともなっている。

考慮すべき点がいくつかあったが、それらは一見些細なことのようで、じつはプロットに大きく影響してくるものだった――犯罪の実行に必要な暗さをどうやって確保するか、そして、屋敷に二人の少年がきていることをどう説明するか。物語の時期をいつにすれば

いいかが、二冊のノートのなかで検討されている。

決めるべき点

汽車に乗った日、一月九日、もしくはその前後

考慮すべき点――ホリデーシーズン（少年たち）新年（セドリック）

暗くなる時刻（汽車）

時期

ホリデーシーズン？　四月――ストバート＝ウェストとマルカムもきている

従って、殺人――二月末？　例えば――十二四日　二十六日

最終的に、殺人をクリスマスの直前に、捜査を直後に持ってくることで、すべての条件を満たすことができた――暗くなるのが早いのに加えて、少年二人とセドリックが帰省している説明もつく。

しかし、『パディントン発4時50分』の最大の問題は死体の身元である。これには、ミス・マープルも、警察も、読者も頭を悩ませる。わたしが思うに、アガサ・クリスティー

自身も悩んだことだろう。長篇の最後のほうにくるまで、いったい誰の殺人事件を捜査しているのか、はっきりしない展開になっている。率直にいわせてもらうと、この点が災いして、グレードAのクリスティー作品に入るべきものが期待外れに終わっている。また、神業のごとき直感は別にして、殺人の裏に隠された真相をミス・マープルがどうやって見抜いたかという問題もある。この原稿に最初に目を通して報告書を作成したコリンズ社のリーディング担当者は、〝わたしが大バカなのかもしれないが、誰がどうやれば殺人犯の動機を見抜けるのか、わたしには理解できない〟と書いている。この担当者はけっして〝大バカ〟ではない。犯人の正体も、動機も、論理的に推理するのは不可能だからだ。もっとも、あとで考えてみれば、両方とも完璧に納得できる。次のメモからは、クリスティーが死体の身元に関して二通りのアイディア――ダンサーのアナ、もしくは、マルティーヌ――を考えていて、どちらも捨てがたかったため、結局は両方の特徴を合わせて使ったことが窺える。

死んだ女はダンサーのアナ？　違う？
アナ＝ミセス・Q――それとも、アナはミスター・Qがこしらえた偽の手がかり
女が殺されたのは、彼女がマルティーヌで、息子がいるから、それとも、彼女がQの妻で、Qが別の結婚を考えているから？

しかし、マルティーヌの正体がようやく明かされる場面では、もっとも熱心なクリスティー・ファンの献身的愛情も、きびしい試練にさらされることになる。

（下巻へ続く）

〔付録〕

白鳥の歌　最後の作品

ケルベロスの捕獲

《ストランド・マガジン》に〝ヘラクレスの冒険〟の十一篇が連載されたあと、「ケルベロスの捕獲」がなぜ掲載されなかったのかは、クリスティーの研究者たちにとってつねに小さな謎であった。ひとつだけ抜けているというのが、どうにも不可解だった。背景もプロットも完全に異なる、誰も知らなかった未刊のバージョンが発見されたおかげで、いま、この謎が解けることとなった。

この「ケルベロスの捕獲」で、ポアロはふたたび、行方不明の人物の捜索に乗りだす。この点で、十二番目の冒険は「レルネーのヒドラ」や「ヒッポリュテの帯」とよく似た使命を帯びている。しかし、似ているのはそこまでだ。なにしろ、この最後の冒険には、これまでに例を見ない特徴があるのだから――捜す相手が死亡しているのだ。

一九四七年九月八日に、コリンズ社のクライム・クラブ叢書から『ヘラクレスの冒険』がようやく出版され、クリスティーが〈ことの起こり〉と題した序言を加筆して、ポアロがこれらの事件に関わるに至った理由を説明しているが、十二番目の短篇が《ストランド

・マガジン》に掲載されなかった理由は、依然として謎のままだった。一九三〇年代から四〇年代にかけて、この雑誌はクリスティーの短篇をつねに優先的に掲載し、販売部数を伸ばすために、クリスティーの名前を表紙に大きく載せていたものだった。クリスティー自身は、一九五三年に出版されたペンギン版『ヘラクレスの冒険』の前書きで、この短篇についてつぎのようにはっきりと述べている――〝短篇をつぎつぎと書いていくなかで、最後の「ケルベロスの捕獲」にきたとき、完全にペンが止まってしまいました。半年間放りっぱなしにしていたのですが、やがて、ある日、地下鉄の上りエスカレーターに乗っていたとき、不意にアイディアがひらめきました。興奮のなかで筋書きを考えるのに夢中になり、エスカレーターで八回も上り下りしてしまいました〟しかし、じきにおわかりいただけるように、これは真実かもしれないが、すべての真実ではない……。

執筆時期はいつか？

■手がかりその一

ヘラクレスの冒険にちなんだ短篇を英国で初めて活字にしたのは《ストランド・マガジン》で、一九三九年九月号の「ネメアのライオン」から始まって、一九四〇年九月号の「ヘスペリスたちのリンゴ」まで連載された。一九四〇年一月十二日に、エドマンド・コークが十二番目の短篇のことでクリスティーに手紙を書いて、《ストランド・マガジン》

はこの短篇を掲載しないだろうと告げ（この時点ですでに、三篇が掲載されていた）、単行本として出版するときのために、代わりの作品を書くことを考えてはどうかと提案している。《ストランド・マガジン》では、十二篇の原稿料として千二百ポンドをすでに支払っていたため、そのうち一篇の掲載を見合わせることにした場合（たぶん、出版社からエドマンド・コークに対して、その旨の連絡があったのだろう）、出版社側には、代わりの作品を要求する権利がなかった。一九四〇年十一月十二日（「ケルベロス」抜きの連載が終了したあとで）、クリスティーは〝新しい短篇を書くために〟、ケルベロスの短篇原稿の返却を求める手紙を出している。しかし、第二のバージョンがようやく出版社に渡されたのは、一九四七年一月二十三日（すなわち、『ヘラクレスの冒険』が出版された年の初め）であった。

■手がかりその二
十二篇の短篇すべてに関するメモは、ほとんどがノート44に記されている。一見したところ、すべての短篇の構想を一緒に練り、完成させたかに思われる。メモの大部分が、われわれが現在知っている『ヘラクレスの冒険』と一致するからである。しかし、第二のバージョンの発見と、前述した手紙の内容を念頭に置いて、より綿密な検証を進めてみると、それとは異なる可能性が浮かんでくる。後半六篇に関するメモはいずれも、ノート44の右側のページから始まり（何篇かはそのページだけで終わっている）、左側のページは空白のまま残されていて、作品の順序も『ヘラクレスの冒険』に収録された順と同じである。未刊に終わった最初の「ケルベロス」に関するメモも、このパターンに従っている。ところが、『ヘラクレスの冒険』に収録されたほうのメモは、違うインクを使い、やや異なる字体で、左側のページに書かれている。おまけに、順序も違っていて、「ディオメーデスの馬」のメモと「ゲリュオンの牛たち」のメモにはさまれている。改定版のインスピレーションが浮かんだときに、クリスティーが最初のメモを読み返し、新しいアイディアをオリジナル版のできるだけ近くに書きこんだ、と考えるのは、筋の通らないことではないはずだ。また、あとのほうのメモがボールペンで書かれているのに対して、オリジナルのメモはほかの短篇のメモと同じく、鉛筆で書かれている。

なぜ雑誌に掲載されなかったのか？

当時の政治状況と、セクション3の明らかにアドルフ・ヒトラーだとわかる人物造形が、掲載を拒否された主な（そして、たぶん唯一の）理由だったことに、疑いをさしはさむ余地はないだろう。クリスティーにしては珍しく、一ページ目から露骨な政局談議になっていて、目の前に迫った戦争だけでなく、前回の戦争のことも述べている。〝世界は大きな動乱に見舞われていた――どの国家も警戒と緊張のなかにあった。いつなんどき、災厄が襲いかかってくるかわからない。そうなれば、ヨーロッパはふたたび戦火に包まれる"話がさらに先へ進むと、こんな件（くだり）がある。〝アウグスト・ヘルツライン……独裁者のなかの独裁者。その好戦的な発言が、自国および同盟国の若者たちを結集させていた。中央ヨーロッパに戦争の火種をまき……〟それでもまだ疑いを捨てきれない人のために、もうひとつ。さらに先のほうに、〝弾丸のような形の頭をした、黒いチョビ髭の小男〟という描写がある。

これは一九三九年の現実の世界情勢と、その時代に生きた一人の人間に酷似しすぎていたため、娯楽のための読物にはふさわしくないと判断されたのだろう。クリスティーがなぜこの短篇を書くことにしたのかは、永遠にわからないだろう。彼女の作品のなかに、政治にとくに強い関心を持っていたことを示す証拠は、これ以外にほとんど見つからないからだ。また、《ストランド・マガジン》に拒絶されたことを、クリスティーは自分で認めた以上に腹立たしく思っていたかもしれない。なぜなら、『愛国殺人』の〈むっくり肥ったためん鶏さん〉の章で、まさに同じ暗殺の手口が使われているし、〈女中たちはくどいてる〉の章では、ポアロがヴェラ・ロサコフ伯爵夫人のことを憧れと共に思いだしている。この長篇とケルベロスの短篇は同時期に書かれたものであろう。

『フランクフルトへの乗客』の出版後ほどなく、クリスティーの作品をイタリアで翻訳出版していたモンダドーリ社のためにおこなわれたインタビューのなかで、クリスティーは

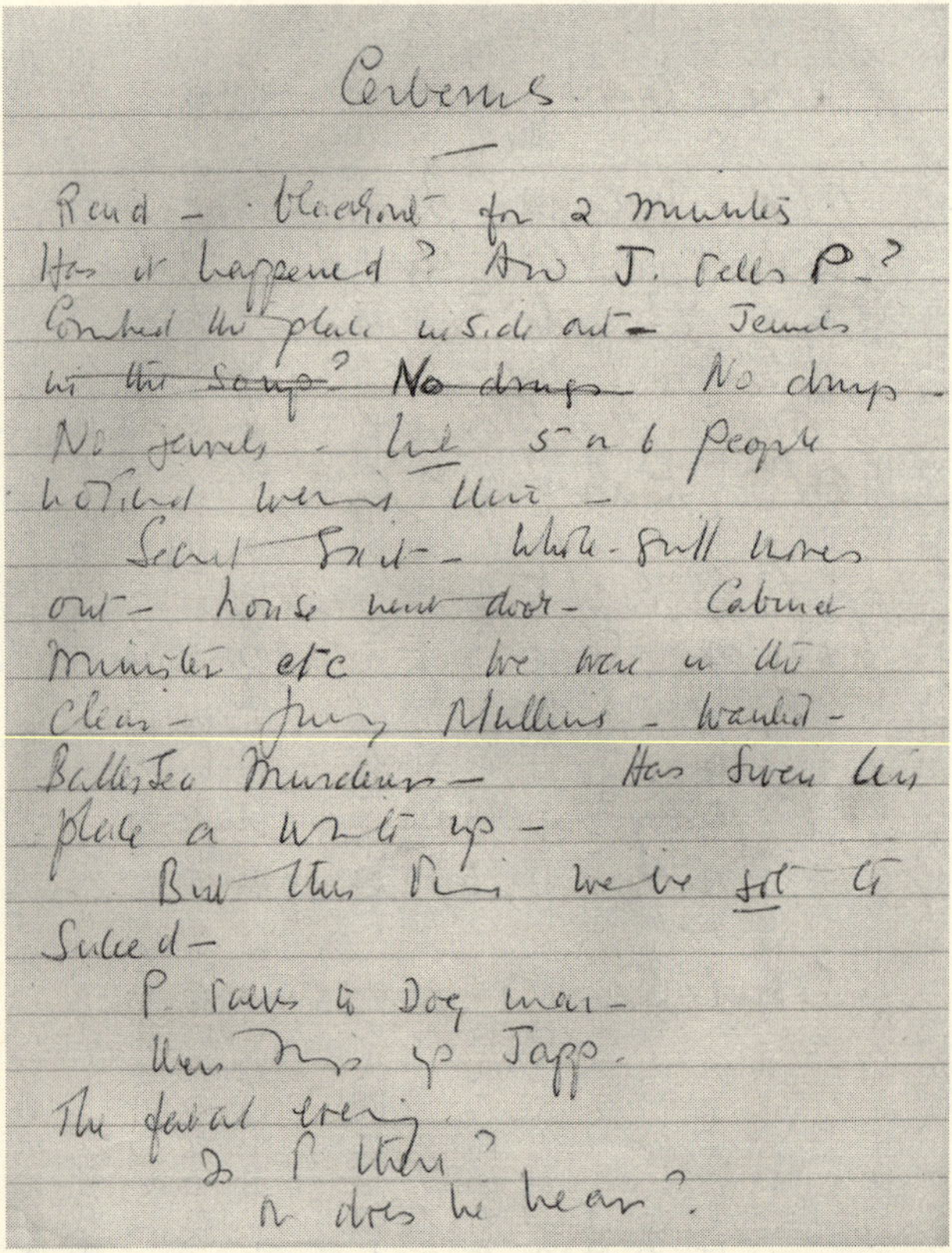
Cerberus

—

Read — blackout for 2 minutes
Has it happened? Aw J. tells P.?
Combed the place inside out — Jewels
~~in the soap? No drugs~~ No drugs —
No jewels — but 5 or 6 people
noticed were there —
Secret Service — White-gull moves
out — house next door — Cabinet
Minister etc we were in the
clear — Jimmy Mullins — wanted —
Battersea Murderers — Has given his
place a write up —
But this time we've got to
succeed —
P. talks to Dog man —
Then rings up Japp.
The fatal evening.
Is P. there?
or does he hear?

「ケルベロスの捕獲」の二通りのメモが記された二つのページ。このページ（ノート 44）のメモは『ヘラクレスの冒険』に入っている出版済みバージョンのもの。そして、次のページ（ノート 62）のメモは……

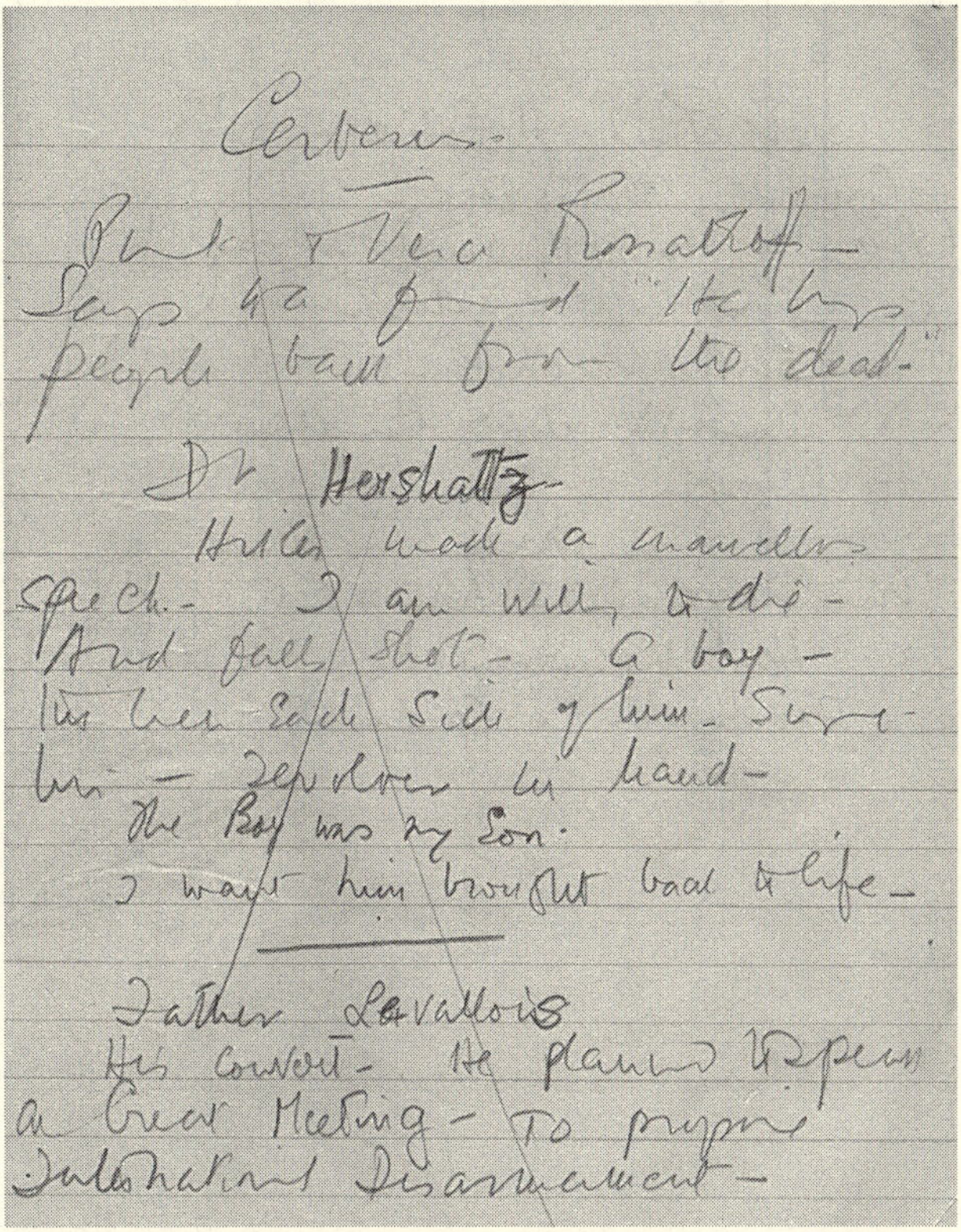

Cerberus -

Paul & Vera Rossakoff -
Says she found "the key to bring
people back from the dead -"

Dr Hershattz -
Hitler made a marvellous
speech - I am willing to die -
And falls shot - A boy -
two men each side of him - Surround
him - revolver in hand -
The Boy was my Son.
I want him brought back to life -

Father Lavallois
His convent - He planned to open
a Great Meeting - to propose
International Disarmament -

……新たに発見されて本書の付録として添えられた初期バージョンのもの。十年近い歳月のなかで筆跡が変化したことに注目。

「政治には昔からまったく興味がありませんでした」と語っている。だったら、なぜ、描写を和らげて、名前を変えるだけにしておかなかったのだろう？　皮肉なことに、『フランクフルトへの乗客』の17章には、本短篇の中心をなすアイディアが少なからず使われている。ひょっとすると、拒絶されて三十年以上たってから、自分のアイディアをひっぱりだし、まったくべつの作品に挿入したとは考えられないだろうか。そして、《ストランド・マガジン》が廃刊になったずっとあとで、最後に笑ったのはクリスティーだったのではないだろうか。

ノートにメモされた「ケルベロスの捕獲」（未刊バージョン）

ノート44、62に、未刊バージョンに関するメモがある。

ケルベロス
死んだとされている友人二人を、ポアロが捜しにいく
~~レーニン　トロツキー　スターリン~~
~~ジョージ五世　アン女王~~
武器を持たずに出かけるべし（マックス・カラドスの作品のように）

ポアロとヴェラ・ロサコフ――友達にいう――「彼は死者のなかから人々を連れて戻ってくるのよ」

ヘルスホルツ医師

ヒトラーがみごとな演説をする――わたしは喜んで死ぬだろう――そして、撃たれて倒れる――若者。左右に男が一人ずつ――不意に襲いかかる――手にリボルバー。あの若者はわたしの息子でした――息子を生き返らせてほしい。

ラヴァロワ神父――回心――演説を計画――大集会――国際的な軍備縮小を提案するため。カール・ハンスベルク医師――統計をとっている――紹介状……ベルリンの医学界の権威から――担当医師、宗教がらみの用でおびきだされる――看護婦が止めようとする。ヘル・ヒトラー――彼に名刺を渡す。

ヒトラーがモデルであることは、短篇のなかで歴然としているものの、実名はどこにも出てこない――ノート62のメモに、ようやくその名が出てくる。しかし、最後の〝彼に名刺を渡す〟の意味がどうにも解せない。また、ほかにも不可解なメモがいくつかある。この短篇が書かれたのが一九三九年だとすると（これはほぼ間違いない）、なぜ、レーニン、トロツキー、スターリンの名前が出てくるのだろう？　それから、そのつぎに記された歴史上の人物二人は遠い昔に死亡している。しかも、ポアロと友人関係にある者は、このなかに一人もいない。ノート44の名前はすべて線をひいて消してあるが、こうした名前が出てきたこと自体、説明がつかない。マックス・カラドスというのはアーネスト・ブラマーが生んだ探偵で、ここで言及されている短篇は「闇試合」（《ミステリマガジン》一九七四年二月号掲載）のことである。この探偵と短篇はすでに、トミーとタペンスを主人公にした短篇集『おしどり探偵』のなかで、パスティーシュとして使われていて、トミーが「目隠しごっこ」でこの盲目の探偵を真似している。

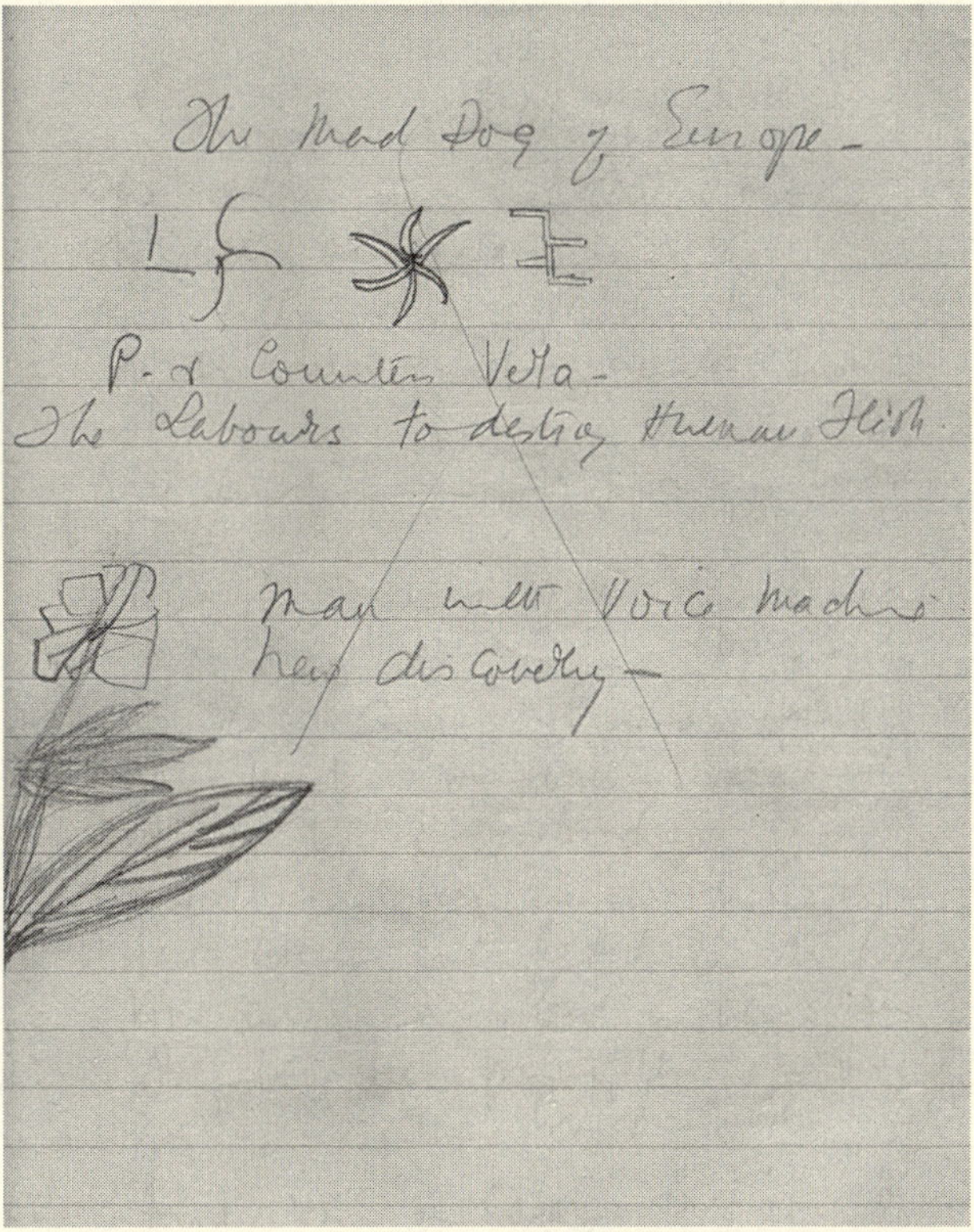
The Mad Dog of Europe –
P. & Countess Vera –
The Labours to destroy human flesh
man with voice machine
new discovery –

ノート62のこのページは、「ケルベロスの捕獲」の最初のプロット作りをしていたときのもので（“人の肉を食らう”というメモがあり、「ディオメーデスの馬」を思わせる感じではあるが）、鉤十字のバリエーションをクリスティーがあれこれ描いてみたのかもしれない。

ケルベロスの捕獲（『ヘラクレスの冒険』第十二の事件）

1

エルキュール・ポアロは食前酒(アペリティフ)をひと口飲んで、レマン湖のほうへ目を向けた。[注1]ためいきをついた。

外交畑の大物たちと話をして午前中を過ごしたのだが、全員がかなりの興奮状態にあって、ポアロのほうはすっかり疲れてしまった。苦境に立たされている彼らに、なんの慰めも与えられなかったからだ。

世界は大きな動乱に見舞われていた――どの国家も警戒と緊張のなかにあった。いつなんどき、災厄が襲いかかってくるかわからない。そうなれば、ヨーロッパはふたたび戦火に包まれる。

ためいきをついた。一九一四年のことは鮮明に記憶に刻みつけられている。ポアロは戦争になんの幻想も抱いていなかった。なんの解決にもならない。戦争のあとに訪れる平和は、たいてい、疲弊した平和だ——建設的な平和ではない。

　ポアロは一人で悲しく考えた。

平和を望む熱意に火をつけ、それを世界中に広めてくれる人間が登場しさえすればいいのに——武力による勝利と征服への熱意を掻き立てた者たちがいたように。

　やがて、ラテン民族の良識が働いて、こんなことを考えていても無駄なだけだと悟った。なんの役にも立たない。自分には熱意を掻き立てる才能はないし、これまでもずっとそうだった。頭脳こそが——例によって謙虚さに欠ける心のなかで考えた——自分の得意分野だ。そして、偉大な頭脳を持つ男たちが偉大な指導者に、もしくは、偉大な弁論家になることはめったにない。それはたぶん、頭脳が鋭敏すぎて、自分に酔うことができないからだろう。

「まあ、いいさ、哲学者になる者も必要だ」エルキュール・ポアロは心のなかでつぶやいた。「大洪水、それはまだ訪れていない。一方、このアペリティフは上等だし、太陽は燦燦（さんさん）と輝き、湖は青く澄み、オーケストラの演奏も悪くない。それで充分ではないか」

　だが、充分だとは思えなかった。ポアロは不意に微笑を浮かべた。

「過ぎゆく一瞬の調和を完璧にするために、ちょっとしたものがひとつだけ必要だ。それは女性。上流社会の女性（ユヌ・ファム・デュ・モンド）注2——シックで、すてきな服を着ていて、思いやりがあって、機知に富んだ（スピリチュエル）女性！」

ポアロの周囲にはすてきな服を着た美しい女性がたくさんいたが、彼から見ると、どことなく物足りなかった。彼が求めているのは、もっと豊満な曲線、もっと豪華で派手な魅力だった。

そして、不満を抱きつつテラスに視線を走らせたところ、なんと、希望どおりのものが見つかった。近くのテーブルにいる一人の女性。全身が豊満な曲線でできていて、派手な赤に染めた髪には、極彩色の小鳥の群れをあしらった小さな黒い帽子がのっている。

その女性が首をまわして、ポアロになにげなく視線を向け、つぎの瞬間、目を見開いた――真っ赤な唇も開いた。立ち上がると、同じテーブルにいた連れを放りだして、ロシア人特有の衝動的な態度で、エルキュール・ポアロに向かって進んできた――総帆を揚げたガリオン船といった趣だ。両手がさしだされ、豊かな声が響きわたった。

「ああ、でも、そうなのね！　そうなのね！　モン・シェール、エルキュール・ポアロ！　久しぶりだこと――何年ぶりかしら――でも、年数はいわないでおきましょう！　縁起が悪いわ」

ポアロも立ち上がり、ヴェラ・ロサコフ伯爵夫人の手の上に騎士のごとく身をかがめた。几帳面な小男が華やかで大柄な女に思い焦がれるのは不幸な宿命だ。ポアロは伯爵夫人が彼をとりこにした魅惑の罠から、どうしても逃れることができなかった。たしかに、いまの伯爵夫人は、とうてい若いといえる年齢ではない。その化粧は日没に似ていて、まつげにはマスカラがたっぷり塗られている。本来の彼女は化粧の下に隠れて、ずいぶん前から見えなくなっている。それでも、エルキュール・ポアロにとって、夫人はいまも妖艶で魅惑的な女だった。中産階級の人間ゆえ、どうしても貴族階級の女にときめいてしまうのだ。かつてのように、憧れに胸を締めつけられた。二人が初めて出会ったときの、彼女が宝石を盗んだ巧みな手口と、容疑をかけられたときにその事実を堂々と認めた冷静沈着な態度を、ポアロは思いだした。[注3]

「マダム、またお目にかかれて光栄です（アンシャンテ）」――この言葉には、単なる儀礼的な挨拶（あいさつ）にはとどまらない響きがあった。

伯爵夫人は彼のテーブルの椅子にすわった。はしゃいだ声を上げた。

「このジュネーヴにいらしてるの？　なぜ？　卑劣な犯罪者をつかまえるため？　まあ！　だったら、その男があなたから逃げおおせる見込みはないわね――まるっきり。あなたはつねに勝利を手にする人ですもの！　あなたのような人はいないわ。世界のどこにも！」

エルキュール・ポアロが猫だったら、ここでゴロゴロいったことだろう。だが、現実には猫ではないので、口髭をぴくつかせるにとどまった。

「では、あなたは、マダム？　どういう用件でここに？」

彼女は笑った。

「あなたのことは恐るるに足らずよ。今回は、わたし、天使の側にいるんですもの！　美徳の鑑(かがみ)みたいな生活を送ってるんですもの。少しは羽目をはずして遊びたいんだけど、まわりは退屈な人ばかり。仕方がないでしょ(ニチェボー)?」

伯爵夫人のテーブルにいた男性がやってきて、二人のそばにためらいがちに立っていた。

伯爵夫人が顔を上げた。

「あら、いけない!」と叫んだ。「あなたのことを忘れてたわ。紹介させてね。ヘル・ドクトル・カイザーバッハよ——それから、こちらは——こちらは、世界でもっとも驚嘆すべき男性——ムッシュー・エルキュール・ポアロ」

茶色い顎鬚(あごひげ)と鋭い青い目をした長身の男性は、かかとを打ち合わせ、お辞儀をした。

「お噂は耳にしております、ムッシュー・ポアロ」

ポアロが礼儀正しく返事をしようとするのを、伯爵夫人がさえぎった。

「でも、この方がどんなに優秀か、あなたにはとうていおわかりにならないわ。なんでも知ってる人なのよ。なんでもできるし! 殺人犯がこの人に追われていることを知れば、時間を節約するために自分で首をくくるでしょう。この人は天才。そうですとも。失敗はぜったいしない人なの」

「いや、いや、マダム、そのようなことはいわないでください」

「でも、ほんとなんですもの! 謙遜はおやめなさい。謙遜なんて愚かだわ」伯爵夫人はヘル・カイザーバッハのほうを向いた。「いいこと、この人は奇跡を起こせるのよ。死者

を生き返らせることもできるんですからね」[注4]

眼鏡の奥の青い目に、一瞬、何かが浮かんだ——驚愕のきらめきだろうか。ヘル・カイザーバッハはいった。

「それで?」

エルキュール・ポアロはいった。

「そうそう、話は変わるが、マダム、息子さんは元気かね?」

「最愛の天使なのよ! すっかり大きくなって、肩ががっしりしてて、とってもハンサム! いまはアメリカなの。向こうで建設の仕事をしてるの——橋、銀行、ホテル、デパート、鉄道——アメリカ人がほしがるものならなんでも」

ポアロの顔にかすかな当惑が浮かんだ。ボソッといった。

「すると、息子さんは技師? それとも、建築家?」

「それが何か問題なの?」ロサコフ伯爵夫人がきつい調子できいた。「とにかく、すばらしい子なのよ。鉄梁とか、応力と呼ばれるものとか、そういった仕事に没頭してるの。わたしにはちっとも理解できないものだし、理解しようとも思わないけど。でも、わたしたち、とっても仲のいい母子なのよ」[注5]

ヘル・カイザーバッハがそろそろ失礼するといった。

「ここにお泊まりですか、ムッシュー・ポアロ。よかった。では、またお目にかかれますな」

ポアロは伯爵夫人にきいた。

「わたしと一緒にアペリティフをいかがです？」

「ええ、ええ。一緒にウォッカを飲んで、陽気に騒ぎましょうよ」

その提案はエルキュール・ポアロにとって好ましいものに思えた。注6

2

ドクトル・カイザーバッハがエルキュール・ポアロをホテルの自分の部屋に招いたのは、翌日の夕方のことだった。

二人で上等のブランディを飲みながら、とりとめのない雑談を交わした。

やがて、カイザーバッハがいった。

「われらが魅力的な友人が、きのう、あなたについて語ったことに、わたしは興味を覚えているのですが、ポアロさん」

「は？」

「彼女はこんな言葉を使いました。〝死者を生き返らせることもできる〟と」

エルキュール・ポアロは椅子の上で居ずまいを正した。眉を上げた。こういった。

「そのようなことにご興味を？」

「大いに」

「なぜです？」

「あの言葉は神のお告げだったかもしれないという気がしまして」

エルキュール・ポアロは鋭い声できいた。

「死者を生き返らせてほしいと頼んでおられるのですか」

「たぶん。だとしたら、どうお答えになります？」

エルキュール・ポアロは肩をすくめた。

「詰まるところ、死はあくまでも死ですよ、ムッシュー」

「つねにそうとはかぎりません」

エルキュール・ポアロの目が鋭くなり、緑色を帯びた。

「死んだ人間をわたしの手で甦(よみがえ)らせるよう望んでおられるわけだ。男ですか。それとも、女？」

「男です」

「誰です？」

「その仕事に驚いてもおられぬようですな」

ポアロはかすかな笑みを浮かべた。

「あなたには異常なところは見受けられない。ごくまともで、理性的なお方だ。死者を甦らせるというのは、何通りにも解釈できる言葉です。比喩として使うこともできるし、象徴として使うこともできる」

カイザーバッハがいった。

「すぐにおわかりいただけます。まず、わたしの名前はカイザーバッハではありません。誰にも気づかれずにすむよう、そう名乗っているのです。本名が有名になりすぎてしまったので。厳密にいうなら、有名になりすぎたのは、この一ヵ月ほどですが。わたしの本名はルッツマンです」

重々しい口調でそういった。彼の目がポアロを探るようにみつめた。ポアロは鋭くいった。

「ルッツマン？」そこで黙りこみ、やがて、それまでとは異なる口調でいった。「ハンス・ルッツマン？」

相手はこわばったそっけない声で答えた。

「ハンス・ルッツマンはわたしの息子でした……」

3

もし、一カ月前に、ヨーロッパ全土が不穏な情勢にあるのは誰の責任かと、どのイギリス人にでもあなたが質問を投げかけたなら、返ってくる答えは、ほぼ例外なく〝ヘルツライン〟だっただろう。

ボンドリーニという存在があったことも事実だが、[注7]世間一般のイメージはアウグスト・ヘルツラインで凝り固まっていた。独裁者のなかの独裁者。その好戦的な発言が、自国および同盟国の若者たちを結集させていた。中央ヨーロッパに戦争の火種をまき、それを消さないようにしていたのがヘルツラインだった。

彼が公の場で演説をすれば、膨大な数の聴衆を熱狂の渦に巻きこむことができた。妙に甲高いその声には、独特のパワーがみなぎっていた。

国際情勢にくわしい者たちは、中央帝国の最高権力者はじつをいうとヘルツラインではないのだと、心得顔に説明した。ほかの人物の名前を挙げた――ゴルシュタム、フォン・エメン。帝国を動かしているのはこの連中であり、ヘルツラインは表看板にすぎないのだ、と述べた。それでも、民衆の目に大きな存在として映っているのは、つねにヘルツラインであった。

人々の願望が噂となって流れはじめた。ヘルツラインは治る見込みのない癌にかかっている。あと半年も持たないだろう。ヘルツラインは心臓弁膜症を患っている。いつ急死してもおかしくない。ヘルツラインはすでに一度発作を起こしていて、いつなんどきつぎの発作が起きるかわからない。カトリック教会を残忍に迫害してきたヘルツラインが、バイエルンの高名なる聖職者、ルートヴィヒ神父に出会って改宗した。ほどなく修道院に入るだろう。ヘルツラインは医者の妻であるロシア系ユダヤ人の女と恋に落ちた。中央帝国を去ってスウェーデンでその女と暮らすそうだ。

だが、もろもろの噂にもかかわらず、ヘルツラインは心臓発作を起こすことも、癌で死ぬことも、修道院に入ることも、ロシア系ユダヤ人の女と駆落ちすることもなかった。熱狂が渦巻くなかで、民衆を鼓舞する演説をおこない、思慮深い間隔を置きながら、中央帝国にいくつもの領土を加えていった。そして、ヨーロッパに忍び寄る戦争の影は日ごとに濃さを増していった。

絶望に駆られた民衆は、願望から生じた噂の数々を、いっそうの期待をこめてくりかえした。あるいは、激しい口調で問いかけた。

「やつを暗殺しようという者はいないのか。やつさえいなくなれば……」

おだやかな一週間が訪れた。ヘルツラインは一度も演説をせず、さまざまな噂への期待が十倍ぐらい高まった。

やがて、運命の木曜日、ヘルツラインは青年同盟の大集会で演説をおこなった。

人々はあとになって、ヘルツラインの顔がやつれてこわばっていた、声までいつもと違っていた、きたるべき運命を予知したような雰囲気を漂わせていた、などと噂をした。だが、いつの世にも、あとでそういうことを口にする連中がいるものだ。

演説はいつもと同じように始まった。犠牲を通じて、武力を通じて、救済が訪れるだろう。男たる者、祖国のために死なねばならない。その覚悟ができぬ者は、祖国のために生きる価値などない。民主主義の国々は戦争を恐れている――腰抜けども――生き延びる価値のないやつらだ。青年同盟の輝かしき力によって、やつらを追い払うのだ。片づけるのだ。戦え――戦え、さらに戦え――勝利をめざして。この地球を受け継ぐために。

熱狂のあまり、ヘルツラインは防弾ガラスに囲まれたボックスから外に出た。その直後に銃声が響き、そして、偉大なる独裁者は頭を撃ち抜かれてその場に倒れた。

聴衆の席の三列目で、一人の若者が硝煙の上がった拳銃を握ったまま、暴徒に文字どおり八つ裂きにされていた。その若者はハンス・ルッツマンという学生だった。

数日のあいだ、民主世界の到来への希望が高まった。独裁者は死んだ。これから平和の時代が訪れるだろう。その希望はあっというまに潰えてしまった。というのも、死んだ男が、国家の象徴に、殉教者に、聖人になってしまったからだ。生前の彼になびこうとしなかった穏健派の連中までが、死後の彼になびいた。好戦的な熱意が大きな波となって中央帝国に広がった。指導者は殺された。だが、その死せる魂がわれわれを導いてくれる。中央帝国が世界を支配せねばならない——そして、民主主義を追い払うのだ。平和を望む者たちは、困惑のなかで、ヘルツラインの死が何ももたらしてくれなかったことを悟った。むしろ、邪悪な時代の到来を早めただけだった。ルッツマンの行為はなんの役にも立たなかった。

4

中年のそっけない声がいった。

「ハンス・ルッツマンはわたしの息子でした」

ポアロはいった。

「あなたのご用件がまだよく理解できないのですが。ご子息がヘルツラインを暗殺し——」

ポアロはそこで黙りこんだ。相手がゆっくりと首をふっていた。こういった。

「息子はあの男を愛してはおりません。息子とわたしは考えが違っていました。息子はヘルツラインを殺していました。崇拝していました。あの男に信頼を寄せていました。拳銃を向けるはずがありません。息子は骨の髄までナチでした。[注8]若い情熱のありったけを注いでいたのです」

「では、ご子息でないのなら――いったい誰が？」

父親のルッツマンはいった。

「それを突き止めたいのです」

エルキュール・ポアロはいった。

「何かお心当たりが……」

ルッツマンはかすれた声でいった。

「見当はずれかもしれません」

エルキュール・ポアロは落ち着いた声でいった。

「どう考えておられるのか、きかせてください」

ルッツマンは身を乗りだした。

5

オットー・シュルツ医師は鼈甲縁（べっこうぶち）の眼鏡の位置を直した。細面（ほそおもて）の顔は科学者としての熱意に輝いていた。鼻にかかった心地よいアクセントでいった。

「ミスター・ポアロ、いま伺ったことを念頭に置いて、すぐにとりかかれると思います」

「段取りを考えてもらえますか」

「ええ、もちろん。細心の注意を払って進めることにします。わたしの見るところ、あなたの計画を成功させるには、完璧なタイミングが不可欠ですね」

エルキュール・ポアロは賞賛の視線を向けた。

「秩序と規律。これだから、科学的頭脳を持つ方と話をするのは楽しい」

シュルツ医師がいった。

「わたしにまかせてください」そして、ポアロの手を温かく握りしめてから出ていった。

6

ポアロのもとで働いているまことに重宝な従僕のジョージが、そっと入ってきた。低い声で恭しく尋ねた。

「ほかにもどなたか、紳士が訪ねてこられますか」

「いや、ジョージ、いまのが最後だ」

エルキュール・ポアロは疲れた顔だった。一週間前にバイエルンから戻って以来、大忙しだった。椅子にもたれて、片手を目にかざした。

「今度の件がすべて片づいたら、長い休暇をとることにするよ」

「さようですね。それが賢明かと存じます」

ポアロはつぶやいた。

「ヘラクレスの最後の冒険。どんな冒険だったか知っているかね、ジョージ？」

「よく存じません。わたし自身、労働党には投票しませんので」

ポアロはいった。

「おまえが今日ここで目にしたあの若い人々だが——わたしが特別任務を与えて送りだした——彼らは旅立ちし魂の住む場所へ出かけたのだ。今回の冒険では、力を使うことは許されない。すべてを狡猾に進めなくてはならない」

「僭越な言い方かもしれませんが、どの方もきわめて有能な紳士に見えました」

エルキュール・ポアロはいった。

「わたしが慎重に選んだのだ」

ためいきをつき、首をふった。

「世界はひどく病んでいる」

ジョージがいった。

「どちらを向いても、戦争になりそうな気配です。誰もが意気消沈しております。商売はまことに不景気ですし。こんな世の中では、もうやっていけません」

エルキュール・ポアロはつぶやいた。

「われわれは〝神々の黄昏(たそがれ)〟の時代にいるのだ」

7

シュルツ医師は高い塀に囲まれた敷地の前で足を止めた。ストラスブールから八マイルほどの距離のところだった。

門の呼鈴を鳴らした。遠くのほうで、犬の吠える太い声と、鎖のガチャガチャいう音がきこえた。

門番が出てきたので、オットー・シュルツ医師は名刺を渡した。

「ヘル・ドクトル・ヴァインガルトナーにお目にかかりたい」

「弱ったな、ムッシュー、ほんの一時間前に電報がきて、先生は出かけちまったんですが」

シュルツは顔をしかめた。

「では、その下におられる先生にお目にかかれますか」

「ニューマン先生？　あ、いいですよ」

ニューマンというのは、好感の持てる顔立ちをした若い医師で、見るからに純真無垢という感じだった。

シュルツ医師は自分の身元を保証するものをさしだした。ベルリンにいるトップクラスの精神科医の一人が書いてくれた紹介状である。そして、こう説明した――わたし自身は心神喪失と精神退化のいくつかの面をテーマにして、著書を出版しています。

相手の顔が輝き、シュルツ医師の著書のことなら知っているし、その説に大きな関心を寄せている、と答えた。ヴァインガルトナー先生が不在とは、なんと残念なことでしょう！

二人の医師は精神医学を話題にして、アメリカとヨーロッパの状況を比較し、やがて、かなり専門的な事柄に移っていった。個々の患者の症例を話し合った。シュルツ医師は妄想症の新たな治療法がもたらした最近のいくつかの成果を、くわしく説明した。

笑いながらいった。

「その治療法によって、ヘルツラインを三名、ボンドリーニを四名、ローズヴェルト大統領を五名、そして、全能の神を七名、治すことができました」

ニューマンは笑った。

やがて、二人の医師は上の階へ行き、病棟を見てまわった。この病院は個人負担の患者を対象とする小規模な精神病院だった。患者は十二名ほどしかいなかった。

シュルツはいった。

「おわかりのように、わたしはこちらで扱っておられる妄想症の症例に大きな関心を寄せています。たしか、つい最近、きわめて興味深い症状を示す患者を入院させておられますね」

8

ポアロはデスクにのっている電報から客の顔のほうへ視線を移した。

電報には住所がひとつだけ書かれていた。ヴィラ・ウジェニー・ストラスブール。そのあとに、〝猛犬注意〟という言葉がついていた。

客というのは悪臭を漂わせる中年男で、赤い団子鼻に無精髭、そして、粗末なブーツから立ちのぼるかに思える低くかすれた声をしていた。[注9]

しわがれ声でいった。

「まかしてくださいって、だんな。あたしゃね、犬のこととなりゃ、なんだってできまさあ」

「そうきいている。フランスへ行ってもらう必要があるんだが——アルザスまで」

　ヒッグズ氏の顔に興味が浮かんだ。

「そこって、アルザス犬（ジャーマン・シェパードのこと）の故郷の？　あっしゃ、イギリスから出たことが一度もないんで。なんたってイギリスがいちばん。そう思ってんです」

　ポアロはいった。

「パスポートが必要だ」

　書類をさしだした。

「さあ、これに記入してくれ。わたしが手伝うから」

　二人で丹念に記入をおこなった。ヒッグズ氏がいった。

「いわれたとおり、顔写真も撮ってきました。あんまし気が進まなかったんだがね——あっしみたいな職業のもんには、ヤバイかもしれねえ」

　ヒッグズ氏の職業というのは犬泥棒なのだが、その事実は、会話のなかではぼかされていた。

「きみの写真は」ポアロはいった。「裏側に、治安判事か、牧師か、役人の署名が入れられ、きみがパスポートを持つにふさわしい人間であることが保証される」

　ヒッグズ氏の顔にニタニタ笑いが広がった。

「そいつぁ珍しい。うん、珍しいね。あっしのことを、パスポートを持つにふさわしい人間だと、治安判事がおっしゃるなんてさ」

エルキュール・ポアロはいった。

「非常時においては、非常手段を使わなくてはならん」

「あっしのこと？」

「きみと、きみの仲間のことだ」

二日後、彼らはフランスへ出発した。ポアロ、ヒッグズ氏、そして、チェックのスーツと派手なピンクのシャツを着た、ほっそりした若い男。この男は抜群に腕のいい猫泥棒だった。

9

自ら活動に加わるというのはポアロの流儀ではなかったが、今回だけは、その規則を破ることにした。オーバーを着ているにもかかわらず少しばかり震えながら、助っ人二人に支えられてポアロがやっとのことで塀のてっぺんによじのぼったのは、午前一時をまわったころだった。

ヒッグズ氏が塀から敷地のなかへ飛びおりようと身構えた。激しく吠える犬の声がして、

突然、木々の下から巨大な犬が突進してきた。[注10]

エルキュール・ポアロは大きく叫んだ。

「なんとまあ（モン・デュ）、怪物だ！ きみ、ほんとに——？」

ヒッグズ氏は落ち着き払った態度でポケットを軽く叩いてみせた。

「心配いりませんって、だんな。いいもんがちゃんと用意してあんだから。どんな犬だって、地獄の果てまでついてきまさあ」

「この場合は」エルキュール・ポアロは小声でいった。「あいつを地獄から連れだしてほしいんだ」

「おんなじこってすよ」ヒッグズ氏はそういうと、塀から庭に飛びおりた。

ヒッグズ氏の声がきこえた。

「ほら、ほら、ワン公。こいつの匂いを嗅いでみな……そうそう。ついといで……」

夜の闇のなかにその声が消えていった。[注11]庭は暗く、静かになった。ほっそりした若い男がポアロに手を貸して塀からおろしてやった。二人は建物までやってきた。ポアロがいった。

「あそこの窓だ。左から二番目」

若い男はうなずいた。まず、建物の壁を調べ、お誂え（あつら）向きの配管を見つけて満足げに笑みを浮かべ、それから、なんの苦労もない様子でするすると壁をのぼって姿を消した。ほどなく、窓の鉄格子にやすりをかける音が、かすかにきこえてきた。

時間が刻々と過ぎていった。やがて、ポアロの足元に何かが落とされた。絹紐でこしらえた梯子の先端だった。梯子を伝って誰かがおりてきた。弾丸のような形の頭をした、黒いチョビ髭の小男だった。

男はゆっくりと、ぎごちなくおりてきた。ようやく地面に着いた。エルキュール・ポアロは月光のなかに進みでた。

丁重に声をかけた。

「ヘル・ヘルツラインとお見受けしますが」

10

ヘルツラインはいった。

「どうやってわたしを見つけた？」

彼らはいま、パリ行き寝台車の二等のコンパートメントにいた。

ポアロは例によって、その質問に細部まで正確に答えた。

「わたしはジュネーヴで、ルッツマンという紳士と知り合いになりました。あなたを暗殺した銃弾を発射したとされているのが、その紳士の息子でして、その結果、息子は暴徒に八つ裂きにされて死亡したのです。だが、父親は、息子があの銃弾を発射するなどということはありえない、と固く信じていました。故に、ヘル・ヘルツラインはルッツマンの左右にいた二人の男のどちらかに射殺され、拳銃がルッツマンの手に押しつけられ、二人の男がすぐさま彼に飛びかかって、〝犯人はこいつだ〟と大声で叫んだものと思われます。だが、気になる点がひとつあります。父親が断言しておりましたが、ああいう大集会においては、最前列はつねに熱烈な支持者で埋め尽くされるそうです──つまり、全面的に信頼できる者たちですな。

ところで、中央帝国の行政はきわめて優秀です。その機構は完璧ですから、あのような悲劇が起こったということ自体、信じられない気がします。さらに、小さいながらも重要な点が二つありました。運命の瞬間にヘルツラインが防弾ガラスのボックスから外へ出たという点と、あの夜は彼の声がいつもと違っていたという点です。外見は無視してよろしい。演壇の上で誰かになりすますのは簡単なことでしょう──だが、声の微妙なイントネーションは真似をするのがむずかしい。あの夜、ヘル・ヘルツラインの声には、人々を酔わせるいつもの響きが欠けていました。ただし、気づいた者はほとんどいなかった。演説を始めたわずか二、三分後には撃たれていたのですから。

では、演説していたのはヘル・ヘルツラインではなかった、従って、撃たれたのもヘル

・ヘルツラインではなかった、と仮定したら？　あの驚天動地の大事件を解明できる説はあるのでしょうか。
それは可能だと、わたしは思いました。重苦しい時代に流れるさまざまな噂のなかには、たいてい、ひとつぐらい真実の土台があるものです。最近のヘルツラインはかの熱血説教師ルートヴィヒ神父に傾倒している、という噂が真実だったとしたら？」

ポアロはゆっくりした口調で話をつづけた。

「理想を求める人であり、夢想家であるあなたならば、閣下、新たな展望が、平和と兄弟愛という展望が人類の前に開けている、人類をそちらの方向へ導くのが自分の役目である、と不意に悟られることもあるはずだ――わたしはそう考えました」

ヘルツラインは激しくうなずいた。柔らかくハスキーな声を震わせていった。

「そのとおり。目からウロコが落ちたのだ。ルートヴィヒ神父はわたしに真の運命を示すために神から遣わされたお方だったのだ。平和！　平和こそ、世界が求めるものだ。われわれは若者を導いて、人類愛のなかで生きることを教えねばならん。世界の若者は一致団結し、偉大なる運動を、平和運動を推進せねばならん。そして、このわたしが彼らを導くのだ！　わたしは世界に平和をもたらすために、神から遣わされた人間なのだ！」

人を感動させずにはおかない声がやんだ。エルキュール・ポアロは一人でうなずきながら、自分の感情がたかぶっていることに気づいて興味を覚えた。

さりげない口調で話をつづけた。

「嘆かわしいことに、中央帝国の最高権力者のなかには、あなたの遠大なる計画を喜ばない者もおりました。それどころか、狼狽してしまったのです」

「わたしの行くところ、民衆もついてくることを、その者たちが知っていたからだ」

「そのとおり。そこで、彼らはよけいな騒ぎが起きないうちにと、あなたを拉致したのです。ところが、ジレンマに陥りました。亡くなったと発表すれば、都合の悪い質問をあれこれ受けることになりましょう。秘密保持に関わる人間が多くなりすぎる。また、あなたの死と共に、あなたが広めた好戦的な感情も消えてしまう。そこで、彼らは華々しい幕引きを用意しました。一人の男を説得して、大集会であなたの代わりをさせたのです」

「たぶん、シュヴァルツだな。パレードのときに、ときどきわたしの影武者を務めていた」

「おそらくは。自分のためにどのような結末が用意されているのか、本人はまったく知りませんでした。あなたが体調を崩したために、自分が演説原稿を読むことになったと思っていただけです。決められた瞬間に防弾ガラスのボックスから出るよう指示されていました――民衆に全幅の信頼を寄せていることを示すために。危険だなどとは夢にも思っていなかったのです。だが、突撃隊員二名が命令を受けていた。片方が男を撃ち、自分たちのあいだにいる若い男に二人で飛びかかって、銃を撃ったのはこの若者だと大声で叫びました。群集心理というものを心得ていたのです。熱狂的な愛国心と、武力闘争という方針の厳守！」

思惑どおりの展開になりました。

ヘルツラインがいった。

「だが、どうやってわたしを見つけたのか、まだ話してくれていないね」

エルキュール・ポアロは微笑した。

「簡単なことでした。わたしのように高い知能を持った人間にとっては！　連中があなたを殺していないと仮定した場合——わたしが思うに、殺せるはずがありません。生かしておけば、いつの日かあなたを利用できるかもしれない。あなたを説き伏せて、以前の考え方に戻すことができるなら、なおさらです——あなたをどこへ連れていけばいいだろう？　中央帝国の外へ連れていく——だが、さほど遠い場所ではない——そして、あなたを安全に隠しておける場所となると、ひとつしかありません——精神病院です！——自分はヘル・ヘルツラインだと昼も夜も休みなく叫びつづけても、そうした発言がきわめて当然のことみなされる場所。妄想症の患者はつねに、自分のことを偉大な人物だと思いこんでいるものです。あらゆる精神病院に、ナポレオンや、ヘルツラインや、ジュリアス・シーザーがいます。神そのものという症例も数多く見受けられます！

アルザスかロレーヌの小さな病院に入れられている可能性がもっとも高いと判断しました。そこなら、ドイツ語を話す患者も珍しくありませんから。そして、秘密を知る人物はたぶん一人だけだろうと推測しました。そこの院長自身です。

あなたの居所を突き止めるために、わたしは善意の医療関係者五、六人の協力を仰ぎました。全員がベルリンの高名な精神科医から紹介状をもらいました。彼らが訪問したそれぞれの病院では、奇妙な偶然ですが、その一時間ぐらい前に、院長が電報を受けとってよそへ出かけておりました。協力者の一人に、頭のいいアメリカの若き医者がいて、ヴィラ・ウジェニーを割り当てられ、妄想症患者の病棟をまわったときに、あなたを見て、まさに本物であることを苦もなく見抜いたというわけです。あとは、あなたもご存じのとおり」

ヘルツラインはしばらく無言だった。

やがて口を開いた。その声には、人の心を揺り動かすあの魅力的な響きが戻っていた。

「きみは、自分では想像もつかないほど偉大なことをなしとげてくれた。これは平和の始まりだ──ヨーロッパ全土の平和──全世界の平和！　人類を平和と兄弟愛へ導くのがわが使命だ」

エルキュール・ポアロは静かにいった。

「全面的に賛成です……」

11

エルキュール・ポアロはジュネーヴのホテルのテラスにすわっていた。傍(かたわ)らには新聞の山。見出しはどれも大きくて黒々としている。

驚愕のニュースが野火のごとく世界中に広がった。

〝ヘルツラインは死せず〟

さまざまな噂が流れ、発表がなされ、それに反する発表——中央帝国政府による強硬な否定——がなされた。

やがて、帝国の首都の大きな広場で、ヘルツラインが大群集に向かって語りかけた。もはや疑う余地はなかった。声、人を惹きつける魅力、力強さ……群集の心に訴えかけ、やがて、群集は熱狂の叫びを上げはじめた。

新たなスローガンを叫びながら、人々は家路についた。

〝平和……愛……兄弟愛……若者が世界を救う〟

ポアロの横で衣擦れの音がして、異国的な香水のかおりが広がった。

ヴェラ・ロサコフ伯爵夫人が横の椅子に腰をおろした。

「それ、本当なの？　うまくいくかしら」

「たぶんね」

「人間の心に、兄弟愛などというものがあって？」

「それを信じる思いはあるはずです」

伯爵夫人は考えこみながらうなずいた。

「ええ、そうね」

つぎに、せっかちなしぐさと共にいった。

「でも、政府の連中が黙ってはいないでしょうね。ヘルツラインを殺すわ。今度こそ、本当に殺してしまう」

ポアロはいった。

「だが、ヘルツラインは伝説となって——新たな伝説となって——死後も生きつづけるでしょう。死はけっして終わりではない」

ヴェラ・ロサコフ伯爵夫人はいった。

「ハンス・ルッツマンは気の毒だったわね」

「彼の死も無駄ではありません」

伯爵夫人はいった。

「あなたは死を恐れない人なのね。わたしはだめ！　死の話なんかしたくない。陽気になって、陽ざしのなかにすわって、ウォッカを飲みましょうよ」

「喜んで、マダム。心に希望が生まれたいま、その気持ちがさらに強くなりました」

ポアロはさらにつけくわえた。

「贈物があるのですが。受けとってもらえるならば」

「わたしに贈物？　まあ、すてき」

「ちょっと失礼」

エルキュール・ポアロはホテルに入っていった。数秒後に戻ってきた。まったくもって器量の悪い超大型犬を連れていた。

伯爵夫人は手を叩いて喜んだ。

「怪獣みたい！　なんてかわいいの！　わたし、大きなものなら、なんだって好きよ——すごい大きさね！　こんな大きな犬、見たことがないわ！　わたしに？」

「喜んで受けとってくださるなら」

「うんと大事にするわ」伯爵夫人は指をパチッと鳴らした。巨大な猟犬が信頼しきった様子でその手に鼻をすり寄せた。「ほらね、わたしの前に出ると子羊みたいにおとなしいでしょ！　ロシアの父の屋敷で飼っていた、大きな獰猛な犬たちにそっくりよ」

ポアロは一歩さがった。首をかしげた。美的満足を覚えた。獰猛な犬、炎のごとく華やかな女性——そう、活人画として完璧だ。

伯爵夫人がきいた。

「この犬の名前は？」

エルキュール・ポアロはいくつもの冒険を終えた者のためいきと共に答えた。
「ケルベロスと呼んでください」

注

1 『ヘラクレスの冒険』に収録されたほうの短篇がロンドンだけを舞台にしているのに対し、未発表のほうは、ほかの多くの〝冒険〟と同じく、国際的な雰囲気を持っている。冒頭の文章から、われわれ読者は〝海外〟へ誘(いざな)われる。しかも、そこは『ヘラクレスの冒険』のなかで三度目のスイスである(たぶん、永世中立国という点が重要なのだろう)。「アルカディアの鹿」と「エルマントスのイノシシ」で、ポアロはすでにこの国を訪れている。

2 ポアロにあるまじき、珍しいといってもいい考え方だ!

3 この部分は、「二重の手がかり」(一九二三年十二月刊)でヴェラ・ロサコフ伯爵夫人とポアロが初めて出会い、夫人が宝石泥棒であることをポアロが暴いたときのことを示している。二人はその四年後に『ビッグ4』で再会している。

4 この部分は、『ビッグ4』で、ずっと以前に死んだものと思われていた幼い息子をポアロが伯爵夫人のもとに返したときのことを示している。

5 伯爵夫人の息子についての描写は、『ヘラクレスの冒険』に収録された短篇に出ているのとほぼ同じ。

6 ウォッカを飲むのをポアロが楽しみにしているというのは、奇妙なことに思われる。

7 オペレッタの登場人物みたいな名前だが、ムッソリーニを連想せずにはいられない。

8 作品全体がやむなく寓話の形をとっているにもかかわらず、ここだけは、明確に〝ナチ〟という言葉が使われている。

9 犬を扱うこの男はヒッグズという名前で、どちらの短篇でも〝悪臭を漂わせる〟と描写されている。

10 政治色の濃い短篇であるため、題名の由来となった猟犬の存在はほとんど忘れられていて、『ヘラクレスの冒険』に収録されたものに比べると、その役割ははるかに小さい。

11 この短篇のなかで、われわれはいつもと違うポアロを目にする。女性と一緒にいることを好み、ウォッカを飲み、さらには、塀を乗り越えるポアロ。もっとも、十一番目の冒険となる「ヘスペリスたちのリンゴ」のなかで、ポアロはすでにこの離れ業をやってのけている。考えてみれば、アウグスト・ヘルツラインの行方を捜し求めてついに発見するくだりには、「ヘスペリスたちのリンゴ」に描かれた、チェリーニ作の酒盃をめぐる、似たような探索の旅を連想させるものがある。

（山本やよい訳）

訳者あとがき

山本やよい

聖書とシェイクスピアの次に多く読まれているといわれるアガサ・クリスティー。販売総数は世界中で二億冊を超えるという。一九二〇年に『スタイルズ荘の怪事件』でミステリ作家としてデビューして以来、五十年以上にわたって、長篇ミステリ、短篇、普通小説、戯曲と、さまざまな分野で作品を発表しつづけ、あまりの多作ぶりに、「アガサは写真的記憶力の持ち主にちがいない」とまでいわれたほどだった。

〝クリスマスにはクリスティーを〟のキャッチフレーズどおり、毎年クリスマスの時期になると、読者に新作をプレゼントしてくれたクリスティー。本書の著者ジョン・カランの言葉を借りるなら、「アガサ・クリスティーはいったいどうやって、あのように水準の高い作品を、あのように数多く、あのように長い年月にわたって生みだしてきたのだろう?」と、不思議になってくる。

本書はそんな疑問に答えてくれる夢のような本である。クリスティーが愛したデヴォン州の住まい、グリーンウェイ・ハウスに、手書きのノートが七十三冊残されていた。グリーンウェイを訪れたさいに、その一冊になにげなく目を通してみて、ジョン・カランは驚愕した。〝ナイルに死す――入れるべき点……十月八日――ヘレンの場面、少女の視点から……〟といった走り書きのメモが並んでいた。クリスティーの創作メモだ！　カランはその日から、乱雑な文字で書かれた判読不能ともいえそうなノートの解読にとりかかった。まさか四年に及ぶ作業になろうとは、予想もしなかっただろうが。カランのたゆみなき努力のおかげで、わたしたちはいまこうして、クリスティーの執筆の楽屋裏を覗くことができるようになった。『スタイルズ荘の怪事件』のエンディングは、最初の原稿ではどうなっていたのか？『そして誰もいなくなった』の登場人物は、もとは何人にするつもりだったのか？『ＡＢＣ殺人事件』のＡの殺人の舞台として最初に候補に挙がっていたのはどこか？　これまで知らなかったことがいっぱいわかって、ワクワクしてくる。

著者カランはクリスティーの熱狂的ファンで、《アガサ・クリスティー・ニューズレター》の編集に長年にわたって携わり、グリーンウェイ・ハウスの修復中はナショナル・トラストのコンサルタントを務めた。現在、クリスティーの孫のマシュー・プリチャードと共に、アガサ・クリスティー・アーカイヴの設立に取り組んでいる。また、ダブリン大学トリニティー・カレッジで、アガサ・クリスティーをテーマにして、博士論文を執筆中である。ダブリン在住。

《ガーディアン》のウェブサイトに、〝ジョン・カランが選んだクリスティー作品のベストテン〟というのが出ていたので、ここに記しておこう。

1『アクロイド殺し』
2『邪悪の家』
3『オリエント急行の殺人』
4『ABC殺人事件』
5『そして誰もいなくなった』
6『五匹の子豚』
7『ねじれた家』
8『予告殺人』
9『終りなき夜に生れつく』
10『カーテン』

ただし、このリストは出版年代順に並んでいるだけなので、どれがカランのベストワンなのかはわからない。

同じウェブサイトに〝アガサ・クリスティー・クイズ〟も出ている。

http://www.guardian.co.uk/books/quiz/2009/sep/14/agatha-christie-quiz

一度挑戦してみたいのは、三問目の「ミス・マープルは彼女が登場する長篇十二、短篇二十のなかで、合計何杯のお茶を飲んでいるでしょう? 二二、六八、一四三、七四〇から選んでください」というもの。時間がかかりそうだが、ぜひやってみたい。

本書を訳すにあたって、クリスティー作品の大半を再読した。あらすじを鮮明に覚えていたもの、おぼろな記憶をたどりながら読んでいくなかで「こいつが犯人だ!」と思いだしたもの、まるっきり記憶の彼方にかすんでしまっていたもの、などいろいろだった。また、犯人がわかっていても、それはそれで楽しく読めることを知った。たとえば、『ナイルに死す』がそうで、巧みに張られた伏線をたどっていくのが面白かった。今度は本書にゆっくり目を通しながら、あらためてクリスティーを読み直したいと思っている。

二〇一〇年三月

灰色の脳細胞と異名をとる

〈名探偵ポアロ〉シリーズ

本名エルキュール・ポアロ。イギリスの私立探偵。元ベルギー警察の捜査員。卵形の顔とぴんとたった口髭が特徴の小柄なベルギー人で、「灰色の脳細胞」を駆使し、難事件に挑む。『スタイルズ荘の怪事件』（一九二〇）に初登場し、友人のヘイスティングズ大尉とともに事件を追う。フェアかアンフェアかとミステリ・ファンのあいだで議論が巻き起こった『アクロイド殺し』（一九二六）、イニシャルのABC順に殺人事件が起きる奇怪なストーリーが話題をよんだ『ABC殺人事件』（一九三六）、閉ざされた船上での殺人事件を巧みに描いた『ナイルに死す』（一九三七）など多くの作品で活躍し、最後の登場になる『カーテン』（一九七五）まで活躍した。イギリスだけでなく、イラク、フランス、イタリアなど各地で起きた事件にも挑んだ。

映像化作品では、アルバート・フィニー（映画《オリエント急行殺人事件》）、ピーター・ユスチノフ（映画《ナイル殺人事件》）、デビッド・スーシェ（TVシリーズ）らがポアロを演じ、人気を博している。

1 スタイルズ荘の怪事件
2 ゴルフ場殺人事件
3 アクロイド殺し
4 ビッグ4
5 青列車の秘密
6 邪悪の家
7 エッジウェア卿の死
8 オリエント急行の殺人
9 三幕の殺人
10 雲をつかむ死
11 ＡＢＣ殺人事件
12 メソポタミヤの殺人
13 ひらいたトランプ
14 もの言えぬ証人
15 ナイルに死す
16 死との約束
17 ポアロのクリスマス
18 杉の柩
19 愛国殺人
20 白昼の悪魔
21 五匹の子豚
22 ホロー荘の殺人
23 満潮に乗って
24 マギンティ夫人は死んだ
25 葬儀を終えて
26 ヒッコリー・ロードの殺人
27 死者のあやまち
28 鳩のなかの猫
29 複数の時計
30 第三の女
31 ハロウィーン・パーティ
32 象は忘れない
33 カーテン
34 ブラック・コーヒー〈小説版〉

好奇心旺盛な老婦人探偵

〈ミス・マープル〉シリーズ

本名ジェーン・マープル。イギリスの素人探偵。ロンドンから一時間ほどのところにあるセント・メアリ・ミードという村に住んでいる、色白で上品な雰囲気を漂わせる編み物好きの老婦人。村の人々を観察するのが好きで、そのうちに直感力と観察力が発達してしまい、警察も手をやくような難事件を解決するまでになった。新聞の情報に目をくばり、村のゴシップに聞き耳をたて、それらを総合して事件の謎を解いてゆく。家にいながら、あるいは椅子に座りながらゆったりと推理を繰り広げることが多いが、敵に襲われるのもいとわず、みずから危険に飛び込んでいく行動的な面ももつ。

長篇初登場は『牧師館の殺人』(一九三〇)。「殺人をお知らせ申し上げます」という衝撃的な文章が新聞にのり、ミス・マープルがその謎に挑む『予告殺人』(一九五〇)や、その他にも、連作短篇形式をとりミステリ・ファンに高い評価を得ている『火曜クラブ』(一九三二)、『カリブ海の秘密』(一九六四）とその続篇『復讐の女神』（一九七一）などに登場し、最終作『スリーピング・マーダー』（一九七六）まで、息長く活躍した。

35 牧師館の殺人
36 書斎の死体
37 動く指
38 予告殺人
39 魔術の殺人
40 ポケットにライ麦を
41 パディントン発4時50分
42 鏡は横にひび割れて
43 カリブ海の秘密
44 バートラム・ホテルにて
45 復讐の女神
46 スリーピング・マーダー

バラエティに富んだ作品の数々

〈ノン・シリーズ〉

名探偵ポアロもミス・マープルも登場しない作品の中で、最も広く知られているのが『そして誰もいなくなった』（一九三九）である。マザーグースになぞらえて殺人事件が次々と起きるこの作品は、不可能状況やサスペンス性など、クリスティーの本格ミステリ作品の中でも特に評価が高い。日本人の本格ミステリ作家にも多大な影響を与え、多くの読者に支持されてきた。

その他、紀元前二〇〇〇年のエジプトで起きた殺人事件を描いた『死が最後にやってくる』（一九四四）、『チムニーズ館の秘密』（一九二五）に出てきたロンドン警視庁のバトル警視が主役級で活躍する『ゼロ時間へ』（一九四四）、オカルティズムに満ちた『蒼ざめた馬』（一九六一）、スパイ・スリラーの『フランクフルトへの乗客』（一九七〇）や『バグダッドの秘密』（一九五一）などのノン・シリーズがある。

また、メアリ・ウェストマコット名義で『春にして君を離れ』（一九四四）をはじめとする恋愛小説を執筆したことでも知られるが、クリスティー自身は四半世紀近くも関係者に自分が著者であることをもらさないよう箝口令をしいてきた。これは、「アガサ・クリスティー」の名で本を出した場合、ミステリと勘違いして買った読者が失望するのではと配慮したものであったが、多くの読者からは好評を博している。

名探偵の宝庫

〈短篇集〉

クリスティーは、処女短篇集『ポアロ登場』（一九二三）を発表以来、長篇だけでなく数々の名短篇も発表し、二十冊もの短篇集を発表した。ここでもエルキュール・ポアロとミス・マープルは名探偵ぶりを発揮する。ギリシャ神話を題材にとり、英雄ヘラクレスのごとく難事件に挑むポアロを描いた『ヘラクレスの冒険』（一九四七）や、毎週火曜日に様々な人が例会に集まり各人が体験した奇怪な事件を語り推理しあうという趣向のマープルものの『火曜クラブ』（一九三二）は有名。トミー&タペンスの『おしどり探偵』（一九二九）も多くのファンから愛されている作品。

また、クリスティー作品には、短篇にしか登場しない名探偵がいる。心の専門医の異名を持ち、大きな体、禿頭、度の強い眼鏡が特徴の身上相談探偵パーカー・パイン（『パーカー・パイン登場』〔一九三四〕など）は、官庁で統計収集の事務を行なっていたため、その優れた分類能力で事件を追う。また同じく、ハーリ・クィンも短篇だけに登場する。心理的・幻想的な探偵譚を収めた『謎のクィン氏』（一九三〇）などで活躍する。その名は「道化役者」の意味で、まさに変幻自在、現われてはいつのまにか消え去る神秘的不可思議的な存在として描かれている。恋愛問題が絡んだ事件を得意とするというユニークな特徴をもっている。

ポアロものとミス・マープルものの両方が収められた『クリスマス・プディングの冒険』（一九六〇）や、いわゆる名探偵が登場しない『リスタデール卿の謎』（一九三四）や『死の猟犬』（一九三三）も高い評価を得ている。

51 ポアロ登場
52 おしどり探偵
53 謎のクィン氏
54 火曜クラブ
55 死の猟犬
56 リスタデール卿の謎
57 パーカー・パイン登場
58 死人の鏡
59 黄色いアイリス
60 ヘラクレスの冒険
61 愛の探偵たち
62 教会で死んだ男
63 クリスマス・プディングの冒険
64 マン島の黄金

アガサ・クリスティーの秘密ノート
〔上〕

〈クリスティー文庫 101〉

二〇一〇年四月 十 日　印刷
二〇一〇年四月十五日　発行

（定価はカバーに表示してあります）

著者　アガサ・クリスティー
訳者　ジョン・カラン
　　　山本やよい
　　　羽田詩津子
発行者　早川浩
発行所　株式会社早川書房
郵便番号一〇一 - 〇〇四六
東京都千代田区神田多町二ノ二
電話　〇三 - 三二五二 - 三一一一（大代表）
振替　〇〇一六〇 - 三 - 四七七九九
http://www.hayakawa-online.co.jp

乱丁・落丁本は小社制作部宛お送り下さい。
送料小社負担にてお取りかえいたします。

印刷・株式会社亨有堂印刷所　製本・株式会社川島製本所
Printed and bound in Japan
ISBN978-4-15-130101-8 C0198